W0087376

Lily King

HOTEL SEATTLE

Lily King

HOTEL SEATTLE

Erzählungen

Aus dem Englischen
von Hanna Hesse

Die Arbeit der Übersetzerin am vorliegenden Text wurde vom
Deutschen Übersetzerfonds gefördert.

Titel der amerikanischen Ausgabe:
Five Tuesdays in Winter
Copyright © 2021 by Lily King
Erschienen bei Grove Press,
an imprint of Grove Atlantic, New York 2021

Für die deutsche Ausgabe:
© Verlag C.H.Beck oHG, München 2022
www.chbeck.de
Umschlaggestaltung: geviert.com, Michaela Kneißl
Umschlagabbildung: Shutterstock
Satz: Fotosatz Amann, Memmingen
Druck und Bindung: CPI books GmbH, Ulm
Gedruckt auf säurefreiem, alterungsbeständigem Papier
(hergestellt aus chlorfrei gebleichtem Zellstoff)
Printed in Germany
ISBN 978 3 406 79101 7

⌂myclimate
klimaneutral produziert
www.chbeck.de/nachhaltig

Für meinen Bruder Apple, in Liebe

INHALT

KREATUR

Im Sommer, als ich vierzehn war, einige Monate nachdem meine Mutter mit mir bei meinem Vater ausgezogen war, bekam ich einen Babysitterjob bei einer alten Dame in Widows' Point angeboten. Ich sollte zwei Wochen lang auf ihre Enkelkinder aufpassen. Mrs Pike ließ im Laden meiner Mutter ihre Kleider anpassen, und die beiden hatten alles vereinbart, ohne mich vorher zu fragen. Der Job war anders als sonst, es ging nicht nur um ein paar Stunden babysitten. Ich sollte dort wohnen. Ich kann mich nicht an das Gespräch mit meiner Mutter erinnern, ob ich Lust darauf hatte oder einen Streit anfing. Ich stritt mich damals wegen jeder Kleinigkeit mit ihr.

Der Widows' Point war eine Landzunge, die wie eine langstielige Bratpfanne in den Atlantik ragte. Bei Ebbe sah man vor der Küste im offenen Meer ein halbmondförmiges Felsenband, aber bei Flut versteckte es sich vollständig unter Wasser. Es waren zweifellos diese Felsen, die mehrere Hundert Jahre zuvor die Witwen, die der Landzunge ihren Namen gegeben hatten, zu solchen gemacht hatten. Um von unserer Wohnung in der Innenstadt zu den Pikes zu gelangen, musste ich an dem Haus vorbeiradeln, in dem ich aufgewachsen war, es lag auf dem Stiel der Bratpfanne und gehörte noch immer meinem Vater. Er war wieder in der Entzugsklinik, diesmal in New Hampshire, aber trotzdem duckte ich mich, als ich vorbeifuhr. Ich sah nur das Blumenbeet an der Straßenseite, das seit letztem Herbst nicht gepflegt worden war. Neue Triebe und Knospen kämpften sich durch braune Hülsen. Wir waren bereits zum dritten Mal ausgezogen, und ich hoffte, dass es das letzte Mal war.

Danach fiel die Straße ab und schlängelte sich um die Landzunge. Ein verziertes Schild verkündete: *Privatweg.* Die meisten der riesigen Häuser wurden von hohen Hecken verdeckt, sodass alles überwuchert und wie in einem Dornröschenschlaf wirkte. Als Kinder waren wir hier oft entlanggeradelt, hatten das Warnschild ignoriert und uns schaudernd ausgemalt, im Gefängnis zu landen, wenn wir erwischt würden, aber wir hatten uns nie in eine der Einfahrten getraut. Trotzdem waren wir mit den vielen Säulen und den alten, verblichenen Namensschildern bestens vertraut gewesen.

Die Einfahrt der Pikes war viel länger als gedacht. Auf der Straße hatte die Sonne auf meinen Rücken gebrannt, aber jetzt war es kühl und dämmrig, und die riesigen Bäume rechts und links von mir ließen ihre Blätter rauschen. Mir fiel nur eine einzige Person ein, die genau das gemacht hatte, was ich jetzt tat, und das war Maria aus *The Sound of Music.* Als sie sich mit ihrer Gitarre auf den Weg vom Kloster zur Trapp-Villa machte, sang sie ein Lied über das Mutigsein. Aber ich hatte den Text vergessen, also sang ich *You Are Sixteen Going on Seventeen,* bis hinter mir eine laute Hupe ertönte und ich mit dem Rad von der Straße abkam, in eine flache Rinne stürzte und sanft auf dem Laub des Vorjahrs landete.

Über mir sah ich einen Mann in schwarzem Anzug und Fliege, der mir etwas zurief.

«Geht's dir gut da unten?», meinte ich, ihn fragen zu hören. Er hatte einen Akzent. Das R rollte er mit der Zunge, es kam nicht hinten aus der Kehle.

Ich antwortete, dass alles okay sei. Er stieg nicht ins Laub hinab, um mir zu helfen, wartete aber, bis mein Rad und ich wieder auf der Straße standen. Sein Gesicht war lang gestreckt, und er hatte einen kreisrunden Glatzkopf, beides zusammen sah wie eine Kugel Eis in der Waffel aus.

«Du bist hier, um die kleinen Wesen zu bändigen?»

«Ja», sagte ich unsicher.

«Dann treffen wir uns gleich unten. Geh hintenrum. Nimm die linke Seite. Nicht den Unterstellplatz.» Damit meinte er wohl die Garage.

Erst nachdem er weitergefahren war, fiel mir das Auto mit seinem scheppernden Motor, dem fehlenden Dach und der langnasigen Motorhaube auf. Es war ein Oldtimer. Noch einmal hörte ich die Hupe, sehr laut, sogar aus der Ferne. Ganz anders als eine normale Autohupe. Eher wie das Halbzeitsignal bei einem Footballspiel. Kein Wunder, dass es mich vom Rad geholt hatte. Das Wort *Ballhupe* kam mir in den Sinn und begleitete mich, während ich die restliche Einfahrt entlangfuhr. Meine Sommerlektüre war *Jane Eyre*, ich steckte mittendrin. Das Wort hatte ich wohl aus dem Buch.

Das Haus kam in Sicht, nach und nach. Die Straße machte eine Kurve, und ich sah zunächst einen Teil davon, dann mit jedem Meter mehr, bis der ganze Kasten in seiner vollen Größe vor mir stand. Ein Herrenhaus. Grauer und weißer Stein mit Türmchen und Balkonen und anderen Dingen, die hervorsprangen, sich wölbten oder einge- buchtet waren und für die ich keine Namen hatte. Ich hatte mir schon gedacht, dass es ein Herrenhaus sein würde, weil die Leute es alle so nannten, aber alles, was wir uns darunter vorstellen konnten, war ein Haus wie unsere kleinen Cape-Cod-Cottages, nur viel breiter und höher. Doch Herrenhäuser, stellte ich fest, waren nicht aus Holz. Sie waren aus Fels. Eine große geschwungene Treppe führte feierlich zur Eingangstür hinauf, aber ich sollte ja «hintenrum» gehen.

Von hinten sah das Haus genauso schick aus wie von vorne, weniger Treppenstufen bis zur Tür, aber die glei- chen verzierten Säulen und die gleiche Steinbalustrade um eine breite Veranda. Der Mann von der Straße wartete auf mich, neben ihm eine Frau in gestreiftem Kleid und weißen Schuhen. Sie führten mich ins Haus, durch einen dunklen Flur zu einem Vorratsraum. Dort stand ein quadratischer Tisch mit einem karierten Wachstuch und drei zusammen- gewürfelten Stühlen.

Die Frau fragte mich, ob ich Hunger hätte, und obwohl ich verneinte, servierte sie Salzcracker und orangefarbene Käsescheiben. Sie presste ein kleines Rädchen mit Spei- chen in einen Apfel, zauberte acht gleichmäßige Schnitze hervor und schmiss das Gehäuse weg. Wir setzten uns an den Tisch. Ich wunderte mich, warum wir in so einem klei- nen, tristen Zimmer saßen, wo ihnen doch das ganze Haus zur Verfügung stand.

«Wo sind Ihre Kinder?», fragte ich die Frau. Ich nahm an,

dass ich meine Anweisungen eher von ihr als vom Vater bekommen würde.

Ich hatte noch nie eine erwachsene Person rot werden sehen. Sie errötete sofort, so, wie ich es von mir kannte, im ungünstigsten Farbton, den man sich vorstellen konnte, als ob das Blut gleich aus der Haut tropfen würde. «Ich habe keine Kinder», sagte sie. Schweiß perlte auf ihrer Lippe, und sie stand schnell auf, um meinen Teller in die Spüle zu stellen.

Der Mann lachte. «Die Kinder, auf die du aufpassen sollst, gehören keinem von uns! Zeig ihr die Räume oben und klär das arme Mädchen auf.»

Ich folgte der Frau drei Stockwerke hinauf. Die Hintertreppe hatte blanke Holzstufen, das Geländer war speckig, und es roch nach Kartoffelchips. Wir bogen in einen lichtdurchfluteten breiten Flur mit langen hohen Fenstern ein, die den Himmel über uns einrahmten. Nachdem wir an mindestens fünf Schlafzimmern vorbeigegangen waren, zeigte die Frau auf eines zu ihrer Linken, als ob sie es eben erst für mich ausgewählt hätte. Aber als ich einen Blick hineinwarf, sah ich einen Stapel Handtücher am Fuß des Bettes und den grünen Koffer meiner Mutter auf einer Holzablage liegen. Für einen Augenblick dachte ich, meine Mutter wäre auch hier, doch als ich eintrat, war niemand da. Ich hatte vergessen, dass sie den Koffer bereits am Sonntag hergefahren hatte. Die Frau sagte, ihr Name sei Margaret, und wann immer ich sie bräuchte, fände ich sie unten in der Küche.

«Die Kleinen sind mit ihrer Mutter an den Strand gefahren, aber zum Mittagsschlaf sollten sie wieder hier sein. Man wird dich dann sicherlich rufen.» Ihr Akzent war anders als der des Mannes. Fremd, aber anders. Mir wurde bewusst, dass die beiden wahrscheinlich gar kein Ehepaar waren.

Als die Frau weg war, schloss ich die Tür und sah mich um. Zum ersten Mal hatte ich ein Zimmer, das nichts mit meinen Eltern, ihrem Geschmack oder ihren Regeln zu tun hatte. Ich fühlte mich wie Marlo Thomas in *Süß, aber ein bisschen verrückt*, wie ein Mädchen mit einer ganz eigenen Wohnung. Das Zimmer war schlicht. Es gab zwei Einzelbetten, auf denen der gleiche weiß gestrickte Überwurf lag, die geriffelten Bettpfosten aus Eichenholz ragten bis auf Augenhöhe hoch und waren an den Enden wie Tannenzapfen zugespitzt. Zwischen den Betten stand ein Nachttisch mit Kattundeckchen, gerade groß genug für eine Glaslampe mit Zugschnur und einen Aschenbecher, auch aus Glas, mit einem Stier in der Mitte und vier Einkerbungen am Rand für Zigaretten. Als ich jünger war, hatte ich zusammen mit meiner Freundin Gina ein bisschen geraucht, heimlich im Wald, aber inzwischen war ich rausgewachsen. Obwohl der Aschenbecher sauber war, konnte ich die alte Asche noch riechen, und ich verstaute ihn in der klapprigen Nachttischschublade.

Es gab eine Sitzecke am Fenster! Schnell eilte ich hinüber, als ob sie gleich wieder verschwinden könnte, und legte mich bäuchlings auf das lange, halbrunde Kissen. Drei riesige Fenster formten einen Halbkreis – diese Hälfte meines Zimmers war rund –, und erst jetzt fiel mir auf, dass ich mich tatsächlich in einem der Türmchen befand, die ich von der Straße gesehen hatte.

Ich drückte meine Nase an dem alten Glas platt und atmete seinen staubigen, metallischen Geruch ein, blickte hinab auf die kiesbedeckte Einfahrt und den gestutzten

Rasen, der einem Feld mit hohen Gräsern und Wildblumen wich, das abrupt zum Meer abfiel. Ich dachte an meine Eltern und ihren Streit um Geld, und an meinen Vater, dessen Haus meiner Mutter und mir angesichts der Zweizimmerwohnung, in der wir jetzt lebten, groß vorkam. Für mich hatte unsere Wohnung überhaupt keine Ähnlichkeit mit der in *Süß, aber ein bisschen verrückt*, für meine Mutter – die noch nicht vierzig war und ein schönes Lächeln besaß und, wie sie immer sagte, noch einige Eisen im Feuer hatte – vielleicht schon. Ich wollte ihnen mein Zimmer in diesem Herrenhaus zeigen – aber dann auch wieder nicht. Ich wollte das alles für mich allein haben.

Das Zimmer kam mir plötzlich sehr weit oben vor, eine Flucht schien praktisch unmöglich. Ich verscheuchte alle Gedanken an Rapunzel, eine Geschichte, die mir immer Angst gemacht hatte, und an Charles Manson, von dem uns Ginas Bruder diesen Frühling erzählt hatte. Ich öffnete meinen Koffer und nahm *Jane Eyre* und das neue Notizbuch heraus, das ich mir gekauft hatte. Aber mir stand der Sinn nicht nach Lesen oder Tagebuchschreiben, sodass ich einen Brief an Gina begann. Ich erzählte von meiner Fahrt zu den Pikes. Ich erzählte davon, wie ich am Haus meines Vaters vorbeigekommen war und die vernachlässigten Blumenbeete gesehen hatte, *all der Tod und das neue Leben so eng miteinander verwoben*, schrieb ich und war über mich selbst erstaunt und schrieb weiter.

Nach einer guten Stunde fuhr ein marineblauer Kombi die Einfahrt entlang und hielt vor dem *Unterstellplatz*. Meine Fenster waren zu, aber ich konnte sehen, dass der kleine Junge weinte, als er aus dem Auto stieg, und das kleine Mädchen schlief, als seine Mutter es vom Rücksitz hob und auf den Arm nahm. Vermutlich hätte ich runtergehen und helfen sollen, hätte Handtücher und Strandspielzeug aus dem Auto räumen, das schlafende Mädchen an mich nehmen und es in irgendein Bett legen sollen, aber das tat ich nicht. Es drängte mich nicht, meinen Dienst anzutreten. Ich blieb auf dem Kissen in meinem Türmchen liegen, bis es eine halbe Stunde später an der Tür klopfte und meine Arbeit tatsächlich begann.

Der Job war nicht schwer, zumindest nicht, bis Hugh ankam. Margaret kochte, und Thomas, der Mann mit dem Eistütenkopf, servierte die Mahlzeiten und machte den Abwasch. Eine Dame namens Mrs Bay kam, um die Wäsche zu waschen, auch die widerlichen Stoffwindeln, auf denen Kay, die Mutter der Kinder, bestand. Als ich Kay am ersten Tag begegnete, gab sie mir Elsie an die eine und Stevie an die andere Hand, sagte, «ich muss so dringend pinkeln, ich mach mir gleich in die Hose, Carol», und sauste davon. Gleich danach kam sie wieder und umarmte mich und dankte mir, dass ich gekommen war, als ob wir alte Freunde wären und ich für einen kleinen Plausch vorbeigeschaut hätte. Mir war unser Altersunterschied bewusst – ich war vierzehn, und sie war neunundzwanzig –, aber da sie ihre Tage sonst mit einer Zwei- und einem Vierjährigen verbrachte, wirkte ich wohl älter auf sie, als ich war. In Anwesenheit ihrer Mutter war Kay anders, förmlich, beinahe still. Mrs Pike erläuterte uns jeden Morgen im Frühstücksraum, wie der Tag sich abspielen sollte. Kay nickte die Vorschläge ihrer Mutter ab – Mrs Pike wollte, dass sie alte Freunde besuchte, im Club Tennis spielte, sich mit ihrem ehemaligen Hauslehrer für Deutsch traf, der so viel Potenzial in ihr gesehen hatte –, aber sobald ihre Mutter nach dem Frühstück das Zimmer verlassen hatte, um sich an ihren Schreibtisch zu setzen, drehte sich Kay zu mir um und schmiedete andere Pläne.

Wir fuhren mit den Kindern an unterschiedliche Strände, gingen ins Walfangmuseum und ins Aquarium, hielten nach dem Mittagessen oft an irgendeiner Eisdiele und stellten uns unsere eigenen Eisbecher zusammen. Am frühen Nachmittag spielte ich mit den Kindern im Pool, während Kay auf einer Liege im Gras ihr Buch las, dann brachte ich die beiden ins Bett. Sie wehrten sich nie. Nach den Aktivitäten des Morgens, der heißen Sonne und dem Baden waren sie mehr als bereit, im dämmerigen Haus unter ihre kühlen Decken zu kriechen und in einen tiefen Schlaf zu fallen. Während ich ihnen vorlas und Lieder sang, malte ich mir aus, danach auch auf mein Zimmer zu gehen und zu schlafen, aber wenn ich in meinem Türmchen im zweiten Stock ankam, steckte ich wieder voller neuer Energie. Ich schrieb weiter an Gina über mein Leben im Herrenhaus der Pikes. Ich las *Jane Eyre*. Ich fühlte mich Jane plötzlich so viel näher, jetzt, da ich auch auf einem herrschaftlichen Anwesen lebte und zwei Kinder beaufsichtigte. Bald nahm mein Brief Ton und Wortwahl von Charlotte Brontë an, worüber sich Gina später gnadenlos lustig machen würde. Aber ich probierte mich aus: Ich war «süß, aber ein bisschen verrückt», ich war Jane Eyre, ich war eine Schriftstellerin, alleine in ihrem eigenen Zimmer – die ich tatsächlich, nach vielen anderen Stationen, werden sollte.

Nachdem die Kinder aufgewacht waren, spielte ich mit ihnen draußen auf dem Rasen, bis der Hunger sie quengeln ließ und wir Margaret für eine Zwischenmahlzeit in der Küche aufsuchten. Abendessen gab es erst um acht. Ich musste zunächst Elsie in ihren Hochstuhl zwängen (sie bevorzugte eigentlich den Schoß, vor allem zu dieser Uhrzeit), dann zog ich mich in die Küche zurück, wo ich mein Abendessen am Tisch mit dem Wachstuch einnahm. Manchmal setzten sich Margaret oder Thomas für ein oder zwei Minuten zu mir, aber sie mussten ständig aufspringen, um einen neuen Gang zu servieren. Stevie und Elsie schafften es nur selten bis zum Nachtisch. Oft erschien Kay in der Küchentür und bedeutete mir, dass ich mit der Evakuierung beginnen könne. Natürlich lief das nicht kampflos ab, denn man hatte die Kinder mit dem Nachtisch als Belohnung für gutes Verhalten geködert. Aber sie hatten «Aufhebens gemacht», wie Mrs Pike es nannte, und ihr Abschied nach oben in meinen Armen war laut und hing uns wie der Schweif eines Papierdrachens nach, vom Esszimmer die breite Vordertreppe hoch, weiter über den Treppenabsatz mit den beiden Sofas unter den Fenstern bis hinauf in ihre Zimmer im ersten Stock.

So ging das die ersten sechs Tage. Dann kam Hugh an. Er fuhr in einem durchgerosteten Malibu die Einfahrt entlang. Wir saßen beim Frühstück, das ich mit den anderen im Esszimmer einnahm, um die morgendliche Energie der Kinder mit im Zaum halten zu können. Margaret bemerkte ihn zuerst. Wir gingen alle auf die Loggia hinaus, wie Mrs Pike den überdachten Vorbau nannte, dessen Säulenbögen zur Einfahrt ausgerichtet waren.

«Aber Thomas sollte dich doch am Nachmittag am Logan abholen», rief Mrs Pike ihm zu, während sie sich daranmachte, die vielen Treppenstufen hinabzusteigen.

Hugh lehnte am Auto. «Dann fahre ich wohl am Nachmittag zurück zum Flughafen und warte dort auf ihn.»

«Sei nicht albern.» Mrs Pike, in Strumpfhosen und Pumps, nahm vorsichtig eine unebene Stufe nach der anderen.

«Sieh ihn dir an. Keinen Zentimeter geht er auf sie zu», sagte Kay zu mir. Dann rief sie hinab: «Wo ist Molly Bloom?»

«Molly Bloom hat eine neue Stelle.»

«Sie kommt nicht?»

«So isses.» Er zog eine Reisetasche aus dem Kofferraum. «Ihr habt mich ganz für euch allein.»

Als Mrs Pike den Kiesboden erreicht hatte, breitete er die Arme aus und rief: «Goldmütterchen.»

Sie stellte sich auf die Zehenspitzen, um ihm einen Kuss zu geben.

«Wer ist Molly Bloom?», fragte ich Kay, während wir darauf warteten, dass die beiden hochkamen. Ich trug Elsie auf dem Arm und sie Stevie. Beide wollten runter, aber wir ignorierten sie. Kay und ich waren bereits an einem Punkt angelangt, an dem wir uns wortlos verstanden, wenn es um die Kinder ging. Keine von uns musste darauf hinweisen, wie gefährlich die steile Treppe für sie wäre.

«Hughs Ehefrau.»

Hugh sah zu jung, zu verwildert aus, um eine Ehefrau zu haben. Er sah aus wie ein Junge, der gerade aus dem Internat nach Hause gekommen war. Er war schlaksig und schien noch zu wachsen, die zerrissenen, ungewaschenen Hosen waren eine Idee zu kurz, den Armen fehlten die Muskeln. Und er hatte die zerzausten Haare eines Teenagers, wuschelig und unkämmbar. Er hatte den Arm um seine Mutter gelegt, als sie die Treppe heraufkamen, und die beiden sahen aus wie ein Pärchen in einem Film, die reiche alte Dame, die sich mit dem armen Landstreicher angefreundet hat.

Als er oben angekommen war, schlang er die Arme um seine Schwester und Stevie und drückte beide, bis sie quietschten.

Dann drehte er sich zu mir. Er hatte helle, wässerig grüne Augen. «Eine Fremde in unseren Reihen.»

«Das ist Carol. Sie hilft meiner Mutter.»

«Hallo, Cara.» Anstatt meine Hand zu schütteln, fuhr er Elsie durch die Haare.

«Car*ol*», sagte Kay.

Aber er beachtete sie nicht. Er beugte sich hinab, ließ Stevie hoch in die Luft fliegen und stimmte ein Lied an über jemanden, der einen Arzt um weitere Pillen anbettelte.

Stevie kreischte vor Vergnügen.

Ich spielte das Lied in meinem Kopf weiter. Die Stones. *Mother's Little Helper.* Ich war begeistert, dass er es nicht erklärte, sondern sicher war, dass ich es verstehen würde.

«Setz ihn ab, sonst weckt er noch die Toten», rief Mrs Pike.

Betont eilfertig stellte er Stevie wieder auf den Boden, dann beugte er sich zu ihm hinab. «Du wirst die Toten wecken», knurrte er ihm langsam ins Ohr. «Und die Toten sind unsere einzigen Freunde hier.»

Stevie versteckte sein Gesicht zwischen den Beinen seiner Mutter.

«Du liebe Güte, Hughie, er ist vier», sagte Kay.

«Du liebe Güte? Wer bist du denn, Mrs Milkmore?» Er drehte sich zu mir um. «Kennst du Mrs Milkmore?»

«Herrje, so viel zum Thema ‹die Toten wecken›», sagte Kay.

«Glaubst du, sie ist tot?» Hugh stellte sich aufrecht hin, streckte die Brust raus und sprach mit verzerrtem Mund und kehliger Stimme. «Du liebe Güte, Kay, zieh dir sofort einen anderen Rock an. Unsere Schule ist keine Nudisten-kolonie!»

«Oh Gott, du hörst dich genauso an wie sie! Das hat sie wirklich gesagt, nicht wahr?»

Hinter ihnen verschwand Mrs Pike im Haus. Ihr weißes Hemd und der karierte Rock blitzten kurz hinter dem Fens-ter auf, sie war auf dem Weg zum Schreibtisch. Hugh blickte zum Pool und dem Meer dahinter. «Erinnert mich alles an die Hochzeit.»

Kay beobachtete ihre Mutter durch ein Fenster. «Tja, wir haben sie in weniger als einer Minute vertrieben. Vielleicht ein Rekord.»

«Wie gewonnen, so zerronnen.»

«Also, ich erinnere mich vor allem an diesen weinenden Pfarrer», sagte Kay und drehte sich wieder zu ihm um.

«An den erinnern sich alle. Er hat uns das Rampenlicht gestohlen. Wo hatte sie den eigentlich aufgetrieben?»

«Ich glaube, er ist der Typ, der im Sommer immer die Vertretung in der Kirche macht.»

«Nein, das war Reverend Carmichael.»

«Reverend Carmichael? Wie zum Teufel kannst du dich an solche Sachen erinnern? Wir haben doch kein einziges Mal den Gottesdienst dort besucht. Ich weiß nie, ob du ein-fach nur Scheiße …» Sie hielt sich den Mund zu.

Hugh riss seine leuchtenden grünen Augen auf. Das Weiß war von hellen roten Fäden durchzogen. Er beugte sich zu Stevie hinab. «Mommy hat ein böses Wort in den Mund genommen.»

Stevie kicherte verunsichert.

«Und, sind es gute Erinnerungen?», fragte Kay.

Er blickte wieder in die Ferne, nickte bedächtig. Er hatte noch mehr zu sagen, schwieg aber. Dann kratzte er sich an einem seiner knöcherigen Ellenbogen und meinte: «Es war zauberhaft. Wie ein langer Traum.» Er drehte sich um und blickte zu mir. «Elsie macht dir gerade ein wunderschönes Armband aus frischer Kacke.»

Aus Elsies Windel tropfte es auf mein Handgelenk. Als ich die große dunkle Treppe hochraste, fühlte ich mich leicht, in meiner Brust regte sich etwas Neues, Aufregendes, eine Art Helium, das mich von Stufe zu Stufe schweben ließ und das Atmen erschwerte, es aber irgendwie auch überflüssig machte. Die Kacke war durch die nutzlose Stoffwindel und den Gummiüberzug gesuppt, und ich musste Elsies gesamte Kleidung wechseln. Ich eilte zurück auf die vordere Veranda, aber sie waren schon weg.

Hugh brachte den Tagesablauf von allen durcheinander. Die Kinder warteten darauf, dass er aufwachte. Ich wartete darauf, dass er herunterkam, bevor wir das Haus verließen. Kay wartete auf den Nachmittag, wo er uns am Pool Gesellschaft leistete und sie offen reden konnte, ohne dass ihre Mutter dabei war.

«Sie besteht darauf, dass die Kinder zusammen mit uns zu Abend essen», erzählte sie ihm an diesem Nachmittag, «aber eine verfluchte Stunde nach ihrer Bettzeit. Das ist das einzige Mal am Tag, dass sie sie sieht, und die beiden verhalten sich dann natürlich so schlimm wie nie. Sie sagt immer, sie sind so *sensibel* und *fragil*. Sie sind einfach nur scheißerschöpft, Ma.» Wenn sie mit Hugh sprach, klang

Kay wie mein Vater nach ein paar Drinks. Sie war eine ganz andere Person als vorher.

Hugh lag rücklings auf dem Betonboden, seine Füße und Schienbeine baumelten im Wasser. Er warf immer wieder ein Kuscheltier von Stevie in die Luft und fing es auf, einen blauen Bären mit einem weißen Stern auf der Brust. Stevie beobachtete ihn nervös, während er sich von mir in einem roten Schwimmring durch das flache Wasser ziehen ließ. Ich war ein Langflossen-Grindwal, hatte er bestimmt, und musste sein Boot ans Ufer ziehen.

«Ich weiß nicht, ob wir Kinder haben werden.»

«Was? Warum nicht?»

Hugh antwortete nicht.

«Will Raven keine?»

«Stevie», rief Hugh, «dieser Bär will mit an Bord.» Er warf nicht weit genug, und der Bär landete mit dem Gesicht nach unten im Wasser. Stevie jammerte, dass der blaue Bär nicht schwimmen könne, und ich fischte ihn schnell heraus, bevor sich sein Fell vollsaugen konnte. Kay wartete immer noch auf eine Antwort ihres Bruders, aber sie blieb aus.

Hugh hatte Raven (ich war mir nicht sicher, ob das ihr richtiger Name war oder ob Hugh ihn ihr gegeben hatte, so, wie er mich Cara getauft hatte; aber alle in der Familie nannten sie so, außer Kay, wenn sie Molly Bloom sagte, eine Anspielung, die ich erst im Englischunterricht in der zwölften Klasse verstehen würde) letzten Sommer im Garten des Hauses geheiratet. Bevor er ankam, hatte das niemand erwähnt, aber jetzt war es ständig Thema. Nach einer Weile merkte ich, dass es vor allem Mrs Pike war, die das Fest aufbrachte. Ich hatte das Gefühl, dass die Hochzeit sehr teuer gewesen sein musste und es in der Stadt immer noch einige offene Rechnungen gab (bestimmte Geschäfte, vor allem der Getränkemarkt, waren zu vermeiden, und man musste stattdessen weiter entfernt liegende Läden ansteuern). Mrs Pike musste ihr Geld zusammenhalten, allerdings hörte ich Thomas einmal sagen, dass sie sich das alles nur einbildete und sich deswegen furchtbar stresste. Aber Mrs Pike schien Hugh die große Hochzeit nicht zu verübeln. Sie musste sich nur mehrmals am Tag versichern, dass sie sich auch gelohnt hatte. Sich daran zu erinnern und darüber zu sprechen, erhöhte für sie den Wert des Festes oder gab ihr zumindest das Gefühl, etwas für ihr Geld zu bekommen, so als würde es immer noch für sie arbeiten, wie bei einem besonders teuren Gerät, dessen häufiger Gebrauch die hohen Anschaffungskosten rechtfertigt.

Nach einigen Tagen wusste ich so viel über dieses eine Wochenende, dass ich einen Film darüber hätte drehen können: die lange und unangemessene Rede von Hughs Freund Kip, der beim Essen am Vorabend über Hughs Ex-Freundin Thea sprach; Ravens schwarzes Kleid (das nicht zu ihren Haaren gepasst hatte – trotz ihres Namens war sie blond), das «die ganzen alten Tanten» (nicht klar, wessen) in Unruhe versetzt hatte; Stevie, der die Ringe auf seinem sehr wichtigen – und sehr schmuddeligen – Schlafkissen *Nachtinacht* zum Brautpaar trug; der schluchzende Pfarrer; der Freund der Familie, der nach dem Empfang mit dem Auto vom Hafendamm abkam und sehr, sehr viel Glück hatte, dass gerade Ebbe war.

Bis Hugh kam, war Mrs Pike nie mit uns zusammen am Pool gewesen. Jetzt kam sie jeden Nachmittag nach ihrer

«Mittagsrast» zu uns hinaus. An seinem zweiten Tag spielten Hugh und ich gerade Seehund mit Stevie und Elsie. Die Kinder trieben in ihren Gummireifen und Schwimmflügeln auf dem Wasser, und wir tauchten zusammen unter, um sie an den Füßen zu kitzeln und ihrem Quietschen zu lauschen.

«Du hast mich gebeißt!», beschwerte sich Elsie nach einigen Durchgängen.

Hugh fletschte die Zähne, und sie kreischte.

Margaret trat auf die Veranda, stieg die vier steinernen Treppenabsätze hinab und ging durch den ganzen Senkgarten bis zum Tor des Poolbereichs, wo sie sagte: «Deine Frau ist am Apparat, Hugh.»

«Ach, Margaret – wer hat niemals Ruh? Hugh», sagte er.

Auf Margarets Gesicht erschien ein Grinsen. «Nein, Hugh, ich lasse dir keine Ruh.» Mit einer einzigen fließenden Bewegung stieg er aus dem Pool. Das Wasser triefte von seinem Kopf auf den Rücken. Die grüne Badehose klebte an seinem Po, und ich konnte seine Form genau erkennen, zwei knöchrige Tränen. Er wackelte mit ihnen, als ob er spürte, dass ihm jemand zusah. Dann joggte er über das Gras, und als er die Treppenstufen erreicht hatte, hatten sich bereits einige seiner Ringellocken wieder aufgestellt.

«Nun, man kann wohl kaum übersehen, dass er immer noch Feuer und Flamme ist», sagte Mrs Pike.

«Nein, das kann man wohl kaum», sagte Kay.

Ohne Hugh in ihrer Mitte wirkten sie plötzlich so, als würden sie sich kaum kennen. Kay lag steif auf ihrer Liege, die Hände auf einem aufgeschlagenen Buch, das sie umgedreht auf ihrem Schoß abgelegt hatte und dem sie sich, das wusste ich, wieder widmen wollte. Aber Mrs Pike, auf einem der kleineren, aufrechten Stühle unter dem Sonnenschirm, hatte keinen Lesestoff oder andere Ablenkungen. Und auch wenn sie nicht dauernd redete, sprach sie doch genug, um einen davon abzuhalten, sich wieder dem Lesen zu widmen. Ich war froh, nur eine Angestellte im Pool zu sein, momentan eine brave, blau geringelte Krake, die brave Kinder durch das Wasser zog. Stevie trug Ohrstöpsel, weil er anfällig für Ohrenentzündungen war. (Hugh foppte ihn immer, indem er so tat, als würde er etwas sagen, nur damit Stevie rief: *Ich kann dich nicht hören, ich habe Uhrstöpsel drin!*) Elsie riss ihm einen Stöpsel aus dem Ohr, und Stevie kreischte.

«Ist es nicht Zeit für den Mittagsschlaf?», fragte Mrs Pike. Normalerweise war es das nicht, wenn sie fragte, aber diesmal stimmte es.

Ich sammelte die Handtücher und das Wasserspielzeug ein, die Wickeltasche, die Brotdosen und die Plastikbecher.

Kay sagte: «Ich kann sie hochbringen.»

Aber Mrs Pike widersprach: «Lass das Cara machen.» Sie wusste, wie ich eigentlich hieß, aber sie hatte beschlossen, dass sie Cara lieber mochte. Als sie klein war, hatte es in ihrer Sonntagsschulklasse ein Mädchen namens Carol gegeben, das ihr unsympathisch gewesen war. «Dafür ist sie schließlich da.»

Ich hatte uns alle so gut wie möglich abgetrocknet, aber als wir durch die Glastüren in die Bibliothek traten, tropften wir noch ein wenig und hinterließen kleine dunkle Flecken auf dem blau-goldenen Teppich. Ich klang so, als würde ich mir Sorgen um den Teppich machen und den kürzesten Weg zur Treppe suchen, aber ich nahm Umwege, führte die Kinder durch die verschiedenen Räume, Wohnzimmer, Arbeitszimmer und die kurzen Flure, und lauschte dabei angestrengt nach jemandem, der telefonierte. Ich wollte wissen, wie er mit Raven sprach. Ich wusste, wie er mit seiner Schwester sprach (unverblümt, sarkastisch), und wie mit seiner Mutter (weicher, fröhlicher, mit entschärften Ecken und Kanten, schon fast beflissen), aber wie würde er mit seiner Frau sprechen?

Die Zimmer waren alle leer. Ich stieß auf ein kleines Kabuff, die Tür war halb geöffnet, auf dem beigen Teppich sah ich dunkle Tröpfchen. Es war unmöbliert, abgesehen von einem Regal und einem alten schwarzen Telefon mit Wählscheibe, dem einzigen Telefon, das ich je in diesem ganzen Haus sah. Aber der Hörer lag auf der Gabel, und Hugh war nicht mehr da.

Er saß auf der untersten Stufe der Vordertreppe, die Ellenbogen auf den Knien, der Kopf war vorgebeugt und hing schlaff zwischen seinen kantigen Schulterblättern herab. Erst, als Stevie ihm seinen Finger ins Ohr bohrte, blickte er hoch. Aber er setzte sich nicht auf. Er drehte uns nur seinen Kopf zu.

«Hey, du», Stevie versuchte ungeschickt, seinen Onkel nachzumachen.

«Lässt du Hugh auch keine Ruh, was?», sagte Hugh. Er sah krank aus, grünlichgrau, allerdings sah alles in diesem dämmerigen Haus tagsüber ein wenig so aus.

«Was machst 'n du da?»

«Nachdenken. Was machst 'n du da?»

«Mittagsschlaf. Ich werde jetzt ins Bett gebracht.»

Hugh lächelte schwach. «Das hört sich schön an. Ich würde jetzt auch gerne ins Bett gebracht werden.»

Stevie schüttelte den Kopf.

«Nein?»

Stevie schüttelte nur weiter den Kopf. Er hatte sein Pulver in dieser Unterhaltung bereits verschossen. Und er war müde. Aber er versperrte mir den Weg nach oben, eine Hand hatte er auf Hughs Bein gelegt, die andere auf den untersten Geländerpfosten. Ohne hinzuschauen, wusste ich, dass Elsie bereits eingeschlafen war. Ihre Stirn lag schwer und feucht an meinem Hals.

«Kommst du gerne hierher, in dieses Haus?», fragte Hugh Stevie.

«Ja», sagte Stevie und schwankte hin und her. Er verlagerte sein geringes Gewicht von Hughs Knie auf den Pfosten und wieder zurück.

«Ich erinnere mich, wie ich früher hierherkam, um meine Großmutter zu besuchen.»

«*Deine* Großmutter?»

«Grammys Mama.»

«Grammys Mama», flüsterte Stevie und versuchte zu begreifen, was das bedeutete.

«Sie trug immer nur Schwarz, riesige lange Kleider, die bis zu den Knöcheln gingen. Sie war eine der letzten Viktorianerinnen. Und der einzige Dämon, den ich je kennengelernt habe.»

«Was ist das?»

«Ein Dämon? Ein Dämon ist noch schlimmer als ein Geist.»

«Oh.» Darüber wollte Stevie lieber nicht weiterreden.

Sie schauten einander an, Hugh atmete laut durch die Nase, Stevie schaukelte immer noch zwischen Knie und Pfosten hin und her. Ich konnte Hugh riechen. Ich wusste bereits, wie er roch. Scharf und ungewaschen, selbst wenn er gerade im Pool gewesen war, und ich wusste, dass ich diesen Geruch ausschließlich an seinem langen, sehnigen Körper mochte, sonst nirgendwo. Ich atmete gierig ein.

Eigentlich hätte ich Stevie die Treppe hochscheuchen sollen, aber ich spürte, dass Hugh nicht allein sein wollte. Irgendwas in ihm schrie nach etwas. Weder Stevie noch ich wussten, was das sein konnte oder was passiert war, aber so oder so zwang es uns, stehen zu bleiben.

«Wie geht es deinem Dad?», fragte Hugh. Für einige Sekunden dachte ich, dass er alles über meinen Vater und die Drogen und die vielen Entzugskliniken wusste, dass meine Mutter Mrs Pike alles erzählt hatte und die ganze Familie informiert war und sich beim Abendessen, wenn ich in der Küche saß, darüber lustig machte – und mein ganzer Körper schmerzte plötzlich.

«Gut», sagte Stevie. «Er arbeitet viel.»

«Sind sie gut miteinander, Mom und er?»

«Ja.» Stevies Antwort klang eher wie eine Frage.

«Manchmal streiten sich Eltern. So, wie du dich mit Elsie streitest. Machen die beiden das nicht?»

Stevie schüttelte den Kopf.

«Dein Dad ist lieb zu deiner Mom?»

«Ja.»

«Und deine Mom ist lieb zu deinem Dad?»

«Ja.»

«Hörst du sie reden? Nicht mit dir und deiner Schwester, sondern miteinander, über Erwachsenensachen?»

«Ja. Viel.»

«Und sind ihre Stimmen dann fröhlich?»

«Mhmm.»

«Wann hörst du sie denn reden?»

«Oft. Am Morgen.»

«Kannst du sie reden hören, wenn du in deinem Zimmer bist?»

Stevie atmete tief ein, um einem großen Gedanken Luft zu machen. «Ich denk dann, sie gucken Fernsehen, aber ich komme rein und sie gucken gar nicht. Sie liegen da und starren an die Decke und lachen. Sie sind komisch, glaube ich.»

«Sie sind nicht komisch. Sie sind glücklich, Stevie. Versprichst du mir, dass du dich immer daran erinnerst?»

«Woran soll ich mich erinnern?»

«Dass deine Mom und dein Dad miteinander lachten. Versprichst du mir das, dass du das auch noch weißt, wenn du so alt bist wie Grammy?»

«Klar, okay. Gute Nacht.» Er lachte. «Nee, nicht gute Nacht, sondern guten Mittagsschlaf.»

«Du vergisst es nicht?»

«Was denn?»

«Du hast es schon vergessen!»

«Nein, habe ich nicht. Ich vergesse es nicht.» Er lachte wieder, machte aber keine Anstalten, nach oben zu gehen. «Lachen ist komisch. Warum lachen wir?»

«Wahrscheinlich, damit wir nicht brabbeln wie Babys.»

«Oh.»

Stevie begann, die Treppe hochzugehen, und ich folgte ihm. Elsie regte sich, als ich mich plötzlich bewegte, wachte aber nicht auf.

«Können wir das Buch mit dem roten Auto lesen?», fragte Stevie mich.

«Na klar.»

Wir erreichten den Treppenabsatz. Hier oben war die Luft wärmer. Wir betraten die nächste Treppenflucht. Hugh saß immer noch auf der untersten Stufe und wurde kleiner und kleiner, je höher wir hinaufstiegen.

Langsam, vorsichtig, legte ich Elsie in ihrem Gitterbett ab, sie wachte nicht auf. Ich las Stevie zwei Bücher vor, dann kroch er unter sein festgezurrtes Laken (Margaret machte die Betten jeden Morgen straff wie Wadenwickel). Noch ehe ich beim Refrain von *Here Comes the Sun* angekommen war, war er eingeschlafen.

Zurück im Flur linste ich kurz über das Geländer. Hugh saß immer noch da. Als er sich bewegte, zog ich schnell meinen Kopf zurück.

Oben in meinem Zimmer schrieb ich weiter an meinem Brief für Gina. Inzwischen waren es über fünfzehn Seiten, der längste Text, den ich je geschrieben hatte. Ich mochte es, mit dem Finger über die Abdrücke der Wörter zu fahren, die mein blauer Kuli auf beiden Seiten des Briefpapiers hinterlassen hatte.

«Wo ist Hugh?», fragte Mrs Pike an diesem Abend, als ich gerade dabei war, Elsie in ihrem Hochstuhl zu verstauen.

«Davy Stives ist hier», sagte Kay. «Sie sind zum Abendessen in die Stadt gefahren.» Für die Pikes war die Stadt nicht die Innenstadt von Ashing, sondern das eine Stunde entfernte Boston.

«Ich hoffe, er hat Margaret Bescheid gegeben.»

«Ich habe es ihr gesagt.»

Mrs Pike machte ein angesäuertes Gesicht, während sie die Serviette auf ihrem Schoß ausbreitete. Ich hatte das

Gefühl, sie war auf der Suche nach weiteren Gründen, sich zu beschweren.

Ich zog mich in die Küche zurück, bevor sie ihre Aufmerksamkeit auf mich lenken konnte.

Es war kurz vor vier Uhr am Morgen, als der Malibu langsam über den Kies knirschte und unter meinem Fenster zum Stehen kam. Ich spürte eine vertraute Angst, als Hugh die Tür öffnete und aus dem Auto stieg. Aber er war nicht betrunken. Ich wusste, was betrunken war. Ich konnte bereits problemlos die Unterschiede zwischen ‹betrunken› und ‹auf Drogen› und ‹komplett mit Kokain zugedröhnt› ausloten. Er ging rasch und auf direktem Wege auf die Treppe zu und nahm die Stufen ohne Probleme. Er öffnete leise die Tür und verschwand. Das Außenlicht ging aus.

Er erschien nicht zum Frühstück. Kay und ich nahmen mit den Kindern die Morgenfähre nach Drake's Island.

Am Nachmittag waren wir wieder am Pool.

«Seit wann weißt du, dass sie nicht glücklich ist?», hörte ich Kay ihn fragen.

Mrs Pike war beim Bridge, sodass sie ungestört sprechen konnten.

«*Glücklich.*» In seinem Mund klang es wie ein Schimpfwort. «Ist dein Mann *glücklich*? Jeden Tag? An manchen Tagen? Wann ist man denn *glücklich*? Was heißt es, *glücklich* zu sein in einer Beziehung? Bist du glücklich? Was für ein dämliches Wort. Was zur Hölle ist das, glücklich sein?»

«So schwierig ist das nicht. Entweder man lebt gerne mit jemandem zusammen oder eben nicht. Entweder magst du die Sache mit der festen Bindung oder nicht. Vielleicht magst du die Sache mit der festen Bindung genauso wenig wie sie, aber sie war die Erste, die es laut ausgesprochen hat, und jetzt tust du ganz empört, aber eigentlich willst du genau das Gleiche.»

«Gesundheit, Herr Doktor. Wohl kaum.»

«Na ja, so war es doch auch mit Thea, oder?»

«Thea? Wir reden hier nicht über *Thea*.»

«Ich rede von Beziehungsmustern.»

«Meine Frau, der ich vor noch nicht einmal einem Jahr auf genau dem Stück Rasen dort hinten ewige Treue geschworen habe, haut ab. Das ist kein Beziehungsmuster, Kay. Das ist mein Leben, das gerade auseinanderbricht.»

Er stand auf und knallte das Tor hinter sich zu.

Sie wussten nicht, dass ich ihnen zuhörte. Sie dachten, ich wäre ein Taucher, der nach einem Schatz suchte, den Stevie auf dem Boden des Pools versteckt hatte. Ich hatte ein Talent darin, mich aufzuspalten, so zu tun, als wäre ich kindisch und bekäme nichts mit, und gleichzeitig die Gespräche der Erwachsenen mit der Konzentration und Differenzierungsfähigkeit eines Forensikers zu sezieren.

Ich konnte es kaum erwarten, die Kinder ins Bett zu bringen und Gina zu schreiben, was ich gehört hatte. *Hughs Herz liegt in Trümmern. Welch kaltherzige Bestie vermag es, einem wie seinesgleichen ihre Liebe zu entziehen?*

Aber die beiden hatten Schokoladenpudding zu Mittag gegessen und waren nicht müde. Stevie besaß einen Plattenspieler aus Plastik mit nur einer Platte, einer 45er mit *Feed the Birds* auf der einen und *It's a Small World* auf der anderen Seite. Ich wollte *Feed the Birds* spielen, um sie einzulullen, aber sie wollten *It's a Small World* – immer und immer wieder. Sie tanzten dazu, wurden immer wilder und warfen ihre Kleidung ab, bis Elsie sich ihrer Windel entledigte und sie an die Wand schmiss, wo sie einen dunklen Urinfleck auf der Rosentapete hinterließ. Ich eilte mit ihr ins Bad, wo Kay einen Wickeltisch aufgestellt hatte. Elsie hatte einen leichten Ausschlag, und ich schmierte ihren Schritt und ihren Po dick mit Wundcreme ein. Ich mochte den Geruch der Salbe. Ich schnupperte an meinen Fingern. Er erinnerte mich an meine früheste Kindheit. Ich nahm einen weiteren tiefen Atemzug und versuchte, einen bestimmten Augenblick oder einen konkreten Ort heraufzubeschwören, den ich damit verband, aber es gab nur dieses Gefühl. Ein gutes Gefühl. Ein warmes, sicheres Gefühl, das ich nicht mehr hatte.

Ich hörte erst Stevie reden, dann Hughs Stimme, und ich beeilte mich, Elsie ihre frische Windel anzuziehen, aber als wir aus dem Bad kamen, waren nur noch Hughs Schritte auf der Treppe zu hören.

«Mit wem hast du geredet?», fragte ich.

«Mit meinem Onkel», sagte Stevie.

«Was hat er denn gesagt?»

«Er hat gesagt, dass er nach etwas für mich auf dem Dachboden gesucht hat.»

«Dem Dachboden?»

Er zeigte nach oben. Ich hätte meine Etage mit all diesen wunderschönen Schlafzimmern niemals als Dachboden bezeichnet. «Aber er hat es nicht gefunden.»

Wir kuschelten uns alle drei in Stevies Bett. Gerade, als ich *Der Lebenszyklus der Grünen Meeresschildkröte* aufschlagen wollte, sagte Stevie: «Oh, und er hat gesagt, dass du eine tolle Autorin bist.»

«Wer?»

«Du.»

«Wer hat das gesagt?»

Er kicherte und dachte, ich wollte ein Spiel mit ihm spielen, aber das wollte ich nicht. Er sah, dass ich ernst war, und wurde still. «Hugh hat das gesagt», sagte er leise. «Onkel Hugh hat das gesagt.»

Ich handelte das Leben der Grünen Meeresschildkröte im Schnelldurchlauf ab und erlaubte ihnen, zusammen in Stevies Bett zu schlafen. Dann schloss ich die Tür und rannte in mein Zimmer, als könnte ich noch verhindern, was ohnehin schon geschehen war.

Ich hatte mein Notizbuch auf der Sitzbank am Fenster liegen lassen, zugeschlagen, unter meiner Taschenbuchausgabe von *Jane Eyre*. Aber jetzt war es auf einer Seite aufgeschlagen, auf der ich Hugh gezeichnet hatte, lang und dünn und einsam, auf dem Rasen, wo er geheiratet hatte. Ich blätterte das Buch mit seinen Augen durch und versuchte abzuschätzen, wie verfänglich alles war. Eine Zeichnung, die sein Auto von meinem Fenster aus zeigte, ein Gedicht darüber, wie er auf der Treppe mein Bein berührte, was nicht passiert war. Und um wirklich jeden Zweifel zu zerstören, buchstabierten die letzten Einträge – mein Brief an Gina – alles in dramatischen Worten aus, frisch aus den Hochmooren Englands: *Solch glühende Gefühle mögen dir noch unbekannt sein – aber auch du wirst irgendwann deinem Rochester begegnen. Glaube mir, sie sind so überwältigend, dass nun jeder Roman, jede Gedichtzeile absoluten und unbedingten Sinn ergibt.* Und: *Die ganze Familie ist ihm verfallen, und auch mein Herz hat er im Sturm erobert. Aber er ist ein guter Mann, und er ist zuvorkommend und lustig, und so ist es genau dieser Sturm, der immer um mich tosen soll.* Und: *Am Pool liegt er rück-*

lings auf dem Betonboden, die Arme weit ausgestreckt wie der Gekreuzigte, und ich möchte ihn nehmen. Ich wusste nicht genau, was mit ‹nehmen› gemeint war. Aber ich dachte nicht, dass es etwas so Langweiliges wie Sex bedeuten könnte.

Knapp zwei Stunden später rief Stevie nach mir. Ich stand immer noch am Fenster. Meine Beine waren steif, und ich schaffte es kaum durch das Zimmer. Ich würde kündigen müssen. Ich hatte eigentlich noch fünf Tage, aber ich musste weg. Hugh hatte es wahrscheinlich schon seiner Schwester und seiner Mutter erzählt. Ich konnte diese Demütigung nicht ertragen.

Die Kinder waren erhitzt von dem langen Mittagsschlaf, das Haar klebte feucht an ihren Schläfen. Ich versuchte, sie so lange wie möglich in ihren Zimmern zu halten, aber irgendwann wollten sie bei Thomas und Margaret in der Küche vorbeischauen, die Käsewürfel essen, die sie dort immer bekamen, und draußen auf dem Rasen spielen. Ich stellte mir vor, dass es inzwischen alle im Haus wussten, dass Hugh sich bereits mit jedem darüber lustig gemacht und Passagen aus meinem Notizbuch zitiert hatte, wie es mein Vater getan hätte, wäre ihm jemals so ein Dokument in die Hände gefallen. Ich erwartete, dass er mir einen selbstzufriedenen, wissenden Blick zuwerfen würde, der sich verhärten würde, wenn ich nicht in das Lachen mit einstimmte.

Aber das tat er nicht. Er bemerkte mich kaum, als ich mit Elsie auf der Hüfte hinter Stevie auf die Veranda trat.

Die drei Pikes saßen mit ihren Drinks auf einer Garnitur schmiedeeiserner Stühle, die weiß lackiert waren, um ein wenig gemütlicher auszusehen.

«Will sie denn in Florida bleiben?», fragte Kay ihre Mutter.

«Ihre Stiefkinder lassen sie das Haus nicht verkaufen. Es gehört ihnen allen zusammen, und sie verbringen dort gerne ihre Ferien.» Mrs Pike trank mit geschürzten Lippen aus ihrem Cocktailglas.

«Aber sie hassen sie doch.»

«Wenn die Kinder da sind, zieht sie für einige Wochen aus.»

«Und warum verkauft sie ihnen nicht einfach ihren Teil des Hauses?»

«Das wollen sie auch nicht. Sie wollen, dass sie für die Instandhaltung und die Steuern mit aufkommt.»

«Aber wenn sie alle die gleiche Beteiligung haben ...»

Mrs Pike hob abwehrend die Hand. «Jede Woche führe ich beim Bridge genau die gleiche Unterhaltung mit ihr. Sie haben sie um ihre kleinen Finger gewickelt. Ich glaube, sie mag das. Ich glaube, das lässt sie William nahe sein.»

«Gut beobachtet», sagte Kay.

«Du klingst überrascht.»

Ich hatte Kay noch nie so lange mit ihrer Mutter reden hören. Es klang gezwungen, aber sie gaben sich beide sehr viel Mühe. Sie versuchten jeweils zu überspielen, dass Hugh nicht redete, sich nicht über sie oder Bekannte aus ihrer Jugend lustig machte, dass er zusammengesunken und bleich in seinem schmiedeeisernen Stuhl saß und laut ein- und ausatmete, ohne zu merken, was für einen Lärm er machte. Kay hatte ihm geraten, die Sache mit Raven auf keinen Fall seiner Mutter zu erzählen, aber Hugh hätte es genauso gut in leuchtenden Buchstaben auf seinem T-Shirt stehen haben können. Ich entspannte mich ein wenig und merkte, dass die Erwachsenen sich wie immer nicht um mich kümmerten und die Worte aus meinem Notizbuch vollkommen unbedeutend für sie waren.

Die Kinder spielten im Garten unterhalb der Veranda, sie jagten einander um die Rosenbüsche.

«Cara, bitte, nimm ein wenig vom Lachs.» Mrs Pike baute ein Horsd'œuvre für mich zusammen, das aus einem Cracker, geräuchertem Lachs, gehackten Zwiebeln und Kapern bestand. Ich balancierte den kleinen Turm vorsichtig in meinen Mund. Er schmeckte köstlich. So viele scharfe Aromen auf einmal.

Hugh schaute zu. «Die Lehrjahre der Cara – wie weiter?» Ich konnte mit vollem Mund nicht antworten.

«Hyeck», sagte Mrs Pike. «Und sie braucht wohl kaum jemanden von uns als Lehrmeister. Sie wohnt gerade einmal einen knappen Kilometer die Straße runter.»

«Ach so?»

«Was dachtest du denn, wo sie herkommt?»

«Ich weiß es nicht. Sie wirkt ein wenig zu kultiviert für Ashing.»

«Du redest wieder einmal Unsinn, Hugh.»

«Großer Wortschatz.» Sein Gesichtsausdruck blieb unberührt, aber seine weißgrünen Augen blitzten mich geradeheraus an. Er hatte die untergehende Sonne im Gesicht, und seine Pupillen waren winzig.

«Nun, vielleicht», sagte Mrs Pike, ohne auch nur im Geringsten zuzustimmen.

«Könntest du schauen, dass sie nicht reinfallen, Carol?», bat mich Kay. Die Kinder steuerten den Brunnen am Ende des Gartens an.

«Charlie hat ihn gerade erst gereinigt, also dürfen sie ihre Zehen ruhig ins Wasser halten», sagte Mrs Pike.

Ich war erleichtert, weggeschickt zu werden. Mit ausgebreiteten Armen rannte ich über den Rasen, flatterte, segelte hin und her, und als die Kinder aufsahen und den großen Habicht erblickten, der nach ihnen schnappte, kreischten sie.

Von hinten hörte ich Hugh lachen. Ich packte die Kinder mit meinen Klauen und wirbelte sie herum. Am Brunnen ließ ich sie am Rand des Bassins vorsichtig frei. Dort blieben sie lachend sitzen, und ich spürte ihre an mich gedrückten Bäuche wackeln.

«Ihre Eltern haben sich gerade … ihr wisst schon.» Mrs Pike nahm das Wort ‹Scheidung› nie in den Mund. Sie ließ immer eine Leerstelle. Ihr war nicht bewusst, wie deutlich ihre Stimme über den Rasen zu mir getragen wurde. Allerdings stimmte es nicht. Es hatte keine Anwälte gegeben, keine Scheidungspapiere.

Hugh fragte etwas, und sie sagte streng: «Ich habe keine Ahnung.»

Kay prustete.

«Wann wird Dan am Freitag kommen?», fragte Mrs Pike, um das Thema zu wechseln.

Die Fontäne in der Mitte des kleinen Beckens war eine Vogeltränke, aus der eine Wasserkugel sprudelte, die jedoch eingefroren zu sein schien. Nur ihre tropfenden Ränder verrieten, dass sich das Wasser tatsächlich bewegte. Das ovale Bassin war in einem hellen Türkis gestrichen, fast die gleiche Farbe wie Hughs Augen.

Ich erlaubte den Kindern, ihre Füße hineinzuhalten, und half ihnen, ihre Schuhe und Socken auszuziehen. Das Wasser war wärmer als im großen Pool, und bald wollten sie mehr, als nur die Füße hineinzutunken.

Stevie zog seine Hose runter.

«Stephen Pike Martin!», rief Mrs Pike.

Er zog die Hose wieder hoch.

«Warum denn nicht, Mom?»

«Im Brunnen? Nein.»

«Runter mit der Hose, Stevie!»

«Hugh!»

«Herrgott, Mutter», sagte er, «lass sie doch mal Kinder sein, du liebe Güte.»

«Ihr und eure liebe Güte. Ach, na gut. Cara, lass sie rein. Es schaut ja niemand zu.»

Der Beckenrand war steiler als gedacht, und Stevie tauchte unter, sobald er ins Wasser gestiegen war. Ohne meine Schuhe auszuziehen, sprang ich hinter ihm her und zog ihn an den Armen wieder hoch. Wasser tropfte aus seinem dünnen Haar, und er blinzelte wild. Ich wartete darauf, dass er losweinen würde, aber er brach in Gelächter aus, was Elsie dazu veranlasste, mich anzutreiben, sie auch ins Wasser zu heben. Ich war ohnehin schon von der Rettungsaktion durchnässt, also streifte ich meine Schuhe ab, nahm beide Kinder auf den Schoß, und wir rutschten gemeinsam die kleine Schräge hinunter. So konnten sie nicht untergehen, aber das Wasser stand ihnen bis zum Kinn, was abenteuerlich genug war. Es wurde gekreischt und gespritzt, sie klammerten sich mit ihren gummiartigen nackten Körpern unter Wasser an mich und kreischten vor Freude. Wir rutschten ein paar Meter, bis meine Füße den Boden des Brunnens berührten, dann standen wir auf, wateten die Schräge hinauf und fingen wieder von vorne an.

«Du bist ein Eisbär», sagte Stevie. «Und wir sind deine

kleinen Eisbärbabys, und wir rutschen einen Eisberg runter.» Es ging wieder hinab, und auf dem Weg zurück nach oben sagte er: «Du sollst dich auch nackig machen.» Er zupfte an meinem T-Shirt.

«Nein, ich kann mich nicht nackig machen», sagte ich. Wir rutschten noch sehr oft den Brunnen hinunter. Ich vergaß die Pikes, vergaß Hugh und Raven, vergaß mein Notizbuch, bis die Dämmerung einsetzte und ich Kay am Brunnenrand stehen sah, ihr Gesichtsausdruck war seltsam, ohne jede Freundlichkeit.

«Okay, das reicht jetzt. Gib mir die Kinder und zieh dir was Trockenes an, Carol.»

Als ich an der Sitzgruppe vorbeilief, hatte Hugh seinen Kopf zur Seite gedreht und presste Daumen und Zeigefinger an die Innenseiten seiner Augen. Er weinte nicht, er lachte.

«Du sagst kein Wort», zischte seine Mutter ihm zu.

Als ich ins Haus trat, kam mir Margaret mit einem Stapel Handtücher entgegen. Sie reichte mir ein Handtuch und sagte etwas, das ich erst verstand, als ich die Vordertreppe erreicht hatte. «Bedeck dich jetzt», sagte sie.

Vor dem Standspiegel in der Ecke meines Zimmers wurde mir alles klar. Meine durchnässte Kleidung, ein pinkes Trägerhemd und weiße Shorts, war durchsichtig. Ich hatte mich tatsächlich nackig gemacht, wie von Stevie gewünscht. Aber der Körper im Spiegel schien nur teilweise mir zu gehören. Die Brüste waren voller, aufgegangen wie ein Fertigkuchen in der Werbung. Und unter meinen Shorts und der Unterwäsche war im Schritt ein schwarzes Dreieck zu erkennen. Dieser Körper war mir fremd, es war, als hätte ihn der altmodisch gerahmte Spiegel heraufbeschworen, als wäre ich ursprünglich mit einem anderen Körper in dieses Zimmer eingezogen.

Zum Abendessen mit Thomas und Margaret zog ich die dunkelste, weiteste Kleidung an, die ich mitgebracht hatte. Ich setzte mich mit dem Rücken zum Esszimmer an den Küchentisch, sodass die Pikes mich nicht sehen mussten, wenn Thomas die Schwingtür aufstieß. Kay ließ an diesem Abend nicht nach mir rufen, um die Kinder ins Bett zu bringen, auch wenn ich sie während des gesamten Essens viel «Aufhebens machen» hörte.

Ich dachte, dass Mrs Pike mich vielleicht noch vor dem Frühstück nach Hause schicken würde, aber am nächsten Morgen war sie besonders zuvorkommend und freundlich. Sie fragte mich, wie ich geschlafen hätte, und zeigte mir, wie ich mit dem kleinen Eierschneider mein weich gekochtes Ei köpfen konnte. Sie schlug vor, die Kinder und mich zum Mittagessen in den Strandclub mitzunehmen, sodass Kay ein wenig Zeit für sich hätte. Sie könnte für Kay einen Friseurtermin buchen, wenn sie wollte.

Aber Kay sagte, dass sie mit den Kindern David's Tierfarm anschauen wollte, die kurz hinter der Grenze zu New Hampshire lag. Ich hatte noch nie davon gehört.

«Warum um alles in der Welt willst du einen so schönen Tag mit einer solch langen Fahrt vergeuden?», fragte Mrs Pike.

«Es klingt lustig.»

«Ich habe doch extra Cara angestellt, damit du dir eine Auszeit gönnen kannst.»

«Danke.»

«Damit du ein wenig Erwachsenenzeit verbringen kannst, meinte ich.»

«Ich weiß, was du meintest. Aber ich *will* die Ferien zusammen mit meinen Kindern verbringen.»

In der Stille, die folgte, aßen wir alle unsere weich gekochten Eier, nur Elsie hatte Cheerios in ihrer Schüssel.

Hugh kam durch die Schwingtür und lachte über uns.

«Diese Eierbecher!» Es waren verschnörkelte Porzellanbecher, die zu den Tellern passten, mit pinken Blumen und Goldrand. «Ach, tut es nicht gut, im Jahre 1905 zu leben?» Er schnappte sich den silbernen Eierschneider und tat so, als wollte er damit Stevies Nase kürzen.

Ich atmete Hughs Geruch ein und erinnerte mich an die Geschichte, die ich mir letzte Nacht zum Einschlafen erzählt hatte, er hatte mich in den Wald mitgenommen, wo er mir auf einem alten Tennisplatz, den niemand mehr benutzte, beigebracht hatte, den Schläger richtig zu halten, und danach hatte er mich geküsst, ein liebevoller, zarter Kuss, nicht einer dieser ekligen Küsse, die man im Fernsehen sah, die so wirkten, als versuchten zwei Leute gleichzeitig, dasselbe Stück Schokolade zu essen, und mir wurde flau im Magen – weniger wegen Hughs Anwesenheit, sondern wegen der Erinnerung an diese Geschichte –, und ich konnte keinen einzigen Bissen Ei mehr zu mir nehmen.

Hugh wollte uns auf die Farm begleiten. Seine Mutter sagte, das gehe nicht, er müsse ihr dabei helfen, einige Möbel zu verrücken. Er hakte nach, welche Möbel das sein sollten und warum Charlie ihr nicht helfen könne. Sie hatte nicht mit Gegenwehr gerechnet, also verließ sie kurzerhand den Raum.

Er beugte sich über mich, sein Geruch war jetzt stärker. «Meine Mutter denkt, du willst mich in Versuchung bringen.»

«Hör auf, Hugh», sagte Kay. «Du liebe Güte, Carol, das denkt meine Mutter natürlich nicht.» Sie füllte neue Cheerios in Elsies Schüssel. «In Versuchung bringen», sagte sie, hielt zehn Sekunden durch, dann brach sie in schallendes Gelächter aus. Hugh stimmte ein, und eine Zeit lang konnte man nur das Glucksen aus ihren Kehlen hören.

David's Tierfarm war keine Farm, sondern eher ein Freizeitpark für Tierliebhaber. Man kaufte Chips für Futterspender, die einfach nur Kaugummiautomaten waren, in denen Futterpellets steckten. Dann ließ man sich die Pellets in die Hand kullern, und die kleinen Ziegen und Schafe kamen zu einem gelaufen, und man streckte die Hand aus und fühlte, wie das Futter von großen schwarzen Lippen vorsichtig weggeknuspert wurde. Hugh hockte sich neben eine der Maschinen, setzte sich Stevie auf das eine und Elsie auf das andere Knie und versorgte sie unaufhörlich mit Pellets. Bald waren sie von Ziegen umgeben. Hugh steckte sich Pellets in die Ohren, und die Nase und die Ziegen malträtierten sein Gesicht mit ihren rauen Zungen, und Stevie und Elsie kicherten wie verrückt, bis jemand in einem David's-T-Shirt Hugh ermahnte. Man konnte auch Milch in Fläschchen kaufen, um die kleinsten Ziegen zu füttern. Wir kauften zwei Fläschchen für die Kinder, ich setzte mich mit Elsie auf den Boden, und zusammen hielten wir die Flasche fest, während eine winzige schwarzweiße Ziege daran saugte.

Hughs Kopf erschien neben dem der Ziege. «Ich bin auch eine Babyziege. Füttert mich!»

Aber auf dem Heimweg schwieg er. Kay versuchte, ihn zum Reden zu bewegen, doch seine Antworten waren einsilbig. Stevie und Elsie wollten singen, und während wir drei auf der Rückbank sangen, hörte ich Kay sagen: «Du machst mir Angst, wenn du so bist.»

Wir fuhren durch die Stadt, vorbei an unserer Wohnung und dann die Landenge entlang zum Point.

«Warum hat man bloß genau hier diese ärmlichen kleinen Drecksbuden hingestellt?», fragte Hugh. «Schöne Straße, aber, 'tschuldigung, sauhässliche Häuser.»

Eine der Drecksbuden, an der wir jetzt vorbeifuhren, gehörte meinem Vater. Eine Frau in einem gelben T-Shirt hatte sich über eines der Blumenbeete gebeugt. Meine Mutter. Ich spürte ein seltsames Rauschen in meiner Brust.

Geh nach Hause!, wollte ich ihr aus dem Fenster zubrüllen. *Lass diese Blumen sterben.* Wir hatten das alles schon so oft durchgemacht – die Entziehungsanstalten, die Stuhlkreise, den dreckigen Linoleumboden, die ganzen Entschuldigungen und Tränen, die zu nichts führten.

Vor dem Mittagsschlaf der Kinder gingen wir alle eine Runde schwimmen. Es war heiß geworden, der heißeste Tag der Woche. Mrs Pike gesellte sich im Badeanzug zu uns. Sie hatte ein paar Krampfadern, aber ihre Beine waren stark und erstaunlich muskulös.

Auch Hugh fiel das auf. «Die ganzen Richard-Simmons-Kurse machen sich bezahlt, was, Goldmütterchen?»

Sie wusste nicht, wovon er sprach, aber ich grinste.

Er schaute mich an. Wir standen im flachen Wasser. Stevie schwamm mit seinen Schwimmflügeln zwischen uns hin und her. Er hatte es nur für mich gesagt. Ich ließ meine Arme über die Wasseroberfläche gleiten, und er machte mich nach. Mir wurde klar, dass ich jetzt seine volle

Aufmerksamkeit hatte. Ich wusste nicht recht, was ich damit anstellen sollte. Soweit ich wusste, hatte ich noch nie die Aufmerksamkeit eines Jungen auf mich gelenkt.

«Carol, ich habe gerade die letzte Windel aus der Wickeltasche benutzt», sagte Kay. «Bist du so gut und holst von oben ein paar neue für Elsie?»

«Mach ich.» Ich stieg aus dem Pool.

«Wo geht sie denn nun schon wieder hin?», hörte ich Mrs Pike auf ihrer Liege sagen, als ich das Tor öffnete.

«Wer weiß das schon so genau, Mutter.» Er redete laut, damit ich ihn auf jeden Fall hören würde. «Aber es ergibt alles *absoluten und unbedingten Sinn.*»

Ich lief schnell über den Rasen zum Haus. Auf der Veranda trocknete ich mich notdürftig ab, dann ging ich ins Badezimmer im ersten Stock, wo der Wickeltisch stand, in dem die Windeln verstaut waren. Ich machte die Tür zu, um auf die Toilette zu gehen. Mein Badeanzug war immer noch nass, und es fiel mir schwer, ihn abzustreifen, und noch schwerer, ihn wieder hochzuziehen, als ich fertig war. Ich spülte, schnappte mir zwei Windeln und machte die Tür auf. Hugh stand vor mir, die Hände an beide Seiten des Türrahmens gestützt.

«Wollte nur sichergehen, dass du die Windeln nicht vergisst.»

«Hier sind sie.»

Wir sahen uns an. Er rückte einen Träger meines Badeanzugs zurecht. «Der war verdreht. In der Eile.»

«Ich sollte jetzt die Windeln runterbringen.»

«Das solltest du.» Er kam näher, so nah war ich einem Jungen noch nie gewesen. «Aber lass uns kurz noch einmal hier reingehen. Nur für ein paar Minuten.» Er nahm meine

Hand und führte mich zurück ins Bad, schloss die Tür und verriegelte sie mit dem kleinen Metallhaken.

«Nun zu dir», sagte er. Die ganze Situation war so wie in den Geschichten, die ich mir spätabends ausdachte. Und jetzt passierte es tatsächlich. «Du bist mir eine. Ich stimme meiner Mutter zu, ich glaube auch, dass du mich verführen willst.» Er kam wieder näher. «Stimmt das?»

Ich wusste nicht, was ich sagen sollte.

Aber er wollte gar keine Antwort hören. Wie er dastand und seine Umgebung nicht richtig wahrzunehmen schien, erinnerte er mich an meinen Vater. Er atmete schwer. Ich roch die Mayonnaise der Schinkenbrote, die Margaret uns zu Mittag gemacht hatte. Wieder nahm er meinen Träger in die Hand, aber diesmal zog er ihn mit gekrümmtem Finger von meiner Schulter. Er beugte sich nicht vor, um mich zu küssen, so, wie ich mir den Ablauf dieser Dinge immer vorgestellt hatte. Von Nahem war sein Bart schütter, zwischen den einzelnen rötlichen Stoppeln war zu viel Platz.

Er drückte mich mit seinem Körper gegen den Wickeltisch. Die eine Hand begann, meine rechte Brust zu kneten, die andere versuchte, von unten in meinen Badeanzug zu schlüpfen. Der Badeanzug saß eng, ich hatte ihn letztes Jahr gekauft. Ich spürte, wie er mit seinen Fingern herumwühlte, als suchte er in einem kleinen Portemonnaie nach passenden Münzen.

«Ich weiß, dass du es willst», raunte er mir mit einer Stimme, die ich nicht wiedererkannte, ins Ohr. «Und ich kann es dir geben.»

Sein Reiben wurde stärker, sowohl an der Brust als auch untenrum. «Du stehst auf mich. Ich habe alles gelesen. *Alles*. Und ich kann dir geben, was du willst.»

Er rieb weiter. Ich wusste, wovon er sprach. Ich hatte es noch nie selbst gemacht, aber Gina hatte mir davon erzählt. Ich wollte warten, bis ich einen Freund hatte, damit das erste Mal, dass ich so etwas spürte, besonders sein würde, zusammen mit jemand anderem und nicht alleine in meinem Schlafzimmer. Ich wusste auch, dass es nicht immer besonders sein würde. Aber ich wusste nicht, dass es mit jemandem, den man mochte, nicht besonders sein konnte. Das hier war eindeutig nicht besonders. Das hier fühlte sich so an, als würde Hugh irgendwelche handwerklichen Tätigkeiten in meinem Badeanzug verüben.

Sein Gesicht war schweißüberströmt. «Ich kann sehr wohl anderen etwas Gutes tun, ich nehme nicht nur.» Er hatte seinen Kopf zum Fenster gedreht, als spräche er mit jemandem, der dort unten auf dem Rasen stünde. «Mir sind andere Menschen wichtig. Ich nehme andere Menschen wahr. Cara. Ich nehme dich wahr.» Einer seiner Finger in meinem Badeanzug bohrte sich in mich.

Es tat weh, sehr weh. Ich griff nach seiner Hand, aber er rieb und stieß weiter. «Das tut weh», sagte ich.

Er presste seinen Mund an mein Ohr. «Am Anfang tut es weh, und dann fühlt es sich richtig, richtig gut an.»

Aber es brannte. «Das hier ist so *bescheuert*», sagte ich mit einer Stimme, die meine Mutter hasste. In letzter Zeit hatte ich sie oft benutzt. Wahrscheinlich hatte meine Mutter mich deswegen bei Mrs Pike untergebracht. Der Ton meiner Stimme war mir peinlich. Ich versuchte, seine Hand aus meinem Badeanzug zu ziehen, aber er drückte mich noch fester gegen den Wickeltisch. Seine Schulter stieß gegen mein Kinn. Ich drehte meinen Kopf zur Seite und biss zu.

Er zuckte zusammen. «Was zum Teufel!»

Du wirst zu einer Kreatur, die ich einfach nicht mehr verstehe, sagte meine Mutter manchmal zu mir.

Er ließ von mir ab und sah mich an, dann lächelte er und kam wieder auf mich zu. Aber jetzt hatte ich genug Platz, um meine Arme zu benutzen und ihn von mir zu stoßen. Das Seltsame war, dass Hughs Körper so bereitwillig umfiel. Er stürzte über den Wannenrand nach hinten, und sein Kopf schlug mit einem perfekten Klacken gegen die gefliese Wand, es klang wie die Kastagnetten in *It's a Small World*. Es beunruhigte mich, dass er die Augen nicht öffnete. Ich nahm die Windeln und entriegelte die Tür.

Ich wusste, dass ich Thomas oder Mary Bescheid geben oder gleich ins kleine Telefonzimmer rennen und den Krankenwagen rufen müsste. Aber ich ging raus zum Pool. Ich überlegte mir nicht, was ich Mrs Pike oder Kay erzählen sollte, sondern was ich Gina aus dem Gefängnis schreiben würde, wie ich ihr alles erklären würde, dass er so leicht gefallen war, wie ein Slinky, den man nur einmal kurz am oberen Ende der Treppe antippen musste. Ich durfte nicht vergessen, mein Notizbuch mit ins Gefängnis zu nehmen.

«Gab es etwa erst wieder in Kalifornien Windeln?», fragte Mrs Pike.

Kay war mit der schlafenden Elsie auf der Brust weggenickt, oder zumindest tat sie so.

Ich legte mir Worte im Kopf zurecht, aber nichts kam aus meinem Mund.

«Schau mal, Cara, schau mal! Guck mal hier!», rief Stevie aus dem Pool. «Ich mache das hier alles ganz alleine!» Langsam schwamm er von einer Seite des Pools zur anderen, seine Arme und Beine bewegten sich dabei wild in alle

Richtungen, der Kopf wurde von den Schwimmflügeln eingerahmt, und der Mund hatte sich zu einer konzentrierten Grimasse verzogen.

«Das machst du gut!»

«Was ist mit deiner Stimme los?»

«Nichts.»

«Ich schwimm bis dahinten hin» – er zeigte zum tiefen Ende des Pools –, «wenn du mitkommst. Du kannst mein Haustier sein, ein Wolfshai.»

«Ein Wolfshai? Hört sich gefährlich an.»

«Es gibt auch welche, die lieb sind.»

Es wäre seltsam, wenn ich jetzt plötzlich damit anfinge, dass ich Hugh gebissen hatte und er wahrscheinlich bewusstlos im Bad lag.

«Schau!» Stevie lag auf dem Rücken, dann drehte er sich auf den Bauch, tauchte seinen Kopf unter und drehte sich wieder auf den Rücken. Vor einer Woche hatte er sich noch nicht einmal alleine in den Pool getraut, jetzt machte er Kunststückchen.

«Mrs Pike», setzte ich an, meine Stimme war immer noch belegt. Aber dann fiel mir etwas hinter ihr ins Auge. Jenseits des Rasens, ganz oben am Haus, eingebettet zwischen den beiden Türmchen, gab es einen kleinen Austritt. Dort stand Hugh an das Geländer gelehnt und blickte aufs Meer. Er trug immer noch seine Badehose, und auf seiner nackten Schulter prangte ein großer weißer Wundverband.

«Wolltest du etwas sagen, Cara?»

«Nein. Nur … Dürfte ich Sie bitten, mir die Flossen zu geben?»

Sie musste sich nach ihnen bücken.

«Eine Wolfshaidame braucht ihre Flossen», sagte ich und zog sie an.

Am Beckenrand jaulte ich laut auf und sprang ins Wasser. Kurz bevor ich untertauchte, konnte ich Stevies Anfeuerungsrufe hören. Ich war mir nicht sicher, ob Wolfshaie tatsächlich existierten. Der viereinhalbjährige Stevie kannte sich in der Tierwelt sehr viel besser aus als ich. Aber ich hoffte es. Ich hoffte, dass es so etwas gab.

FÜNF DIENSTAGE IM WINTER

Mitchells Tochter, gerade einmal zwölf, warf ihm vor, er würde seine Bücher lieben, aber seine Kunden hassen. Er hasste sie nicht. Er mochte es einfach nicht, mit ihnen plaudern oder sie zu den überdeutlich beschrifteten Regalen führen zu müssen – wenn sie schon keine Schilder lesen konnten, wozu kauften sie dann Bücher? –, während sie sich beschwerten, dass er die Bücher nicht alphabetisch sortiert hatte. Er hätte gerne einen Türsteher gehabt, einen stiernackigen Mann, der Leute an der Schwelle abwies oder sie geräuschlos aus dem Laden schmiss, wenn sie zu viel Dummheit erkennen ließen.

Seine Tochter liebte die Kunden. Jeden Samstag saß sie hinter der Kasse, imitierte beim Ausstellen der Rechnungen seine mikroskopisch kleine Handschrift und plauschte mit den Leuten wie eine Gastwirtin. Für ein Mädchen aus Maine kurz vor dem Teenageralter war sie zu groß und zu eloquent. Sie verunsicherte ihn. Vor Kurzem hatte sie das Wort ‹introvertiert› gelernt und probierte es ständig an ihm aus.

«Ist er nicht der introvertierteste Mensch, dem du je begegnet bist?», fragte sie Kate, seine einzige weitere Mitarbeiterin.

«Nicht unbedingt», sagte Kate, während sie weiter Bücher auspreiste.

«Aber er ist ...»

«Das reicht jetzt, Paula», sagte er, dann flüchtete er nach hinten in den Lagerraum, überrascht von der Röte, die in seinen Wangen aufstieg.

Mitchell hatte gute Ohren, und kurz bevor er die Tür schloss, hörte er Kates sanfte Ermahnung: «Ich glaube, dass Menschen es grundsätzlich nicht mögen, wenn man von ihnen in der dritten Person spricht.»

Er hatte Kate vor drei Monaten angestellt. Sie war vor Kurzem für einen Mann namens Lincoln von San Francisco nach Portland gezogen. Die beiden lebten in einer kleinen Wohnung in Bayside. Lincolns Stimme auf dem Anrufbeantworter war voller Vorfreude und Ungeduld, als erwarte er ausschließlich gute Nachrichten nach dem Piepton. Trotz ihrer starken Bewerbung hatte Kate unerwartete Lektürelücken. Sie hatte weder *Der Leopard* noch *The Go-Between* gelesen. Machado de Assis kannte sie noch nicht einmal vom Namen her. Einmal hatte er einen Kunden fragen hören, wie viele Zeilen eine Sestine habe, und sie hatte es nicht gewusst. Sie las viel (sie lieh sich bis zu zehn Bücher wöchentlich aus und brachte ebenso viele pro Woche wieder zurück), aber schrieb schlecht. Auf den Durchschlägen stand J. Austin und F. Dostoyevski. Wenn sie nach Kassenschluss die Kreditkartenbelege an den Tagesumsatz auf Tabellierpapier heftete, richtete sie die Ecken nicht immer gleichmäßig aus. Die Druckbleistifte ließen Ersatzminen vermissen. Sie hatte dünne, manchmal trockene Lippen, an denen sie herumzupfte, wenn sie intensiv nachdachte, und die er gerne geküsst hätte.

Kate küssen zu wollen, war wie der Wunsch nach größeren Rücklagen für Paulas Ausbildung oder einer dieser unfehlbaren computergesteuerten Briefwaagen für die Versandaufträge: ein unstillbares, lästiges, nutzloses Verlangen. Seit Paulas Mutter ausgezogen war, hatte er sich mit genau zwei Frauen getroffen. Das erste Rendezvous, inzwischen mehr als fünf Jahre her, war von einem gemeinsamen Freund eingefädelt worden. Beim Italiener hatte es Spaghetti alla puttanesca gegeben. Sie hatte jede einzelne Kaper aus ihrem Gericht gefischt, auf dem Rand ihres Pastatellers drapiert und erklärt, gegen Meeresfrüchte allergisch zu sein. Dann hatte sie darüber reden wollen, wie seine Frau ihn verlassen hatte. Die Geschichte – sein Collegefreund Brad war aus Australien zu Besuch gekommen und zwei Wochen später mit einer Kiste lebender Hummer und Mitchells Frau wieder abgehauen – schien sie zu erregen. Ein weiteres Treffen hätte Mitchell nicht ertragen können und verlor daher den gemeinsamen Freund. Zum Glück ließen die anderen ihn in Ruhe.

Er war nicht am Boden zerstört, als seine Frau ging. Menschen verschwanden. So war es schon sein ganzes Leben lang gewesen. Als er sechs war, starb seine Mutter, sein Vater neun Jahre später. Sein Sandkastenfreund Aaron hatte einen Knoten am Rücken entdeckt – Mitchell selbst hatte ihn am Strand darauf aufmerksam gemacht –, und schon am Labor Day war er nicht mehr unter ihnen. Sogar Mitchells Lieblingskundin, Mrs White, war bereits wenige Jahre nach seiner Geschäftseröffnung gestorben.

Mitchell stand am einzigen Fenster des Lagerraums und

sah drei Möwen zu, die ruhelos über den Hafen flatterten. Die Flut hatte dicke, matratzengroße Eisschollen an die Küste getrieben. Weiter draußen, hinter der Eiskruste, schimmerte das Wasser in einem leuchtenden Sommerblau. Solche Kälteeinbrüche waren verwirrend. Sogar die Möwen am Himmel wirkten verloren.

Am späteren Nachmittag sagte Paula: «Kate spricht Spanisch.» Kate war gerade dabei, Bücher einzusortieren, und wollte etwas einwenden, aber Paula kam ihr zuvor. «Doch, so ist es. Wusstest du das, Dad?»

«Mm-hmm.» Er hatte sich über einen modrigen Karton gebeugt, den ein Student vorbeigebracht hatte. Die Bücher waren in einem guten Zustand, keine Anmerkungen oder Unterstreichungen, aber auf fast allen Seiten prangte in der unteren Ecke die Tuschezeichnung eines haarigen Hodens.

«Das ist mein Markenzeichen, in meiner Verbindung», sagte der Student. «Es ist ein …»

«Ich weiß, was das ist.» Mitchells Ton war scharf, sogar für seine Verhältnisse.

Paula blickte ihn finster an. Seit sie in die Höhe geschossen war, Wörter wie ‹introvertiert› benutzte und ihm seine Fehler vorhielt, hatte sie sich auf die Fahnen geschrieben, ihm beizubringen, seinen Kunden gegenüber mehr Milde walten zu lassen.

Als der Verbindungsstudent gegangen war, sagte Paula: «Ich habe mir gedacht, Kate könnte mir beim Spanischsprechen helfen.»

Kate trat an die Kasse, als wäre sie eine Kundin. «Ich bin keine Lehrerin. Ich habe nur einige Jahre in Peru gelebt.»

«Sprichst du denn fließend?»

An ihrem Gesichtsausdruck sah er, dass die strenge Frage

unpassend gewesen war. «Als ich wegzog, konnte ich so ziemlich alles sagen, was ich wollte. Aber das ist jetzt auch schon wieder sechs Jahre her.»

Dann hatte sie also in Peru gelebt, als seine Frau ihn verlassen hatte. Unangenehm starke Gefühle ließen ihn hoffen, dass Kate dort glücklich gewesen war, dass sie zum Ausgleich einen Großteil des Kuchens abbekommen hatte, als in seinem und Paulas Leben zunächst eine Sauregurkenzeit angebrochen war. Ganz erfüllt von diesem starken Gedanken, steuerte er – warum, hatte er vergessen – die Anthropologie-Abteilung an.

Dort fand ihn Paula, er starrte mit leerem Blick auf die Buchrücken. «Sie hat gesagt, dass sie dienstagabends kommen könnte. Darf sie?»

«Wenn du meinst, dass es dir hilft.»

«Ich habe dir doch erzählt, dass Mr Gamero uns nie sprechen lässt.»

Davon hatte er noch nie etwas gehört, aber er sagte nichts.

Zur Arbeit trug Kate ausgeblichene T-Shirts und Jeans, die an den Knien zerschlissen waren. Oft reizte es ihn, sie aufzuziehen und ihr zu sagen, dass sie keine Kleidung aus zweiter Hand tragen müsse, nur weil sie Bücher aus zweiter Hand verkaufe, aber er hatte Angst, sie könnte mit einer scharfen Bemerkung über ihren Hungerlohn zurückschießen, deswegen ließ er es sein. Zur ersten Spanischstunde erschien Kate in einer cranberryfarbenen Wollhose. Der Dienstag war ihr freier Tag. Vielleicht hatte sie zusammen mit Lincoln ein spätes Mittagessen in der Innenstadt eingenommen. Schlimmer noch, vielleicht hatte sie ein Bewerbungsgespräch gehabt. Man hätte es leicht herausfinden können. Sie war eine von denen, die keine Komplimente annehmen konnten. Wenn er ihr jetzt sagte, dass sie hübsch aussehe, würde sie sich rechtfertigen wollen, anstatt sich einfach nur zu bedanken. Aber er war einer von denen, die keine Komplimente geben konnten, und so sagte er nur Hallo und ließ sie herein.

Paula sauste aus ihrem Zimmer und zog Kate den Flur hinab. Die Tür schloss sich hinter ihnen, und die nächste halbe Stunde hörte er kein Wort Spanisch, nur Lachsalven.

Er hatte sich vorgenommen, vor dem Abendessen noch einigen Papierkram zu erledigen, aber stattdessen zog er Kates Bewerbung aus der Schreibtischschublade: 14.2.68. Er hatte es sich richtig gemerkt. Sie war in den späten Dreißigern, auf jeden Fall alt genug, um Paulas Mutter sein zu können. Warum also saß sie dort drinnen und kicherte wie eine Siebtklässlerin? Bald würde sie Geburtstag haben. Auch noch am Valentinstag. Möglicherweise würde sie dann bereits gekündigt haben. Vielleicht erwartete sie ein Geschenk, oder womöglich würde er ihr von sich aus eine Kleinigkeit schenken wollen, und sie – oder Lincoln – würde es falsch verstehen.

Mit geröteten Wangen und Tränen in den Augen kamen die beiden Frauen aus Paulas Zimmer. Schnell verstaute er die Bewerbung wieder in ihrem Ordner.

«Entonces, nos vemos el sábado, ¿no?», sagte Kate.

«¿Sábado? Sí.»

Ohne ihn zu beachten, gingen sie an seinem Schreibtisch vorbei.

«Bueno. Hasta luego, Paula.» Kate fügte dem Namen seiner Tochter eine halbe Silbe hinzu.

«Adiós, Caterina.»

Sie küssten sich auf beide Wangen, als wären sie in Paris.

Da er den Sprachfluss mit seinem klobigen Englisch nicht unterbrechen wollte, winkte er nur kurz und blieb sitzen.

Als sie am nächsten Dienstag wiederkam, notierte sie auf einem Zettel aus ihrer Jackentasche (ein Bankauszug, wie er später sah, sie hatte genau $ 57,37 auf ihrem Konto) eine neue Telefonnummer. Sie würde umziehen, in die Nähe des Ladens.

«Mit Lincoln?», fragte Paula, und dieses eine Mal war Mitchell ihr dankbar, dass sie so neugierig war.

«Nein», sagte Kate, es klang, als ob sie noch mehr sagen wollte, aber dann schwieg sie.

«Warum nicht? Er hat doch so perfekte Zähne.»

Paula bemerkte Mitchells fragenden Gesichtsausdruck und sagte: «Sie hat mir Bilder von ihm gezeigt.»

Als er, lange, nachdem Kate bereits gegangen war, von seiner Lektüre aufstand, um das Abendessen zu machen, merkte er, dass er den zerknitterten Zettel noch immer fest in der Hand hielt.

Mitchells zweites und letztes Rendezvous, nachdem seine Ehe in die Brüche gegangen war, war mit einer Frau, die im Büro des Versicherungsmaklers nebenan arbeitete. Sie kam manchmal nach der Arbeit in seinen Laden, und obwohl sie zu viel redete und in allen Abteilungen immer nur die großformatigen Fotobände aus dem Regal zog, sagte er Ja, als sie ihn fragte, ob er mit ihr ins Kino gehen wolle. Sie entschieden sich für eine Komödie, aber sie flüsterte ihm immer genau dann etwas ins Ohr, wenn ein Witz gemacht wurde, sodass sie die Einzigen im Publikum waren, die nicht lachten. Er hatte den Kinosaal entsetzlich unbefriedigt verlassen, was nicht im Verhältnis zu einer Reihe verpasster Witze stand. Er war zerstreut und fühlte sich wie in Einzelteile zerlegt und merkte, dass dieses Gefühl nur eine leicht verstärkte Version dessen war, was er ohnehin immer spürte. Er konnte es kaum erwarten, in sein Auto zu steigen, das auf dem Parkplatz vor dem Geschäft stand. Aber sie war in ganz anderer Stimmung. Sie wirbelte beinahe die Straße hinunter, stolperte recht auffällig gegen ihn und fragte dann, ob er noch einen Kaffee mit ihr trinken wolle. Er sagte Nein, ohne Begründung.

Am nächsten Tag packte er gerade im Lagerraum eine angelieferte Restauflage aus, als er sie durch den Lüftungsschacht der Heizung hörte. Sie telefonierte mit einer Freundin. «Nein», sagte sie. «Es war gar nicht so schlimm. Eigentlich hat es sogar Spaß gemacht ... Ja, ist er, aber das mag ich ja irgendwie ganz gerne ...» Stille, dann ein langes Kichern. «Ist halt so ... Also, Details. Warte ... Der Höhepunkt? Herrje. Lass mich überlegen ...» Mitchell ließ die halb ausgepackte Kiste stehen und ging zurück in den Verkaufsraum. An diesem Tag blieb er nicht bis Ladenschluss, sondern ging bereits um Viertel vor fünf. Das machte er eine ganze Woche lang, bis seine ehemalige Mitarbeiterin, Kates Vorgängerin, einen Zahnarzttermin hatte und er dableiben musste. Die Frau tauchte nicht mehr auf, sie kam nie wieder. Einmal sah er sie die Straße überqueren, und ein andermal stand sie hinter ihm in der Schlange bei Westy's, dem Imbiss an der Straßenecke, aber sie sprachen nicht miteinander. Er wusste nicht genau, ab wann er sie gar nicht mehr gesehen hatte, wann sie aufgehört hatte, beim Versicherungsmakler zu arbeiten, vor über einem Jahr, vielleicht zwei.

Als Kate vorne bediente, hörte er sich im Büro ihren neuen Anrufbeantworterspruch an: «Hi. Ich bin nicht da. Sagt was Lustiges, und ich ruf zurück.» Aber sie klang nicht zuversichtlich. Sie hatte die Stimme von jemandem, der ohne guten Grund in Maine feststeckte. Er legte vor dem Piepton auf.

Dienstag und Samstag waren die einzigen Tage, an denen er etwas über sie erfahren konnte. Die restliche Woche, ohne Paula, arbeiteten er und Kate in dem reibungslosen, professionellen Verhältnis zusammen, das er in ihrer ersten Arbeitswoche etabliert hatte. Es war, als ob sie nie in seinem Wohnzimmer stehen oder mit seiner Tochter auf Spanisch herumkichern würde. Er hoffte abends oft, dass Paula Kates Namen fallen lassen würde, etwas über sie verraten würde, das er noch nicht wusste, aber das tat sie nie. Stattdessen sprach sie von Lehrern, Freunden, Projekten oder einem Konzert, das sie besuchen wollte. In Geschichte nahmen sie gerade die Watergate-Affäre durch, und sie wollte erfahren, was er darüber wusste. Sein Freund Aaron hatte im Sommer der Anhörungen als Praktikant in Washington gearbeitet, es war der Sommer, bevor Mitchell den Knoten an seiner Wirbelsäule entdeckt hatte. Er und Aaron hatten oft telefoniert, manchmal bis zwei oder drei Uhr morgens, leidenschaftliche Gespräche über die möglichen Folgen einer Amtsenthebung und dann, in jenem heißen August, über die Rücktritte. Paula wollte Mitchells Version der Geschehnisse hören, aber Watergate war für ihn vor allem das Lebensgefühl eines Neunzehnjährigen in einer Einzimmerwohnung und das Geräusch von Aarons Hyänenlachen – auch wenn es schon vor vielen Jahren verstummt war.

Als er schließlich den Einbruch beschrieb, sagte Paula, dass sie das alles schon wisse, und als er sagte, dass es das Ende einer Ära war, ein offener Vertrauensbruch der Regierung mit der Bevölkerung, sagte sie, dass ihr Lehrer das bereits erklärt habe. Also erzählte er ihr von seiner Einzimmerwohnung und davon, wie Aarons Gelächter fast sein Trommelfell zum Platzen gebracht hatte, und damit war sie unerklärlicherweise zufrieden.

Als Kate am dritten Dienstag gerade gehen wollte, klingelte das Telefon. Paula beeilte sich, abzunehmen. Natürlich war es für sie, also brachte Mitchell Kate alleine zur Tür. Sie hatte sich wieder schick gemacht und zog vorsichtig ihre Jacke an, um ihre weiche, elfenbeinfarbene Bluse nicht zu zerknittern. Sie hatte dünnes, glattes Haar, über das sie sich (das kannte er von Paula) wahrscheinlich schon ihr ganzes Leben lang beschwerte, das aber sauber war, glänzte und weich aussah. Wieder wollte er ihr sagen, wie hübsch sie aussah, aber stattdessen sagte er, dass er hoffe, sie schreibe ihre Nachhilfestunden auf. Sie nickte bejahend und sagte, dass er sie nicht immer daran erinnern müsse. Er war peinlich berührt. Es war sein Standardsatz; er kam aus seinem Mund, sobald er ihr etwas anderes sagen wollte.

Er blickte ihr nach, während sie zu ihrem Auto lief, das während der Nachhilfestunde von einer leichten Schneeschicht bedeckt worden war. Er fragte sich, ob sie alle Fenster vom Schnee befreien würde oder nur Front- und Heckscheibe. Sie machte gar nichts. Sie stieg einfach ein, schaltete den Scheibenwischer an und fuhr davon, ohne einen Blick zur Seite zu werfen, wo sie ihn am Fenster hätte stehen sehen können.

«Kate hat ein Date», sagte Paula. Sie hatte ihn dabei ertappt, wie er dem Auto nachschaute, das jetzt um die Ecke bog.

«Lincoln?», fragte er hoffnungsvoll. Ein alter Rivale wäre ihm lieber gewesen als ein neuer.

«Das ist vorbei. Irgendein Typ, den sie im Laden kennengelernt hat.»

«In meinem Laden?»

«Sie hat nur ‹tienda› gesagt, aber ich denke schon.»

«Das hat sie dir auf Spanisch erzählt?»

«Deswegen ist sie doch hier, oder?»

Er wagte ein unbeholfenes «sí».

Am nächsten Tag beauftragte er Kate damit, Postkarten zu adressieren, die den alljährlichen Schlussverkauf im April ankündigten.

«Das mache ich gerne, aber dir ist klar, dass wir heute erst den ersten Februar haben.»

Er erinnerte sich an ihren nahenden Geburtstag und das Valentinstagsdilemma und sagte: «Wir müssen über tausend Karten versenden, also sollten wir jetzt damit beginnen.»

Er ließ sie in seinem Büro im Hinterzimmer sitzen und bediente die wenigen Kunden selbst.

«Ruf mich, wenn du Hilfe brauchst», hatte sie gesagt, bevor er die Tür hinter ihr zugemacht hatte.

«Das tu ich.» Aber er wusste, dass er sie selbst bei einer Warteschlange von zehn Kunden nicht rufen würde.

Gegen zwei erschien ein junger Mann in einem dunkelgrünen Parka an der Kasse. Mitchell wusste genau, dass dieser Mann gleich nach Kate fragen würde, und so war es auch. Mitchell antwortete, dass sie gerade sehr beschäftigt sei. Er achtete darauf, keine Hinweise auf die Art ihrer Tätigkeit zu geben. Unbeirrt fragte der Mann nach den Kunstbüchern, dann schlenderte er langsam durch den Laden, blieb beim Tisch mit den Neuerscheinungen stehen, ging weiter zur Lyrik, zur Mythologie und zur Psychologie, bis er bei der Kunst ankam. Jedes Buch, das er aus dem Regal nahm, stellte er genau so zurück, wie er es vorgefunden hatte; er richtete es an den anderen Buchrücken und der Kante des Regalbretts aus, so, wie Mitchell es haben wollte. Aber er hatte eine schlechte Haltung und verfilztes Haar. Mitchell sah Kate aus dem Büro treten und auf ihre Uhr schauen. Er hätte sie gerne davon abgehalten, herauszukommen, aber er wusste nicht, wie. Sie suchte die Gänge ab, bis sie den Mann fand.

«Hey», hörte Mitchell sie sagen.

«Wie geht's dir?»

«Muss mich erst mal wieder orientieren.» Sie massierte die eigene Hand, mit der sie die letzten fünf Stunden Flyer adressiert hatte. Ihr Bekannter fragte nicht, warum, und es freute Mitchell, dass nur er und Kate den Grund kannten. «Lass uns gehen», sagte sie. Mitchells Laune sank.

Sie hatte nicht erwähnt, früher gehen zu wollen. Ihre Schicht ging bis sechs. Sie griff nach ihrer Jacke und ihrem Schal hinter der Ladentheke. «Ich geh was bei Westy's essen. Magst du auch was?»

Er hatte das Mittagessen ganz vergessen. «Nein», sagte er, obwohl er plötzlich großen Hunger verspürte. «Nur Pilzsuppe.»

Das war ein kleiner Scherz zwischen ihnen. Vor ungefähr vier Jahren hatte es bei Westy's – nur ein einziges Mal – die köstlichste Pilzsuppe gegeben, die er je gegessen hatte. Sie hatten sie nie wieder angeboten, aber nach wie vor suchte er bei jedem seiner Besuche die Tafel mit den Tagesgerichten danach ab. Hin und wieder fragte er danach, aber der Teenager an der Kasse hatte eindeutig kein Mitspracherecht bei der Gestaltung des Speiseplans.

Die Ränder der Commercial Street waren von einer dicken, klumpigen Eisschicht überzogen, und er schaute zu, wie die beiden langsam, und ohne sich zu berühren, die Straße überquerten. Aber sie redeten viel. Blaue Dampfwölkchen quollen gleichzeitig aus ihren Mündern. Sie öffneten die Tür zu Westy's und waren verschwunden. Wahrscheinlich würden sie an einem der Stehtische essen. Dass Kate einmal in drei Monaten ihr Mittagessen woanders zu sich nahm und nicht mit ins Geschäft brachte, konnte er ihr wohl kaum anlasten.

Hinten in der Belletristik flüsterte ein Pärchen. Er war gerade dabei gewesen, einen Stapel Bücher zu bepreisen, den er einem Komponisten abgekauft hatte, aber jetzt, da Kate weg war, konnte er sich nicht mehr konzentrieren. Er lief den Gang entlang, in dem ihr Freund gewartet hatte, und zog alle Bücher heraus, die er sich angeschaut hatte, eins nach dem anderen. Jedes Einzelne war ernst zu nehmen und stach aus dem Meer an mittelmäßigen Büchern heraus, das Mitchell mit vertrauter Scham betrachtete. Er hätte gerne eine ungemein intellektuelle Auswahl präsentiert – keine Bekenntnislyrik, keine Küchenpsychologie, keinen Bildbandschrott. Aber das Geschäft war nun mal prekär. Vielen Intellektuellen ging es wie dem Komponisten: Sie verkauften, statt zu kaufen. Vor einigen Tagen war eine Frau mit Stoffmustern hereingekommen und hatte ihn gebeten, nach Büchern in genau diesen Farben zu suchen. Letzte Woche hatte ein Mann nach *Krieg und Frieden* gefragt, und als Mitchell ihm erklärte, dass er momentan nichts von Tolstoi auf Lager habe, fragte der Mann, ob es das Buch denn noch von jemand anderem gäbe. Es war keine gute Zeit für Bücher.

«Hey, wo bist du?» Sie stupste ihn an. «Ich habe sie! Die Pilzsuppe!» Sie hielt zwei Styroporbecher hoch. Ihr Lächeln war breiter als jemals zuvor, ihre Nase war feucht und tropfte und war wunderschön. «Und wehe, wenn sie nicht so gut ist wie versprochen.»

Hatte sie nicht schon gegessen? Wo war der Typ mit der grünen Jacke? Wie viel Geld schuldete Mitchell ihr? Lauter Fragen schwirrten durch seinen Kopf, aber sie kamen nicht an dem dicken Kloß in seinem Hals vorbei.

Hinter der Ladentheke stand immer ein Hocker, ein weiterer diente im Sommer als Türöffner und stand jetzt neben dem unbenutzten Garderobenständer. Ursprünglich hatte das Geschäft ein Ort des Verweilens werden sollen, die Kunden sollten hereinkommen, ihre Jacken aufhängen und sich wohlfühlen, aber daraus war nichts geworden. Mitchell hatte nie den Eindruck vermittelt, ein Freund verweilender Kunden zu sein. Kate zog den zweiten Hocker hinter die Ladentheke, sodass beide nebeneinanderstanden, vor jedem Hocker jeweils ein Becher mit Pilzsuppe.

Sie probierte. Augen geschlossen. «Auf diese Suppe würde ich vier Jahre warten», sagte sie.

Es fühlte sich an, als würde er platzen. Er hatte in Romanen über dieses Gefühl gelesen, aber war sich sicher, es nie zuvor erlebt zu haben. Als er seine Frau kennenlernte, hatte er Freude empfunden, oder war erleichtert gewesen, ab jetzt zu wissen, mit wem er sein Leben verbringen würde – so dachte er zumindest. Aber im Grunde war er schon vor seiner Ehe recht zufrieden gewesen. Er telefonierte mit Aaron, aß in seinem kleinen Zimmer Thunfisch und las sich durch Bücherstapel, die er sich aus dem Buchladen, den er inzwischen selbst besaß, ausgeliehen hatte.

Mitchell wünschte sich, dass sein Suppenbecher niemals leer würde.

Sie machten eine lange Mittagspause. Die Kunden waren – wie immer – lästig und störend. Bei diesem Wetter waren sie noch schlimmer als sonst. Ihnen fehlte der Fokus. Oft vergaßen sie, wonach sie suchten, und standen reglos in den Gängen herum. Als eine ältere Dame, der Mitchell bei der Suche nach einem Buch behilflich gewesen war, ihnen endlich gedankt und den Laden verlassen hatte, ahmte Kate Mitchells Grummeln nach, das seine Reaktion auf die Dankbarkeit der Dame gewesen war.

«Es war *Middlemarch*», erklärte er.

«Ein großartiges Buch.»

«Ich weiß, dass es ein großartiges Buch ist.» Er war sich bewusst, wie sehr er nach Paula klang, wenn er jammerte. «Aber hätte sie es nicht schon längst lesen müssen? Sie ist ja erst 137 Jahre alt.»

«Vielleicht will sie es zum einhundertsiebenunddreißigsten Mal lesen. Oder sie will es ihrer Enkelin schenken. Oder ihrer Urenkelin.» Sie schien sich über ihn zu amüsieren und nicht im Geringsten daran interessiert zu sein, etwas an ihm zu ändern. Er wusste, dass es anfangs immer so war. Er wusste auch, dass es bedeuten könnte, dass sie nicht an ihm interessiert war.

Er überlegte, was ihn tatsächlich an der alten Dame gestört hatte. Und dieses eine Mal konnte er den Gedanken nicht davon abhalten, an die Oberfläche zu kommen: «Ich vermisse Mrs White.»

Kate sah von ihrer Suppe auf.

«Eine alte Dame, die immer hierherkam.»

«Wie war sie?»

Mitchell hatte schon lang nicht mehr an die eigentliche Mrs White gedacht. Normalerweise tauchte nur ein Gefühl auf, wenn er sich an sie erinnerte, nicht sie als Person, nur eine tiefe Sehnsucht. Er hatte sie nicht sehr gut gekannt. Wenn sie reinkam, sagte sie, «Rührt euch». Dann setzte sie sich auf den harten pinken Stuhl in der Wissenschaftsabteilung und las Stephen Jay Gould. Einmal hatten sie gemeinsam gelacht, als ein Mädchen, etwas älter als Paula, gezielt durch den Laden bis ganz nach hinten geeilt war, wo ein Bild von Thomas Pynchon an der Wand hing. Dort war sie in Tränen ausgebrochen. Damals war es das einzige Bild gewesen, das von Pynchon existierte, und selbst das kannten nur wenige, ein Abdruck seines Fotos aus dem Highschool-Jahrbuch, ein Pferdegebiss sondergleichen. «Die einzige Person, die über dieses Bild weinen sollte, ist seine Mutter», hatte Mrs White gesagt.

Kate ließ ihn schweigen. Sie versuchte nicht, die Frage umzuformulieren oder eine neue zu stellen. Mrs White hätte genau das Gleiche getan. Wie sie war? *Sie war wie du*, wurde ihm klar, als er Kate den letzten Suppenrest aus dem Becher löffeln sah.

«Sie war wie du», sagte er ungläubig.

Am nächsten Tag wollte er sie unbedingt in seiner Nähe haben und sagte ihr, dass sie maximal eine Stunde pro Tag Flyer adressieren solle. Das Risiko, dass sie noch weitere Männer kennenlernen würde, nahm er in Kauf. Er blieb mit ihr an der Ladentheke, aber sie sprachen wenig. Er beugte sich über die Bücherkartons, die die Leute aus ihren Autos hievten, sie kassierte die Kunden ab, und zwischendurch bepreisten sie schweigend die neue Ware. Er wollte sie fragen, ob sie vorhatte, zurück nach San Francisco zu ziehen, oder woandershin, aber jede Frage, die er im Kopf vorformulierte, klang wie die eines Chefs, nicht wie die eines Freundes. Kurz vor Ladenschluss kam ein Kunde zur Kasse und fragte, ob sie verwandt wären. «Ihr habt genau die gleichen Augen», sagte er. Er war betrunken, und die Bemerkung war absurd. Kate hatte warme braune Augen mit dichten Wimpern, seine waren schmal und argwöhnisch grün. Der Mann trug keine Jacke, und sie blickten ihm nach, als er in die eisige Luft hinaustorkelte. Bewusst vermieden sie es, sich in die Augen zu schauen. Erst gestern hatten sie gemeinsam Pilzsuppe gegessen, aber es schien unglaublich lange her.

Mitchell tröstete sich mit dem Gedanken an Samstag, in zwei Tagen, wo Paula ihnen wieder Gesellschaft leisten würde. Aber am Abend erzählte sie ihm, dass sie am Samstagmorgen Probe habe – sie hatte die Rolle als Rooster in *Annie* bekommen – und dass ihre Freundin Holly sie danach zu sich nach Hause eingeladen habe.

Nachdem er seine Enttäuschung verdaut hatte, sah er in seinem Kalender, dass der vierzehnte Februar ein Dienstag war, der fünfte Spanischstundendienstag.

Samstag und Dienstag kamen und gingen, ohne Veränderung. Am Mittwoch und Freitag schneite es. Er wachte mitten in der Nacht auf und dachte an Schnee in Kates Haarspitzen und in der Kurve ihres Rückens, wenn sie auf dem Hocker saß, dann ärgerte er sich bis zum Morgengrauen über sich selbst. Er überlegte, wie er Paula nebenbei erzählen könnte, dass Kate bald Geburtstag hatte. Aber wie immer war ihm seine Tochter drei Schritte voraus. «Was ich vollkommen vergessen habe», sagte sie beim Abendessen. «Ich habe Kate für diesen Dienstag zum Abendessen eingeladen. Es ist ihr cumpleaños.»

«Ihr Geburtstag?» Er täuschte vor, unsicher zu sein.

«Hast du an der Tür gelauscht, Dad?»

Wenn er sich so was doch nur trauen würde.

«Was sollen wir ihr schenken?», fragte Paula.

«Wie wäre es mit einer Brosche?», schlug er vor.

«Eine Brosche? Was soll das denn sein?»

«Du weißt schon, so ein glitzerndes» – er zeigte auf seine Brust – «Ding zum Anstecken.»

«Oh mein Gott. Das ist nicht dein Ernst.»

«Dann bastle was.»

«Was denn?»

«Was weiß ich. Eine Kette. Oder mal ein Bild. Oder wie wäre es mit dieser Sache mit den Kieseln?»

«Dad!»

Mitchell dachte wehmütig an die Stunden zurück, die Paula mit ihrer Poliermaschine für Steine verbracht hatte, und bedauerte, dass die Einfahrt mit ihren Kieselsteinen ihre Rolle als primärer Spaß- und Geschenkelieferant eingebüßt hatte. Er und Paula würden um eine Fahrt ins Einkaufszentrum nicht herumkommen.

Als sie am Sonntag dort waren, sahen sie Kate im Gang mit den Imbissbuden einen Burrito essen, allein. Er und Paula verspürten beide den irrationalen Drang, sich vor ihr zu verstecken, um nicht aufzufliegen. Sie folgten ihr heimlich durch die Läden, um herauszufinden, was ihr gefallen könnte. Nach dem Mittagessen steuerte sie auf die Parfüm-abteilung bei Macy's zu. Eine Verkäuferin bot ihr Puder auf einem Pinsel an, aber Kate schüttelte den Kopf und sagte etwas, das die Frau zum Lachen brachte. Dass Mitchell ihre Worte verwehrt blieben, schnürte ihm kurz die Kehle zu. Dann beobachteten sie, wie Kate die kleineren Läden durch-kämmte, voll roter Banner, Glitzerherzen und Gedanken-stützen in Form von übergroßen Aufschriften wie *Schatz* oder *Lieblingsmensch*.

«Sie wirkt traurig», sagte Paula.

Mitchell war erleichtert, dass sie es auch bemerkt hatte, er dachte, es wäre nur sein eigenes Wunschdenken.

Kate kaufte nichts. Sie sahen sie das Einkaufszentrum verlassen, den Parkplatz absuchen, dann auf ihr Auto zu-steuern. Draußen war die Welt – oben, unten, die Bäume jenseits des Einkaufszentrums – Grau in Grau. Es war nicht mehr ganz so kalt, und alles, was vorher fest gewesen war, war jetzt eine dicke, dreckige Matschschicht.

«Was für eine furchtbare Jahreszeit, um Geburtstag zu haben.»

Paula stimmte ihm zu. Sie standen an der Tür, durch die Kate hinausgegangen war. Sie schloss ihr Auto auf, zog ihren Mantel hinter sich ins Wageninnere, machte die Tür zu und blieb mindestens eine Minute sitzen, bevor sie den Motor startete. Sie war in Swanton, Ohio, geboren. Ihr Blinddarm war entfernt worden, als sie neun war. Sie mochte keine gekochten grünen Paprikaschoten, keine kostümierten Menschen und nichts von Henry James. Sie hatte einen Leberfleck auf der Kopfhaut, genau dort, wo ihr Scheitel ansetzte. Während Paula das Spiegelglas anhauchte und Herzchen malte, gestand er sich ein, dass ihm diese wenigen Fakten genügten, sie wirklich sehr zu mögen.

Sie kauften ihr eine Brosche und fuhren nach Hause.

Seine Frau hatte ihn verlassen, weil er so verschlossen war, behauptete sie. Das höchste der Gefühle sei eine erhitzte Debatte über den Gebrauch eines Kommas auf einem Einkaufszettel gewesen, den sie ihm geschrieben hatte.

Nichts sprach dafür, dass es jetzt anders sein würde, dass er jetzt jemanden glücklicher machen könnte. Er war die gleiche Person. Er war immer die gleiche Person gewesen. Es war erstaunlich, wie Menschen in Büchern liebevoll an ihr vergangenes Ich wie an einen ehemaligen Bekannten zurückdachten. Er war nie jemand anderes gewesen als er selbst, genau dieses eine Ich. Vielleicht lag es daran, dass sich rein äußerlich wenig verändert hatte; er hatte keine Haare verloren, war nicht dicker geworden, hatte sich keinen Bart wachsen lassen. Er hatte in den letzten zwanzig Jahren sehr viel gelesen, aber nichts hatte seine Sicht der Welt oder die winzig kleine Rolle, die er darin spielte, ins Wanken gebracht.

Und dennoch: Als Mitchell am fünften Dienstag während der Spanischstunde Abendessen machte und die Lasagneplatten in die Pfanne legte, zitterten seine Hände. Nervös wie ein Schulmädchen. Er fragte sich, woher dieser Ausdruck stammte, Paula hatte sich noch nie so verhalten.

Nervös wie ein zweiundvierzigjähriger Buchhändler, sollte es besser heißen.

Kate hatte eine kleine, herzförmige Pralinenschachtel mitgebracht, die er auf einen Tisch im Wohnzimmer gelegt hatte. Das Geschenk hatte ihn so überrumpelt, dass er Kate gar nicht wirklich angeschaut hatte, und jetzt fiel es ihm schwer, sich vorzustellen, wie sie in Paulas Zimmer am Fußende des Bettes saß, auf dem es sich die beiden immer bequem machten (er hatte dort später oft ihren Abdruck gesehen). Während das Abendessen langsam Gestalt annahm, blickte Mitchell immer wieder verstohlen durch die offene Tür auf die Pralinenschachtel.

Er war gerade dabei, die Lasagne in den Ofen zu schieben, als Kate vorbeieilte.

«Wo gehst du hin?», fragte er, und es gelang ihm nicht, sein Entsetzen zu verbergen, als sie sich den Mantel über die Schultern warf, ohne sich die Mühe zu machen, in die Ärmel zu schlüpfen, und die Haustür öffnete.

«Ich bin gleich zurück.» Die Tür fiel ins Schloss, und er hörte sie von draußen rufen: «Ihr geht's gut.»

Er ging ins Zimmer seiner Tochter. Die Tür stand offen, aber Paula war nicht da. Die Steppdecke auf dem Bett hatte einen dunkelroten Fleck und einige hellere Streifen. Die Badezimmertür war geschlossen. Er blieb still davor stehen.

«Mir geht's gut, Dad.» Sie klang, als hinge sie kopfüber von der Decke.

«Sicher?» Er konnte das Zittern in seiner Stimme nicht unterdrücken.

«Kate ist los und holt ein paar Dinge.»

Tatsächlich gab es bereits «Dinge» im Bad; er hatte sie

schon vor Jahren für Paula gekauft. «Das ist gut», sagte er. Kate würde das Richtige auswählen.

Er fand es gut, dass er nicht überreagierte, dass er sofort wusste, was passiert war, und keinen Krankenwagen gerufen hatte. Und dann blickte er hinab und sah das Blut. Er hielt die Steppdecke im Arm. Er erinnerte sich nicht daran, sie vom Bett genommen zu haben. Seine Mutter hatte die Decke selbst genäht, und er hatte bereits als Baby in ihr gelegen. Die Flecken und Streifen wirkten wie eine Warnung. Bald würde Paula behaupten, dass er sie nicht verstand, sie nicht wertschätzte, sie nicht genug liebte, obwohl er sie doch so sehr liebte, dass es manchmal sein Herz zerriss. Aber die Leute wollten immer, dass man alles, was einen innerlich in Aufruhr versetzte, in Worte fasste.

«Wie geht es dir?», fragte er vorsichtig.

«Okay. Bisschen komisch.»

«Deine Mutter hatte immer schreckliche Krämpfe», sagte er in Richtung Türspalt. Er wartete auf die Kralle, die ihn normalerweise packte, wenn er von seiner Frau sprach, als ob jemand an seinem Brusthaar reißen würde. «Manchmal hatte sie auch Kopfschmerzen. Sie hat Eisen genommen. Wahrscheinlich haben wir die Tabletten noch. Sie sind grün, in einem weißen Döschen.» Er wartete, aber der Krallengriff blieb aus. «Und sie hatte eine Sturzgeburt, als du auf die Welt kamst. Fünfunddreißig Minuten, glaube ich. Wir haben es gerade noch so zum Krankenhaus geschafft. Nicht, dass dich das jetzt beschäftigen sollte.» Er schwitzte, und seine Kopfhaut juckte. «Einmal trug sie diese weiße Hose und –»

«Vermisst du sie, Dad?»

«Nein.» Erstaunt stellte er fest, dass das stimmte.

«Ich auch nicht mehr. Ich habe das Gefühl, ich sollte sie vermissen. Ich kann mich nur noch daran erinnern, wie sie mich immer zur Schule gebracht und meine Hand gehalten und mich an der Tür fest umarmt hat. Aber ich wusste immer: Sobald sie sich wegdreht, bin ich aus ihrem Kopf verschwunden. Sie war nicht wie du. Bei dir war ich mir sicher, dass du immer an mich denkst.»

Sie war gerade dabei, das, was ihr geblieben war, zu überarbeiten und neue Erinnerungen zu schaffen, aber seine Augen brannten trotzdem.

Als Kate aus der Drogerie wiederkam, zog er sich in die Küche zurück. Er hörte, wie sie Paula anleitete, erst im Bad, dann vor der Tür. Teilweise war ihre Stimme ernst und deutlich; dann aber lachten die beiden. Später kam sie in die Küche. Er stand reglos mitten im Raum. Sie berührte die Decke in seinen Händen. «Wenn ich sie jetzt mit kaltem Wasser auswasche, gehen die Flecken noch raus.»

«Ich mach das.» Er ging durch den schmalen hinteren Flur zur Wäschekammer mit dem großen Waschbecken, sie folgte ihm. Damit hatte er nicht gerechnet.

Er drehte den Wasserhahn auf. Sie nahm die Decke und hielt ihm langsam die fleckigen Stellen hin. Sie mussten die Decke Stück für Stück auswaschen, erst einen Teil auswringen, bevor der nächste drankam. Er wünschte sich, dass die Decke wie in einem Märchen verzaubert wäre und niemals enden würde und sie den Rest ihres Lebens genau hier mit Auswaschen und Auswringen verbringen könnten.

«Vielleicht musst du ein paar Dinge geraderücken, die ich ihr erzählt habe, während du weg warst. Ich habe über

Eisenmangel und Schwangerschaft geschwafelt und sie wahrscheinlich zu Tode erschreckt.»

«Du hast geschwafelt? Ich dachte, du bist die introvertierteste Person, der ich je begegnet bin.»

«Alle zweiundvierzig Jahre schwafle ich ein wenig.»

Sie trug immer noch ihren Mantel. Es hatte wohl wieder geschneit. Die geschmolzenen Flocken schimmerten auf ihr wie Sterne.

Er hörte den Wecker in der Küche, dann die Ofentür mit einem Knarren aufgehen.

Sie hängten die Decke an der Angelleine auf, die er vor Jahren quer durch den Raum gespannt hatte. Als sie fertig waren, sah er sie einfach nur an. Vorsichtig blickte sie zurück. Paula rief sie zum Abendessen, aber sie machten keine Anstalten, in die Küche zu gehen.

«Warum, glaubst du, hat der Mann gesagt, wir hätten die gleichen Augen?», fragte er.

«Vielleicht hat er etwas Ähnliches in ihnen gesehen.»

«Was denn?»

«Angst.» Sie schaute weg. Er hatte vergessen, wie enttäuschend solche Gespräche sein konnten.

«Begehren», fügte sie leise hinzu.

Liebe, dachte er. Es würde noch früh genug herauskommen. Worte und Gefühle wirbelten in seiner Brust herum, fanden zueinander wie versprengte Atomteilchen. Er versuchte nicht, sie voneinander fernzuhalten oder sie zu unterdrücken. Er war erfüllt und ließ alles in dieser neuen Fülle schweben.

Sie berührte sein Gesicht. Es war nicht das Gesicht, das andere Frauen berührt hatten. Die Haut war anders. Seine Nervenenden hatten sich vervielfacht. Er konnte jeden Einzelnen ihrer Finger spüren, unterschiedlich groß und warm. Seine Kehle schnürte sich in Erwartung dessen, was seine Lippen spüren würden, langsam zu.

Er zog sie an sich, aber dann kam Paula um die Ecke und sie rückten schnell voneinander ab. Doch seine Tochter grinste. Sie nahm beide am Arm und führte sie zum Esstisch. Sie hatte eine Kerze angezündet und Apfelsaft in Weingläser gegossen. Das Pralinenherz hatte sie an Mitchells Platz gelegt. Die Lasagne brutzelte in der Mitte des kleinen Tisches, Kate lächelte, und Mitchell spürte, dass er, und wenn auch nur für diesen Moment in seiner Küche, für diesen einen Winterabend, vielleicht doch keinen Zauberspruch brauchen würde.

IN DER DORDOGNE

Im Sommer des Jahres 1986, bevor ich auf die Highschool kam, reisten meine Eltern für acht Wochen in die Dordogne. Mein Vater war krank gewesen, und man ging davon aus, dass ein Aufenthalt in Frankreich, wo er als junger Mann studiert hatte, zu seiner Genesung beitragen würde. Meine Mutter hatte über die Jobbörse der Universität zwei Studenten im zweiten Jahr eingestellt, die in ihrer Abwesenheit auf das Haus aufpassen sollten. Da ich Teil des Hauses war, mussten diese beiden Collegejungs auch mich hüten.

Wir lebten in einem ruhigen Viertel, am Ende einer kurzen Straße. Unser Haus war groß und grau und riesig für drei Personen, aber das merkte ich erst an dem Nachmittag, als Ed und Grant in einem kastanienbraunen Pontiac auftauchten. Als wir meinen Eltern zum Abschied zuwinkten, hatten die beiden Jungs mich verantwortungsbewusst in ihre Mitte genommen. Vielleicht hatte Grant sogar noch etwas Tröstliches gemurmelt, als das Auto um die Ecke bog, dass sie wieder hier sein würden, bevor ich es merkte. Und dann, nach einer angemessenen Pause, gab es kein Halten mehr.

Ed rannte ins Haus und jagte wie ein Hund, den man gerade von der Leine gelassen hatte, durch die Zimmer. Er stürmte das vordere Treppenhaus hoch und kam die schmale Hintertreppe wieder runter, dann nahm er erneut die Vordertreppe, ein Freudenschrei nach dem anderen, bis er auf der Galerie im zweiten Stock zum Stehen kam und Grant und mir in der Eingangshalle etwas zurief. Als wir hochschauten, schoss eine hellgrüne Rotzkugel von oben hinab und landete genau auf Grants Wange. Grant verzog keine Miene, wischte sie sich mit dem Saum seines T-Shirts ab und raste die Treppe hoch. Ich konnte hören, wie sie von einem in den anderen Stock liefen, dann ging es runter und durch den hinteren Flur ins Arbeitszimmer meines Vaters – ich sagte nichts, aber innerlich schrie ich sie an, dass sie das Zimmer nicht betreten sollten –, und weiter durch die alten Kinderzimmer meiner Schwestern und meines Bruders, die alle ausgezogen waren, ehe ich mich überhaupt daran erinnern konnte, dass sie je dort gelebt hatten. Ihre Zimmer waren in den Siebzigern stecken geblieben: McGovern-Muskie-Aufkleber auf den Schränken der Mädchen, Nixon-Agnew und Ford-Rockefeller bei meinem Bruder. Ich blieb wie angewurzelt in der Eingangshalle stehen, nicht, weil ich ängstlich war, sondern weil ich staunte: Es war eine Offenbarung! In diesem Haus hatte man besonnen und kurz angebunden zu sein, es gab ein klares Regelwerk, das ich nicht verstand, aber zu befolgen gelernt hatte. Und nun dies.

Ich war das Martinibaby, entstanden in den letzten Julitagen des Jahres 1971, nachdem meine Eltern einen Drink zu viel genossen hatten, da bin ich mir ganz sicher. Sie hatten bereits ihre Familie: zwei Mädchen im Internat und einen Jungen, der in die siebte Klasse kommen würde. Mein Vater war einundfünfzig, meine Mutter siebenundvierzig. Eine schwangere Frau in ihrem Alter war damals wahrscheinlich geradezu obszön. Ich bereitete ihnen enorm viele Unannehmlichkeiten, so viel war klar, auch wenn ich es nicht in Worte hätte fassen können. Ich spürte es rein instinktiv, eine diffuse Scham tief in meinem Inneren, die Ahnung, dass ich etwas furchtbar, furchtbar falsch gemacht hatte, aber ich wusste nicht, was.

Während des Bewerbungsgesprächs war meine Mutter mit Ed und Grant durchs Haus gegangen und hatte ihnen die Sicherungen und der Boiler und die Feuerlöscher gezeigt. Draußen beim Poolhaus hatte sie ihnen das Toilettenschloss erklärt und sie informiert, dass jeden Mittwoch ein Mann namens Chuck den Pool reinigen und chloren würde. Zurück im Haus, servierte sie einen Eistee mit frischer Minze, die neben dem Aufgang zur Hintertreppe wuchs. Sie fragte, ob noch etwas unklar sei.

Grant war es, der nach mir fragte. «Könnten Sie uns noch kurz briefen, was Ihren Sohn angeht?» Ich glaube, er kannte meinen Namen damals noch nicht. «Wann er im Bett sein sollte, was er gerne isst, wo er hinradeln darf und wo nicht.»

«Ach, er passt eigentlich recht gut auf sich selbst auf.» Sie lächelte mir kurz zu. «Der Stundenplan des Sportclubs hängt hier am Kühlschrank, sollte es einmal nicht klar sein, wo er gerade stecken könnte.»

Letzten Endes waren die beiden einfach zwei Jungen, zwei junge Männer. Keiner hatte etwas Besonderes an sich. Ed kam aus Neuengland, aus einer Kleinstadt im Norden von Maine, und Grant stammte aus Pennsylvania. Ed erzählte nur in Form von knappen, lustigen Anekdoten von seiner Familie, zum Beispiel davon, wie der Vater seiner Schwiegermutter zu Weihnachten eine Kuh geschenkt hatte, weil sie sich bei ihren Besuchen immer über die verdorbene Milch beschwert hatte. Aber Grant erzählte mir lange Geschichten über die Liebesaffären seiner Schwestern, den Kampf seiner Mutter gegen Polio, die im Garten verstreute Asche seines Vaters, und wie er sich als Junge nicht getraut hatte, die Blumen, die dort wuchsen, anzufassen.

An diesem ersten Abend aßen wir einen Nudelauflauf mit Hühnchen, Erbsen und geriffelte Pommes, alles aus der Tiefkühltruhe im Keller.

«Da unten findest du mehr als in jedem Supermarkt», sagte Grant, als er hochkam, die Arme voller Tüten und Kartons. Sie hätten auf dem Markt alles haben können, was sie wollten – sie hätten anschreiben lassen können –, aber Grant gefiel es sehr viel besser, den Vorratskeller zu plündern.

Während Grant Essen machte, saß Ed am Küchentisch und trank ein Schlitz. Aber nicht auf diese kränkliche Art meines Vaters, wenn er sich abends gezwungen fühlte, uns Gesellschaft zu leisten – auf Druck meiner Mutter vielleicht. Ed rückte seinen Stuhl zurecht, legte seine Beine auf einem anderen Stuhl ab und plauderte. Er konnte verdammt gut plaudern. Für mich war Geplauder etwas vollkommen Neues.

«Seit wann hast du schulfrei?» Seinen Dialekt hatte ich noch nie gehört. Das Wort ‹schulfrei› klang seltsam, als hätte er eine heiße Kartoffel im Mund.

«Morgen sind es drei Wochen.» Drei langweilige, einsame Wochen. Ich hasste Tennisstunden, es interessierte mich nicht, ob ich beim Aufschlag die Blechdose traf und eine Cola gewann. Ich hasste Segelstunden mit den ganzen Anweisungen zu Winschen und Fallen und dem Setzen von Segeln und dem Bergen von Segeln – nie hatte man wirklich Zeit auf dem Wasser.

«Drei *Wochen*? Meine kleine Schwester hat erst seit gestern Ferien.»

«Privatschule», warf Grant ein.

«Echt jetzt? Man zahlt, um länger Urlaub machen zu können?», fragte er Grant. Und dann, an mich gerichtet: «Magst du die Schule?»

«Nicht wirklich.»

«Was magst du denn dann?»

Ich überlegte. Ich wollte etwas mögen. Ich mochte Ed und Grant, aber das würde ich sicherlich nicht sagen.

«Also nichts», sagte er. «Ich überleg gerade, was ich mochte, als ich so alt war wie du. Wie alt bist du? Nein, warte, lass mich raten.» Er tat so, als bände er sich ein Tuch um den Kopf, dann presste er die Finger an die Schläfen. «Du bist vierzehn Jahre, vier Monate und einen Tag alt.»

Ich rechnete nach. Es stimmte, auf den Tag genau.

Er lachte, als er meine großen Augen sah. «Eure Pässe stecken in der obersten Schreibtischschublade deines Vaters.»

Seine Worte trafen mich wie eine Ohrfeige.

«Also, dann schauen wir mal», sagte Ed. «Als ich vierzehn Jahre, drei Monate und einen Tag alt war, betete ich Celia Washburn an. Mein Kiefer schmerzte, so sehr liebte ich dieses Mädchen, und …»

«Ihr dürft dieses Arbeitszimmer nicht mehr betreten. *Niemals*! Das müsst ihr mir versprechen.»

Ich spürte, wie Grant sich hinter mir zu uns umdrehte. Sah die beiden Blicke austauschen. Sie versuchten, nicht über die seltsam besessen klingende Stimme zu lachen, die mir rausgerutscht war.

«Okay. Versprochen», sagte Ed. Er machte es sich bequem und nahm einen Schluck Bier. «Also schleppte meine Mutter mich wegen dieser Kieferschmerzen zum Arzt, und der sagte, ich sollte aufhören, so stark mit dem Kiefer zu mahlen, und wann ich das denn immer machen würde, und ich sagte, immer dann, wenn ich an ein bestimmtes Mädchen denke, und er und die Arzthelferin lachten. Meine Mutter saß draußen im Warteraum. Dann redeten wir über andere Sachen, und ich erzählte, dass meine Mutter mir in diesem Jahr verboten hatte, Baseball zu spielen, weil mein Cousin auf dem Außenfeld eins übergebraten bekommen hatte, der Depp. Und als der Arzt dann meine Mutter hineinrief, sagte er ihr, dass ich ein wenig unter Stress leide und dass mir Baseball helfen würde, runterzukommen.»

Grant kicherte.

«Oh, diese glänzenden Knie und der lange Pferdeschwanz von Celia Washburn», seufzte Ed. «Und, hat Amors Pfeil dich auch schon getroffen?»

Natürlich hatte er das. Ich war hoffnungslos verliebt. Aber ich schüttelte den Kopf.

Ed johlte. «Herrje, was für ein schlechter Lügner! Le pire! Aber macht nichts. Ich werd's schon noch aus dir herausbekommen, mein Hübscher.» Er führte die Flasche zum Mund, dann stellte er sie wieder ab. «Also, abgesehen von der jungen Dame, deren Namen wir aktuell noch nicht kennen, was gibt es noch? Oder, wie Professor Marcus jetzt sagen würde – erinnerst du dich, Grant? –, was bringt dein Herz zum Klingen?»

Das Verhör war mir unangenehm, aber gleichzeitig

mochte ich es auch. Trotzdem hatte ich keine Antwort. Nichts brachte mein Herz zum Klingen. Selbst Becca Salinero brachte es nicht zum Klingen. Es schmerzte, wenn ich an sie dachte.

«Nichts? Gar nichts bringt dein Herz zum Klingen?» Ed drehte sich zum Herd um, wo Grant stand. «Was bringt dein Herz zum Klingen?»

«Nudelauflauf mit Hühnchen. Vollmond und die dünne Mondsichel bei Neumond. Der Sonntagmorgen, es sei denn, die *New York Times* ist ausverkauft. Meine Nichten und Neffen. Mein blaues Fahrrad. Yeats. Und manchmal Hermann Hesse.»

«Hermann Hesse. Le pire!»

«*Narziss und Goldmund*», sagte Grant.

«Komm schon! Wenn du schon einen Deutschen lesen willst, dann lies Mann, nicht dieses Leichtgewicht.»

«Vierhundert Seiten über einen Typen in einer Kamelhaardecke? Nein, danke.»

«Was bringt denn dein Herz zum Klingen, Ed?», traute ich mich zu fragen.

«Der altehrwürdige Staat Maine.»

«Und warum bist du dann nicht dort?»

«Oh Gott», sagte Grant.

«Im Sommer ist das ein einziges Disneyland. Nicht wiederzuerkennen. Hollywood. Ich hasse es.»

«Nun, das war beeindruckend knapp und konzise.» Grant reichte mir die Erbsen und sprach hinter vorgehaltener Hand, aber doch so, dass Ed mithören konnte: «Über dieses Thema kann er locker bis tief in die Nacht reden.»

«Na ja, ich wollte unseren Jungen hier nicht gleich aus dem Haus vertreiben.»

Wir aßen. Der Geschmack war mir vertraut, aber das Essen schmeckte trotzdem besser als bei meiner Mutter. Ich hörte den beiden zu, wie sie über ihre neuen Studentenjobs redeten. Grant hatte die Mittagsschicht in einem Diner am Highway, Ed pflasterte die Einfahrten anderer Leute. Grant sagte, er fürchte sich vor dem Einschlafen, weil er immer davon träumte, den Leuten Bratensaft in den Kaffee zu schütten und diesen dann in Schuhen zu servieren. Und Ed meinte, seine Lunge würde am Ende des Sommers wahrscheinlich auch gepflastert sein.

Grant hatte einen Sara-Lee-Kuchen mit Blaubeeren in den Ofen geschoben. Wir scharten uns um ihn, als er ihn rausholte. Als er ihn anschneiden wollte, sagte Ed: «Ich weiß schon, wie du das machen willst, ein mickriges kleines Stückchen nach dem nächsten, obwohl du schon jetzt weißt, dass wir das ganze Ding essen werden. Gib mal her.»

Ed nahm ihm das Messer aus der Hand, drittelte den Kuchen und häufte noch große Mengen Eis auf die riesigen Stücke. Wir aßen auf der Veranda. Es war warm, die Nacht war schwül, und der heiße Kuchen und das kalte Eis passten perfekt zueinander. Unser Rasen sah in der Dämmerung blau aus. Am anderen Ende der Straße fand eine Cocktailparty statt, wir hörten das tiefe Rauschen durcheinanderredender Männerstimmen und das durchdringende Lachen einer Frau: «Nein, nein, erzähl es ihnen nicht!»

«Nein, nein, erzähl es ihnen nicht», rief Ed mit hoher Stimme. «Erzähl ihnen nicht von unserem Tierfetisch!»

Ich fand alles, was er sagte, unglaublich lustig.

Ed war mit Abstand als Erster fertig. Er stellte seinen Teller neben sich auf den Holzdielen ab und richtete die Gabel vorsichtig auf vier Uhr aus. «Eine äußerst zivilisierte Angelegenheit, so reich zu sein», sagte er, «ziemlich entspannt.»

Mir war immer gesagt worden, wir gehörten zur Mittelschicht. Reich war etwas anderes. Jachten und Privatjets. Ich dachte an meine Eltern im Flugzeug. Sie würden jetzt schon den Ozean überquert haben. Ich wusste nicht, was ein Nervenzusammenbruch war, aber ich wusste, dass mein Vater immer wieder welche hatte.

Aus der Ferne hörte man jemanden planschen. Dann fing Ed an zu lachen. «Ich habe den Typen in den Pool springen hören und gedacht, der Hund, was hat der nur für ein Glück, und dann ist mir eingefallen, dass wir ja auch einen verdammten Pool haben.» Er zog sein T-Shirt aus. «Schwimmen wir 'ne Runde?»

Ich war noch nie nachts im Pool gewesen. Alleine, mit meinen weiß glänzenden Gliedern wie die einer Krake, war es mir zu unheimlich. Selbst in dieser ersten Nacht mit Grant und Ed gruselte ich mich ein wenig, und verlegen war ich auch. Sie zogen sich nackt aus, aber das konnte ich nicht. Ich zog die Badehose an, die im Poolhaus hing. Ich dachte, sie würden sich über mich lustig machen, aber das taten sie nicht. Sie sagten kein Wort. Das letzte Mal nackt vor jemand anderem war ich wohl als Baby, und selbst da war ich mir nicht ganz sicher. Meine Mutter hatte mir mein ganzes Leben lang Dinge immer nur durch die Tür gereicht, nur ihr Arm hatte mir ein Handtuch oder die Seife, oder was ich eben gerade brauchte, entgegengestreckt. Mit acht oder neun stolperte ich einmal, als ich aus der Wanne steigen wollte, und sie hatte meinen Vater rufen müssen, der mir dann aus dem Bad half. Ich erinnere mich, wie rau sich sein Wolljackett an meiner nassen Haut anfühlte.

Die Unterwasserbeleuchtung am tiefen Ende des Beckens tauchte alles in ein limettengrünes Licht. Unsere Wasserspritzer phosphoreszierten. Eds und Grants nackte Körper waren sehr präsent, sie faszinierten mich. Ed war kleiner und kompakter als Grant, er hatte straffe Waden und definierte Bauchmuskeln. Sein Kopfhaar war dicht, aber die Brust haarlos, wie glatt poliert. Grant war groß und schlank, aber weich und seltsam fleischig für jemanden, der angezogen so dünn wirkte. Zwei kleine Hautlappen umrahmten seine schmalen Hüften, sie sahen aus, als wären sie es gewohnt, normalerweise über einem Hosenbund zu hängen. Er hatte dünnes braunes Kopfhaar, auch das spärliche Brusthaar war braun, doch um seinen Penis herum war das Haar ziemlich rot.

Ed bemerkte, wie ich im flachen Wasser stand und Grant, der vom Sprungbrett baumelte, anstarrte. «Glaubst du, er färbt es?»

«Das habe ich gehört», rief Grant uns zu.

«Und, stimmt es denn?», fragte Ed.

Grant ließ sich ins Wasser fallen, tauchte unter und glitt am Beckenboden auf uns zu. Er arbeitete sich mit seinen langen Beinen vor, sein Hintern, quadratisch und weich, war angespannt, locker, angespannt, locker.

Grant schnellte an die Wasseroberfläche und nahm Ed in einen Halbnelson, und sie kämpften und tauchten sich gegenseitig unter, und ich schwöre, dass ich meine Mutter hören konnte, wie sie am Rand stand und rief: *Kein Gerangel im Pool, sonst ertrinkt noch jemand.* Dabei weiß ich gar nicht, wann sie das je gesagt haben soll. Vielleicht, als mein Bruder jung war und ich ihm von ihrem Schoß aus zuschaute. Es fiel mir schwer, meinen Bruder – sein Name war

Frank – als meinen Bruder zu bezeichnen. Er war dreizehn Jahre älter als ich, eher ein Freund meiner Eltern, der ab und an auf einen Drink vorbeischaute. Gefühlt nahm er selbst samstags seine Krawatte nicht ab. Er lebte in der Stadt, und meine Mutter beschwerte sich, dass er uns nur so selten besuchte, so viel arbeitete. *Er mag das*, sagte mein Vater oft. *Es gibt Schlimmeres, als hart zu arbeiten.* Frank sprach selten mit mir, aber ich glaube, er sprach über mich, denn oft nahm ich von den Gesprächen ein gewisses Stimmensummen wahr, wie nächtliches Grillenzirpen, das abebbte, wenn ich mich näherte, und von Neuem anschwoll, wenn ich den Raum wieder verließ. Ich dachte jedenfalls, es ginge um mich, aber vielleicht ging es auch um etwas anderes.

Einmal tauchte Grant Ed lange unter, zu lang, fand ich, und als ich gerade meinen Mund öffnen und ihm das sagen wollte, rammte Ed ihm seinen Ellbogen in den weichen Bauch. Grant ließ ihn mit einem langen Wimmern los, und Eds Kopf tauchte aus dem Wasser auf, er schrie: «Was zum Teufel?», und Grant schien zu weinen, aber wegen der komischen grünen Schatten in seinem Gesicht und dem ganzen Poolwasser war ich mir nicht ganz sicher.

Grant stieg aus dem Becken, schlang sich ein Handtuch um die Taille und ging ins Haus, um das dreckige Geschirr wegzuräumen. Ed schwamm Bahnen, von einem Ende des Pools zum anderen. Ich hatte Angst, dass sie sich wie meine Eltern streiten würden: einige scharfe Worte, gefolgt von tagelangem Schweigen. Aber als Grant fertig war, kam er mit einem Bier in der Hand zurück nach draußen und stellte es am Beckenrand ab. Ed schwamm ins flache Wasser, nahm es sich und trank es im Stehen. Er machte einen Witz auf Französisch, Grant lachte, und alles war wieder gut.

Später saßen wir erneut auf der Veranda. Sie hatten sich wieder angezogen, und ich fühlte mich deutlich wohler, aber trotzdem war ich in ihrer Gegenwart nicht vollkommen entspannt und zitterte nervös, trotz der Hitze. Sie tranken Bier, und Ed sagte, ich könne auch eins haben, aber Grant sagte Nein.

«Ich kann nicht glauben, dass es noch gar nicht Freitag ist», sagte Ed.

«Es ist noch nicht einmal Dienstag.»

«Der Geruch von diesem Zeug.» Er sprach von flüssigem Asphalt. «Le pire.»

«Warum sagst du immer ‹le pire›?», fragte ich.

Er warf mir einen sehr französischen Blick zu, nachdenklich, mit hochgezogenen Augenbrauen und gerunzelter Stirn. Er hob die Hände. «Nun, wenn man erst einmal in der Dordogne ist ...»

Mitten in der Nacht wachte ich auf. Jemand hustete unter meinem Fenster. Ich schaute hinab und sah Ed auf der hinteren Veranda sitzen, er hatte sich über eine Kekspackung hergemacht. Er aß fünf Kekse hintereinander, dann zündete er sich eine Zigarette an. «Scheiße», hörte ich ihn sagen. «Scheiß drauf.»

Ich ging in das Arbeitszimmer meines Vaters. Der Raum war groß, eigentlich ein Schlafzimmer. Regale säumten die Wände. Sie quollen über vor Büchern, Unterlagen und Notizbüchern, alle ungeordnet. Das war das Werk der Putzfrau, sie hatte im Frühling alles, was jahrelang auf dem Boden herumgelegen hatte, in die Regale gestopft. In der hinteren Ecke stand sein Schreibtisch, ein Stuhl dahinter, einer davor, die Tischplatte war jetzt sauber und leer. Der

Tisch war alt, mit grüner Lederbespannung und Schubladen mit dicken Messinggriffen. Ich setzte mich und öffnete jede Einzelne. Ich suchte nach der Pistole, die nicht mehr da war. Dann drehte ich mich zur Wand und steckte meinen Finger in das Loch zwischen dem Sorbonne-Diplom und einem alten Gemälde, das das Meer zeigte.

Im Flur war ein Husten zu hören, dann klopfte es an der Tür.

Ich schwang mich im Drehstuhl herum und wischte den Putz von meinem Finger.

«Darf ich reinkommen?», fragte Ed. Er war bereits ins Zimmer getreten und kam auf mich zu.

Er setzte sich auf den Stuhl, der vor dem Tisch stand. Ich versuchte, ihm die Sicht zu versperren, aber natürlich sah er alles, das Loch und die Haarrisse im Putz.

«Nicht gerade ein Meisterschütze, was?»

«Ich glaube, es hat ihn leicht an der Wange erwischt. Er hatte für einige Tage ein Pflaster.»

Ed grinste. Er trug Boxershorts. Die Nacht war heiß, und unsere Haut klebte an den Lederstühlen.

«Es ist nicht mehr hier», sagte er.

«Was?»

«Das, was passiert ist.»

«Und wo ist es dann?»

«Weg. Es ist vorbei. Du kannst es nicht finden, nicht streicheln, nicht mehr liebkosen. Die Zeit hat es sich genommen, so, wie sie verflucht noch mal alles nimmt. In seltenen Fällen, wie diesem hier, kann das etwas Gutes sein.»

Während des Bewerbungsgesprächs hatte meine Mutter Ed und Grant gefragt, ob sie Tennis oder Golf spielten, und sie hatten gelogen und Ja gesagt, weil sie dachten, dass meine Mutter genau so jemanden suchte. Dabei war die Frage ausschließlich praktischer Natur, denn wenn die beiden spielten, würde meine Mutter ihre Namen im Gästebuch des Clubs hinterlegen und sie könnten dort hingehen, wann sie wollten. An diesem ersten Wochenende gingen wir also zusammen Tennisspielen. An den Wochenenden musste man sich weiß kleiden, und so trugen sie die Sportsachen meines Vaters. Erst auf dem Weg dorthin fiel mir auf, dass Ed vergessen hatte, sich auch weiße Socken von meinem Vater auszuleihen. Ich sagte nichts, aber Grant tat es, und Ed entgegnete, dass er auf dem Platz ohnehin so schnell wäre, dass ihn niemand wegen der Socken verhaften könne.

Ich sorgte dafür, dass wir Platz 8 bekamen, er war am weitesten vom Clubhaus entfernt. Ed roch den Braten sofort.

«Du willst nicht mit zwei Nieten gesehen werden, stimmt's?»

Er hatte recht. Ich hatte bereits an ihren Übungsschlägen im Hof erkannt, dass ihnen die Technik fehlte. Wahrscheinlich redete ich mir ein, dass ich ihnen einen peinlichen Auftritt ersparen wollte, aber eigentlich ersparte ich mir selbst etwas. Ich hörte schon meinen Tennislehrer auf mich einreden, dass solche Leute nicht gut für mein Spiel seien. Zum Glück war der Platz neben uns unbesetzt, und die wilden Lobs, die sie am Anfang schlugen, störten kein anderes Spiel. Dass sie so wenig Ahnung hatten, enttäuschte mich. Nach fünf gemeinsamen Tagen war ich der festen Ansicht gewesen, dass sie alles konnten. Aber sie sahen wie Idioten aus, vor allem Ed mit seinen schwarzen Socken, der zwar sportlich war und meine Bälle erreichte, sich ihnen dann aber mit seinem ganzen Körper und Schläger entgegenwarf, ohne sie zu treffen. Ich verstand nicht, warum sie nicht einfach die Bewegungen, die ich ihnen immer und immer wieder zeigte, nachahmen konnten. Nachdem wir den Ball eine Weile hin und her gespielt hatten, wechselte Ed auf Grants Seite und die beiden forderten mich auf einen Satz heraus. Ich schlug vor, zunächst noch ein wenig zu üben, aber sie bestanden darauf. Ich drehte meinen Schläger, sie sagten oben, es war unten, und ich hatte den Aufschlag.

Ich wollte sie fertigmachen. Ich schlug auf und beschloss, sie in Grund und Boden zu spielen. So ein Gefühl hatte ich noch nie auf dem Tennisplatz gehabt, es war der blanke Siegeswille. Ich war ein passabler Spieler, aber die meisten meiner Pokale waren die des Zweitplatzierten. Ich würde ihnen keinen einzigen Punkt schenken. Denn ich verachtete mich plötzlich dafür, wie ich sie bewunderte, wie ich für beide schwärmte und wie ich schon jetzt mit zugeschnürter Kehle an ihre Abfahrt Mitte August dachte. Ich wollte unser Verhältnis zumindest ansatzweise auf Augenhöhe bringen, ihnen zeigen, dass ich etwas wert war, dass auch ich ihnen etwas beibringen konnte, wofür sie mich bewundern konnten.

Mein erster Ball war tief und schnell. Ed schlug ihn hart zurück, wie bei einem Volley, und ich erwartete, dass der Ball im Netz landen würde, aber er ging drüber und ich erreichte ihn nicht mehr rechtzeitig. Das würde der einzige Punkt sein, den ich ihnen jemals schenken würde, versprach ich mir selbst.

Ich spielte Grant an. Er wirbelte herum und schlug vorbei. Dann haute ich einen hohen zu Ed raus, der erst nach hinten lief und dann wieder nach vorne rennen musste, aber den Ball noch erwischte und schön spielte, direkt auf mich. Ich schmetterte ihn zurück, aber Grant machte sich lang, der Ball kam wieder zu mir und ich schlug ihn cross auf Eds äußerste Seitenlinie, aber er war da und spielte einen Lob, den ich ihm vor die Füße schmetterte und der dann hoch in die Luft flog, sodass Ed zurückhechtete, nicht in kleinen Rückwärtsschritten, so, wie man es mir beigebracht hatte, sondern er sprintete los und erreichte den Ball und spielte einen Slice im genau richtigen Winkel in meine hintere Ecke. Ich hatte mich nicht darauf eingestellt, rennen zu müssen, und der Ball schoss mit einer kurzen Berührung der Netzkante an mir vorbei. Ed brach in Triumphgeheul aus. Ich spürte, wie sich die Köpfe auf den anderen Plätzen in unsere Richtung drehten. Wir hatten alle drei geschnauft, gestöhnt und gebrüllt. Ed und Grant wurden besser und ich schlechter, und langsam ließ ich alle Hoffnung auf eine Zu-Null-Niederlage fahren und versuchte nur noch, einen bescheidenen Sieg einzufahren.

Am Ende schlugen sie mich 6 zu 4. Ich schleuderte meinen Schläger gegen den Zaun und stürmte vom Platz. Ich wusste, wie das aussah; meine Eltern verabscheuten ein solches Benehmen. Jede Form von Wut wurde schnell und streng abgehandelt, unmittelbar unter Quarantäne gestellt, von Zuschauern ferngehalten. Ich nahm an, dass Grant und Ed ähnlich reagieren würden, dass sie mich möglichst schnell nach Hause drängen und aus der Öffentlichkeit entfernen wollen würden, weil die Leute ja schauten. Die Leute auf der Veranda des Clubhauses, die Leute auf dem Weg zu ihren Autos, die Leute auf den Tennisplätzen und sogar die Leute auf dem Golfplatz konnten hören, wie ich fluchte und auf dem Parkplatz gegen Autoreifen trat. Ich war selbst darüber erstaunt, wie sehr ich mich ärgerte, nur weil zwei mittelmäßige Spieler mich beim Tennis geschlagen hatten. Aber Ed und Grant hatten sich auf den kleinen Grasstreifen hinter dem Platz gesetzt, packten die drei Schläger wieder in ihre Hüllen und räumten die Bälle zurück in die Dose. Nach einer Weile hatte ich alles rausgelassen. Ich stand beim Ahornbaum in der Nähe des Clubeingangs, sie kamen zu mir, und wir machten uns auf den Heimweg.

Ich konnte nicht sprechen, so sehr schämte ich mich. Sie plauderten miteinander, als ob sie nicht sauer auf mich wären, als ob sie sich nicht für mich schämten und ich ihnen nicht peinlich wäre. Als ob ich kein kleines Biest wäre, das erst einmal wieder zu einem Jungen werden müsste, wie meine Mutter immer sagte, wenn sie mich in mein Zimmer schickte.

«Und, ist deine Familie auch Mitglied in so einem Club?»

Grant lachte. «Nein.»

«Guck dir mal den Typen in den Büschen an. Was der wohl macht?»

«Guck dir mal den Hund auf der Veranda an.»

«Der wartet darauf, dass sein Herrchen ihm den Ball holt!», scherzte Ed.

Und als der Mann aus den Büschen trat und tatsächlich einen dreckigen Ball in der Hand hielt, brachen sie in schallendes Gelächter aus. Sie fanden alles in unserer Nachbarschaft unglaublich lustig.

«Layton und die Schafe», sagte Grant.

Ed lachte sich kaputt. «Manchmal liege ich im Bett und

denke an diese Geschichte, und ich kann einfach nicht aufhören zu lachen.»

«Ich weiß. Vielleicht ist das die lustigste Sache, die ich je gehört habe.»

«Was macht er wohl jetzt gerade? Meinst du, er hat's bis nach Alaska geschafft?»

«Bestimmt, so, wie ich ihn kenne.»

«Mit dem Mädchen?»

«Das weiß ich nicht. Über den Teil der Geschichte war ich mir nie so sicher.»

«Geht mir genauso.»

Nach einer Pause sagte Ed: «Ich hoffe, er hat dieses Mädchen nicht mitgenommen. Scheiße, die machen einen verdammt fertig.» Eds Gesicht war rot, und er starrte auf die Ampel vor uns, während Grant ihn ebenso intensiv anstarrte. «Tut immer noch scheißweh», sagte Ed.

Ich sah, wie Grants Arm sich leicht hob, dann ließ er ihn wieder fallen.

Ed stupste mich an. Sie hatten mich doch noch nicht vergessen. «Abendessen im Ground Round heute?»

«Klar», sagte ich unbeschwert. Mein Ärger hatte sich irgendwie in Luft aufgelöst.

Wir erreichten Elm Street, die Hauptstraße unserer Kleinstadt, mit den vielen grünen Segeltuch-Markisen, auf deren gewellten Volants in weißer Farbe die Namen der Geschäfte standen.

«Lasst uns ein Snickers bei Healey's kaufen», sagte Ed, und wir bogen in die Elm ab, anstatt auf direktem Weg die Winthrop nach Hause zu nehmen.

Becca Salinero und ihr kleiner Bruder standen mit dem Rücken zu uns am Kühlautomaten und wollten sich gerade etwas zu trinken kaufen. Ich drehte auf der Stelle um und wollte den Laden verlassen, aber Ed hielt mich fest und flüsterte: «Das ist sie, nicht wahr?»

Ich antwortete nicht, aber das war egal. Denn schon ging er auf den Kühlautomaten zu. Ich wollte abhauen, aber meine Beine waren wie festgenagelt.

«Keine Sorge», sagte Grant. «Er kann das sehr gut.»

«*Was* kann er gut?»

«Sich mit Leuten anfreunden.»

Ed wartete, bis sie ihre Getränke ausgesucht hatten. Beccas kleiner Bruder hatte sein T-Shirt ausgezogen und Kragen und Ärmel hinten in seine Shorts gesteckt, sodass der restliche Stoff an ihm herunterflatterte. Er war so dünn, dass man jede Rippe in 3D sehen konnte.

Ed zeigte auf den Softdrink, den sich der Bruder genommen hatte, und sagte: «Was, nichts Zuckerfreies für dich, Dickerchen?» Und Becca lachte ihr tiefes Lachen.

Während sie sich unterhielten, versteckte ich mich im hintersten Gang. Becca und ihr Bruder zahlten und verließen den Laden.

Ed hatte herausgefunden, dass Becca als Betreuerin im Sommercamp des Stadtteilzentrums arbeitete. Zu Hause würden wir dort anrufen und uns nach den Öffnungszeiten erkundigen, sagte er. Und dann, erklärte er, als wir zurück in die Sonne traten und die Hitze des Asphalts uns entgegenschlug, dann würden wir uns einen Schlachtplan zurechtlegen.

Wenn ich sie nicht eben erst im Laden gesehen hätte, ihre Anwesenheit nicht einen solchen Eindruck auf mich gemacht hätte, hätte ich vielleicht protestiert. Aber ich war Wachs in seinen Händen, und er wusste es.

«Interessante Wahl», sagte Grant, und beide brachen in schallendes Gelächter aus.

Es stimmte, Becca ging gerade durch eine schwierige Phase. Sie war vor Kurzem in die Höhe geschossen, aber nur die Beine waren gewachsen, sodass ihr gedrungener Oberkörper vor allem in Shorts so aussah, als balancierte er auf Stelzen. Im Frühling war ihr die Zahnspange herausgenommen worden, allerdings trug sie jetzt eine dicke Zahnschiene, deren künstliches Katzenzungenrosa ihr echtes Zahnfleisch grau und krank aussehen ließ.

«Vielleicht ein ungeschliffener Diamant», sagte Ed und konnte sein Lachen kaum unterdrücken. «Aber im Ernst, guter Geschmack. Sie verbirgt nichts, du kannst bis auf den Grund des Wassers schauen. Genau das will man haben. Ich hab's mit dem Gegenteil versucht, und es hat mir mein Leben ruiniert.»

«Deinen Frühling», sagte Grant.

«Meinen Frühling, Sommer, Winter. Was habe ich vergessen? Herbst. Mein Gott, an den Herbst will ich gar nicht denken. Wie auch immer, vielleicht nicht ganz so bezaubernd wie Celia Washburn, ein bisschen mehr Safari im Blut.» Ed reckte sich und tat so, als wollte er mit dem Mund die Blätter vom Baum zupfen. Grant prustete, und Eds Stimme zitterte, doch dann wurde er ernst: «Aber sehr süß.»

Auf dem Heimweg kamen wir am Park vorbei. Ein paar Jungs spielten auf dem Sportfeld Basketball. Ed ging schnurstracks auf sie zu, ich zuckte zusammen. Als der Ball durchs Netz gegangen war, sprach er den größten der Typen an und zeigte dabei auf mich und Grant, die langsam hinter ihm herkamen.

«Bewegt eure Ärsche rüber», rief er, «der nächste Ball gehört uns.»

Basketball war nicht meine Lieblingssportart. Aber nach dem frustrierenden Tennisset fühlte sich der große Ball in meinen Händen gut an. Ich hatte noch nie auf diesem Platz gespielt, auch keiner meiner Freunde. Hier gingen die Jungs von der staatlichen Schule hin. In den Spielpausen blickte ich mich um: der Pavillon, die Schaukeln und das Klettergerüst, das Baseballfeld, der Backsteinbau, in dem die Bibliothek war, und der Parkplatz dahinter. Ich hatte meine Stadt noch nie von hier aus betrachtet. Ich hatte meine eigene Schaukel im Hinterhof gehabt, und im Sommer machte ich im Club Sport. Einer der Jungs machte mir das Leben schwer, flüsterte mir *Bonzenkind* zu. Aber die anderen spielten ganz normal, klatschten mich ab, wenn ich etwas richtig machte, verziehen mir, wenn nicht.

Ed brachte alle zum Lachen, weil er einfach nie die Klappe halten konnte. Er versuchte, das andere Team durch seine Kommentare abzulenken: «Okay, Big Red hat jetzt den Ball. Big Red greift an. Sind das Muskeln, oder sehen wir da etwa Brüste schwabbeln? Schwer zu sagen, aber diese Dinger sind ganz schön irritierend. Wer kann da noch auf den Ball gucken?» Und so ging es immer weiter. Selbst wenn er sich den Ball erkämpft hatte und ins gegnerische Feld rannte, echote seine Stimme hinter ihm her. Hin und wieder dachte ich an die Begegnung mit Becca und unser Vorhaben, im Stadtteilzentrum anzurufen, und ein Energieschub ging durch mich hindurch.

Sobald wir ihre Arbeitszeiten kannten, machten wir uns daran, ihr rein zufällig zu begegnen. Ed hatte ein unglaubliches Talent darin, ihre nächsten Schritte vorherzusagen, sodass es immer so wirkte, als ob sie unseren Weg kreuzte, nicht andersherum. Und im Gang verstecken konnte ich mich auch nicht mehr, dafür sorgte Ed. Das erste Mal trafen wir uns im Sandwichladen. Wir standen schon in der Schlange, als sie hereinkam. Alles war minutiös geplant. Grant fragte mich ganz spontan und doch genau abgesprochen nach der Uhrzeit, und ich drehte mich um, um auf die Uhr an der Rückwand zu schauen. Ich sah, wie sie ihre Schiene ausspuckte und in die Tasche ihrer Shorts stopfte.

Sie sagte Hey, und ich sagte Hey. Sie hatte ihre Haare zu einem Pferdeschwanz gebunden und trug das hellblaue T-Shirt des Sommercamps, es war mit Ton oder frisch getrockneter Farbe verkrustet. Ihre Augen waren unglaublich klar. Ich hatte keine Ahnung, wie man ihre Farbe nannte. Sie fragte mich, wie mein Sommer war, und ich fragte sie das Gleiche. Wir erzählten uns, welche Bücher wir aus der Sommerleseliste für die Schule ausgewählt hatten. Sie versicherte mir, dass die *Brüder Karamasow* nach sechzig Seiten besser würden. Und dann bestellten wir unser Essen, das schnell kam und schon eingepackt war, und sie musste nach Hause gehen, um ihrem Bruder sein Sandwich zu bringen.

«Nur eins für das Dickerchen?», fragte Ed.

Als wir alleine waren, sagte er: «Sie mag unseren Jungen.»

«Wie kann man ihn nicht mögen?», fragte Grant.

Als ich sie das nächste Mal sah, hätte ich mich mit ihr verabreden sollen. Aber ich kriegte kalte Füße. Also übernahm Ed bei der nächsten Begegnung.

«Wir gehen heute Abend ins Kino. Lust, mitzukommen?»

«Hm, ja.»

«Hm, ja – das klingt nach ‹bin dabei›. Wir holen dich Punkt Viertel vor sieben ab.»

«Aber ihr wisst doch gar nicht, wo ich wohne.»

«Du stehst im Telefonbuch, oder?», sagte ich, als ob ich nicht genau wüsste, dass sie in der Vine Road 67 wohnte, dass vor dem Haus eine große Birke stand und dass der Golf ihrer Mutter (LL3783) und der Audi ihres Vaters (KN9722) in der Garage parkten, die sie letztes Jahr gebaut hatten.

«Oh, du stehst im Telefonbuch der Schönen und Reichen, oder?», machte Ed sich danach lustig. Er mokierte sich über meine Aussprache, die ich zum ersten Mal überhaupt als eine solche wahrnahm.

Natürlich hatte ich anfangs Angst, dass Becca sich in Ed verlieben würde. «Une femme qui rit est une femme au lit», hatte er einmal gesagt, und er war so viel lustiger als jeder, den ich kannte.

Bei unserem dritten Treffen spielten wir Minigolf, aber beim sechsten Loch fing es an zu schütten und wir gingen zu uns nach Hause. Grant holte den großen Topf heraus, um Popcorn zu machen, und Ed ließ sich im Wohnzimmer aufs Sofa fallen. Ich sagte, dass ich hochgehen und mein T-Shirt wechseln würde, aber auf der Treppe blieb ich stehen, um ihn und Becca zu belauschen.

«Du steckst einen ja locker in die Tasche, wenn du den Schläger schwingst», sagte er. «Machst du das öfter?»

«Mein Bruder spielt gern Minigolf.»

«Und du nicht?»

«Ich schlag ihn einfach immer so leicht.»

Ed lachte und sagte: «Setz dich.» Aber Becca wollte lieber nach mir schauen.

Ich schaffte es gerade noch die Treppe hinauf, bevor sie mich sehen konnte. Sie kam zu mir hoch, und wir beugten uns über das Geländer und blickten in die leere Eingangshalle. Hier oben stand die Hitze. Wir waren nassgeregnet, und die Wärme tat gut. Zum ersten Mal fühlte sich mein Haus gemütlich an. Ich tat so, als ob ich nach unten schaute, aber eigentlich betrachtete ich ihre Turnschuhe und die Füßlinge, die sie anhatte, hinten guckten flauschige Bommeln heraus. Ich schaute auf, um ihr zu sagen, dass einer bald abfallen würde, und sie küsste mich. Oder vielleicht küsste ich sie, zumindest behauptete sie das immer, wenn wir uns den Augenblick später ins Gedächtnis riefen. Ich hatte mich vor meinem ersten Kuss gegraut. Ich wusste, dass er längst überfällig war, hatte aber keine Ahnung, wie er zustande kommen sollte. Zwar hatte ich damals bereits heftige Sexträume, aber wie man so etwas anstellte, wie man überhaupt nur einen Kuss in die Wege leitete, war mir schleierhaft. Auch wenn ich mir das selbst niemals eingestanden hätte, wäre ich in solchen Situationen gerne ein Mädchen gewesen. Aber mit Grant und Ed im Rücken – ihren Geräuschen im Hintergrund, dem Popcorn, das in der Pfanne hüpfte, Ed, der Grant etwas zurief – war ich mutiger. Du weißt, was du tust, schienen diese Geräusche von unten zu sagen. Wir wissen, dass du da oben mit ihr zusammen bist, und wir drücken dir die Daumen. Ich spürte meine Zunge in ihren Mund gleiten, ihre Zunge zunächst zögern, dann auf meine treffen, spürte, dass sie genauso wenig Erfahrung hatte wie ich, spürte ihren Nacken und ihre Haare, spürte zum ersten Mal, dass ich genau das spürte, was ich spüren sollte, als ob in diesem einen Moment alle scharfkantigen, schroffen Scherben meines Lebens ihren Platz gefunden hatten.

Der Fernseher wurde angeschaltet. Ed und Grant lachten, was wiederum uns zum Lachen brachte. Dunkelblaues Licht kam durch die kleinen hohen Fenster im Flur. Ich bin mir nicht sicher, ob ich jemals so glücklich gewesen war.

«Du riechst nach nassem Hund», sagte sie.

«Du riechst nach nassem Mungo.» Und wir lachten und küssten uns und hatten das Gefühl, etwas Unanständiges zu tun, weil wir von nassen Dingen redeten, während wir uns küssten.

Und dann gingen wir runter und aßen Popcorn, und ihre Wangen glühten, und ihre Lippen waren knallrot, und draußen regnete es jetzt in Strömen, und ich wusste, dass Ed und Grant alles wussten, und alles – *alles* – machte mich glücklich.

* * *

Ich malte mir – nicht nur einmal, nicht nur ein paarmal in diesem Sommer – aus, dass meine Eltern in Frankreich einen tödlichen Autounfall hätten. Ich stellte mir vor, wie Grant und Ed für immer einziehen würden; ich fragte mich, ob es ein Testament gab und wen meine Eltern als Sorgeberechtigten vorgesehen hatten. Ich malte mir lange Verhandlungstage im Gerichtssaal aus, mit dem Bruder meiner Mutter oder der Tante meines Vaters – beide schienen mir geeignete Sorgerechts-Kandidaten – auf der einen Seite und mir, Ed und Grant auf der anderen. Ich stellte mir vor, wie wir den Prozess gewinnen und uns dann ins

Auto setzen und losfahren würden, einen der Roadtrips machen, über die wir immer sprachen: nach Louisiana, nach Acapulco.

Den eigenen Eltern etwas Böses zu wünschen, sich zu wünschen, dass sie niemals zurückkehren würden, mag aus der Sicht eines Erwachsenen heftig wirken, aber diesen Sommer fiel mir der Gedanke leicht. Ein unernster, launenhafter Wunsch, von dem ich wusste, dass er niemals in Erfüllung gehen würde.

Und so war es auch. Am 16. August kamen meine Eltern wie verabredet um sechs Uhr abends zurück, genauso hatten sie es vorausberechnet. Mein Vater wirkte stärker, sein lautes Poltern, das ich noch aus früheren Jahren kannte, war zurückgekehrt. Meine Mutter umarmte mich mehrmals und sagte mir jedes Mal wie eine Großmutter, wie groß ich doch geworden sei. Und dann blickte sie mir in die Augen – ich sah, dass es stimmte, ich war gewachsen, ich musste steiler nach unten schauen, um ihren Blick zu treffen – und sagte, dass es sie überrascht hätte, wie schrecklich sie mich vermisst hatte. Beim Wort «schrecklich» verloren ihre Lippen den üblichen Halt, und es gelang ihr nicht, sie wieder einzufangen. Ich hielt ihrem Blick stand und sagte, dass es mich überrascht hätte, wie wenig ich sie vermisst hatte. Und dann lachten wir. Was blieb uns anderes übrig?

«Dann wollen wir mal die Rechnung begleichen», sagte mein Vater und führte Ed und Grant, ohne die Trägheit der letzten Jahre, die Treppe hinauf. Er öffnete die Tür zu seinem Arbeitszimmer, und ich folgte den dreien. Sein Scheckbuch war in der untersten Schreibtischschublade. Er schrieb langsam, einen Scheck für Ed, einen für Grant.

Das Loch hinter ihm war verschwunden. Ich suchte mit meinen Augen so lange die weiße Fläche ab, bis sie auf eine kleine, etwas dunklere Stelle stießen, wo gespachtelt und gestrichen worden war. Ich blickte zu Ed, aber mein Vater fragte sie gerade nach ihren Professoren, er wollte wissen, ob er noch welche kannte.

«Wie war die Dordogne?», fragte Grant.

Sie waren verlegen und steif, Fremde in einem Haus, das einst ihnen gehört hatte.

Mein Vater legte das Ringbuch zurück und schloss die Schublade. «Die Dordogne war die Dordogne.»

Ich wusste, dass dieser Spruch für Ed Gold wert war und Teil des geflügelten Wortschatzes mit Grant werden würde. Mein Vater schüttelte beiden fest die Hand und dankte ihnen, dass sie gut auf das Haus aufgepasst hatten.

Ich begleitete Ed und Grant die Stufen der Veranda hinab und über den Rasen zum Pontiac.

«Wir waren nicht in Mexiko», sagte Ed.

«In New Orleans auch nicht», sagte Grant.

«Vielleicht fahren sie nächsten Sommer wieder nach Europa», sagte ich.

«Fang schon mal an, Reiseprospekte im Haus zu verteilen.» Ed breitete seine Arme weit aus. «Capri im Juli!»

Grant ließ seine Tasche neben dem Auto fallen und umarmte mich fest.

«Ich liebe dich.»

Es war, als hätten seine großen Arme die Worte aus mir herausgepresst. Ich war peinlich berührt und zugleich überrascht, weil ich immer gedacht hatte, Ed mehr zu lieben.

«Oh Mann, wir wollen uns nicht von unserem Jungen

trennen», sagte Ed und schloss sich unserer Umarmung an. Ich atmete seinen Geruch ein, Zigaretten und heißer Asphalt.

Ich glaube, wir dachten alle, dass wir uns wiedersehen würden und diese Verabschiedung nicht endgültig wäre. Sie wollten ihre Familien besuchen und eine Woche später ins Wohnheim zurückkehren, das nur einige Meilen entfernt war. Das große Hochhaus zwischen niedrigen Backsteingebäuden hatten sie mir einmal vom Auto aus gezeigt. Ich malte mir aus, dass wir in ein paar Wochen dort weitermachen würden. Vor meinem inneren Auge sah ich Sitzsäcke, Pizzakartons, die aufgeschlagene Zeitung mit dem Kinoprogramm. Aber als die Schule wieder anfing, brachte ich nie den Mut auf, den Campus zu betreten, geschweige denn den achten Stock eines Studentenwohnheims. Becca drängte mich, wenigstens anzurufen oder ihnen eine Zeile zu schreiben, aber der Sommer ging zu Ende und es schien keinen Weg zurück zu geben.

Wenn ich mich jetzt an diese Zeit erinnere, kommt es mir vor, als würde ich ein Buch lesen, für das ich bei der ersten Lektüre noch zu jung war. Jetzt erkenne ich, wie sehr Grant in Ed verliebt war, dass Ed das wusste und brauchte, auch wenn er die Liebe nicht erwidern konnte, wie schwer Ed an seinem gebrochenen Herz laborierte, und dass die beiden genau wussten, was in meinem Haus vor sich gegangen war, bevor sie kamen. Ich werde diesen Sommer in mir tragen, bis ich, wie Ed immer sagte, «passé composé» bin. Ich habe seitdem keinen der beiden wiedergesehen, aber ich habe alle drei Romane von Ed gelesen und mochte jeden Einzelnen. Ich gestehe, dass ich hoffte, eine Anspielung auf diesen einen Sommer zu finden – ein großes graues Haus, ein Unistädtchen, ein einsamer Junge, dessen Eltern außer Landes sind –, aber bisher gab es noch keinen Hinweis auf mich oder Grant. Es ist seltsam, dass die beiden immer noch irgendwo herumlaufen, dass auch sie einige Jahrzehnte mehr auf dem Buckel haben, dass jeder von ihnen genau jetzt gerade geht oder steht oder ein Buch liest oder im Flugzeug sitzt oder im Krankenhaus liegt oder im Taxi irgendwohin fährt oder in einem Büro arbeitet.

Aber Becca habe ich geheiratet. Ich weiß nicht, wie andere das machen, wie sie nicht mit dem Mädchen zusammenbleiben können, dessen Socken dich mit vierzehn auf Wolke sieben haben schweben lassen, dessen nasses Haar nach deiner Vergangenheit riecht – dem Mädchen, das in genau dem Augenblick bei dir war, als du das Glück kennenlernen durftest.

NORDSEE

Odas Tochter weigerte sich, ihren Koffer selbst zu tragen.

«Da ist viel zu viel Zeug von dir drin», sagte Hanne.

Oda stieg aus dem Auto. «Ich habe lediglich ein Strand-
tuch für jede von uns und etwas zum Knabbern eingepackt, falls sie auf dem Schiff nichts verkaufen. Mehr
nicht.»

Hanne blieb sitzen. Sie hatte nicht mitkommen wollen,
und selbst der Anblick des Meeres, als sie vom Hügel in
das Örtchen Harlesiel hinabgefahren waren, hatte sie zu
Odas Enttäuschung kaltgelassen. Tatsächlich war auch
Oda unberührt geblieben. Erst da hatte sie gemerkt, dass
sie eine Regung, irgendeine Veränderung erwartet hatte.
Aber Hanne war jung, zwölfeinhalb, und hatte die offene
See bisher kaum so gesehen.

Vielleicht lag es an den Wolken, die darum wetteiferten,
die Sonne zu verstecken, große, helle, wie mit einem dicken Glasrohr aufgeblasene Klumpen, deren Unterseite
der Wind glatt geschoren hatte. Sie konkurrierten mit dem
stahlblauen Wasser. Stellten es in den Schatten.

Jenseits des Parkplatzes löste ein Mann in einem grünen

Overall eine lange Absperrkette von einer Rampe und bedeutete einem Lastwagen, vorzufahren.

«Autos dürfen ja doch aufs Schiff», sagte Hanne. «Schau mal.»

«Nur Laster, die Baumaterial oder Ähnliches transportieren. Jetzt steig aus. Als Nächstes kommen die Fußgänger dran, und ich habe noch keine Fahrkarten für uns.»

Hanne bewegte sich nicht. Der Mann im Overall leitete den Lastwagen im Rückwärtsgang und mit schnellen, beidseitigen Handbewegungen von der Rampe. Mit einem Rumpeln fuhr der Laster aufs Schiff. Es war Maßarbeit. Der Mann tätschelte die Motorhaube wie einen Hund und lief wieder die Rampe hinauf. Er nickte den Fußgängern zu.

Oda öffnete die Beifahrertür und ergriff ihre Tochter am Oberarm. Er war so schmächtig in ihrer Hand, nur Haut um einen schmalen Knochen. Wie einfach sie ihn aus dem Schultergelenk hätte kugeln können. Hanne schüttelte ihre Hand ab.

«Na gut», sagte Oda. «Ich nehm ihn von hier bis zur Schalterhalle, aber aufs Schiff musst du ihn selbst tragen.» Sie hängte sich ihre Handtasche quer über die Brust, was ihr nicht gefiel, den Stil verband sie mit zwanzig Jahre jüngeren Frauen, und nahm beide Koffer in die Hand. Sie waren nicht sonderlich schwer, aber der kurze Weg zum Fahrkartenschalter raubte ihr alle Kräfte.

Es war ihr erster Urlaub zu zweit. Oda hatte fast zwei Jahre darauf gespart.

Die Frau am Schalter aß ein Brötchen mit Senf, sie hatte wohl angenommen, bis zur nächsten Fähre um drei in Ruhe gelassen zu werden. «Beeilen Sie sich», sagte sie mit vollem Mund und reichte Oda die roten Fahrkarten.

Oda stellte Hannes Koffer neben dem Schalter ab und hielt dem Mann im Overall die Fahrkarten hin. «Eine ist für meine Tochter. Sie kommt gleich.» Hanne saß immer noch im Auto.

Der Mann hielt bereits die Kette in der Hand, mit der er die Rampe wieder absperren wollte.

«Bitte.» Sie wollte sagen, dass Hanne auf der Toilette war, aber der Fahrkartenschalter war zu klein für eine Toilette. «Ihr Vater ist tot», sagte Oda.

Der Mann ließ die Hand mit der Kette sinken, deren dicke Glieder klirrend aneinanderstießen. Es war Oda unangenehm, ihm in die Augen zu schauen, aber sie musste es tun, wenn sie ihre Tochter mit an Bord haben wollte.

«Das ist hart.»

Ein Horn ertönte. Ein jüngerer Mann schaute aus dem kleinen Fenster des Kontrollraums zu ihnen hinab, gestikulierte und rief etwas, das man durch die Scheibe nicht verstehen konnte.

«Gehen Sie mal aufs Schiff. Suchen Sie sich einen Sitzplatz drinnen, wo sie Sie nicht sehen kann.» Sie konnte sein Plattdeutsch kaum verstehen. «Dann wird sie schon kommen.»

Unter Deck gab es ein paar Plastikstühle, eine Bank und eine Reihe salzverkrusteter Fenster. Sie war der einzige Passagier, der drinnen saß. Alle anderen standen entweder auf der freien Fläche vor dem Laster oder waren über die Treppe auf das kleine Oberdeck gestiegen. Oda stellte ihren Koffer zu den anderen an die Tür und setzte sich auf die Bank.

Wieder ertönte das Horn, zorniger als vorher. Eine Metallkurbel zischte und klirrte. Oda sprang auf und schaute hinaus. Das Heck hatte sich von der Rampe gelöst. Ein Ruck, und das Schiff fuhr in einem Strudel aus weißem Schaum los und ließ das Festland hinter sich. Hannes Koffer stand immer noch neben dem Fahrkartenschalter.

«Mutti! Hier oben!»

Sie winkte vom Oberdeck, ihre dünnen Arme zwischen denen der anderen.

«Lehn dich nicht so weit nach vorne», rief Oda, obwohl sie eigentlich etwas ganz anderes sagen wollte.

Kaum waren sie einige Meilen gefahren, senkte sich der Himmel hinab und das Meer wuchs in die Höhe, und die Fähre schien sich zwischen den beiden grauen Flächen nur mit Mühe hindurchquetschen zu können. Den Menschen auf dem Oberdeck wurde kalt, und sie kamen hinein. Nur Hanne nicht.

Als die Insel in Sicht kam, hing ein dunkler, schräger Schleier über ihr. Oda presste die Stirn an eines der Fenster. Auf der ganzen Breite der Nordsee regnete es sonst nirgendwo.

Sie würde Hanne dazu verdonnern, selbst mit der Person am Fahrkartenschalter zu sprechen (Oda sah die Frau mit dem Senfbrötchen vor sich, auch wenn sie wusste, dass natürlich jemand anderes dort sitzen würde) und den Koffer mit der nächsten Fähre bringen zu lassen. Hanne würde alles mit ihrem Taschengeld zahlen müssen. Sie würde hart bleiben.

Aber als die Fähre ihr Tempo drosselte und sie und Hanne mit den anderen Passagieren im Platzregen darauf warteten, dass sie anlegte, war kein Schalter in Sicht.

«Ich bring die Reisetasche Ihrer Tochter auf dem Abendschiff mit», sagte der Mann im Overall, als hätte sie ihn gerade darum gebeten.

«Es ist ein Koffer, keine Tasche.» Sie wollte nicht, dass er das falsche Gepäckstück mitnahm.

«Und du sagst immer, ich bin unhöflich», sagte Hanne und ging vor ihr die Rampe hinauf.

Sie hatte sich das letzte freie Zimmer vom Pensionswirt am Telefon genau beschreiben lassen. Ein Doppelbett, ein grüner Schreibtisch, blaue Wände, Baumwollteppich, Meerblick aus zwei der drei Fenster. Und ein Lehnsessel mit Blümchenmuster. Welche Farben?, hatte sie gefragt. Er hatte kurz gezögert. Burgunderrot und pink. Bestimmt hatte er sich das ausgedacht, dachte sie. Er hatte bereits zweimal den Hörer beiseitelegen müssen, um andere Fragen von ihr beantworten zu können. Als sie zusagte, das Zimmer für zwei Wochen im Juli zu nehmen, versuchte er, seine Enttäuschung zu verbergen.

Der Raum war exakt so, wie er ihn beschrieben hatte, und kein bisschen so, wie Oda ihn sich vorgestellt hatte. Der Wirt hatte ihr die Maße des Zimmers durchgegeben, und sie hatte sie während des Gesprächs in ihrem Wohnzimmer ausgelegt. Aber das eigentliche Zimmer wirkte viel kleiner.

«Passt alles?»

Sie standen immer noch im Türrahmen.

«Es gibt nur ein Bett», sagte Hanne.

Der Pensionswirt schaute zu Oda. Er hatte am Telefon erklärt, dass es nicht genug Platz für ein Zusatzbett gebe, und sie hatte gelogen und gesagt, dass sie es gewohnt waren, im gleichen Bett zu schlafen. «Alles bestens», sagte sie.

Auch der Pensionswirt war nicht so, wie sie ihn sich vorgestellt hatte, er war jünger, trug einen Bart und enge, gepolsterte Shorts.

«Entschuldigung. Ich bin gerade erst von einer Tour zurückgekommen.» Sie musste ihn angestarrt haben.

«Mit einem Pferd?», fragte Hanne.

Er lachte. «Mit einem Rad.»

«Ich habe auf der Fähre ein Pferd gesehen», sagte Hanne in einem Ton, den Oda für sich reserviert zu haben glaubte.

Er lachte wieder. «Auf der Fähre war ein Pferd?»

«Ich habe es *von* der Fähre aus gesehen.»

Er schien sich nichts aus ihrem Ton zu machen. «An der Ostküste gibt es einen Reitstall. Man kann sich dort auch Pferde ausleihen, solltest du Interesse haben.»

«Ich kann nicht reiten.»

«Sie wird's dir beibringen. Ihr Name ist Pilar. Sie kommt aus Sevilla, spricht aber sehr gut Deutsch.»

«Pilar», wiederholte Hanne.

«Ich könnte sie anrufen und alles in die Wege leiten.»

«Das wäre schön.»

Oda konnte es sich nicht leisten, ein Pferd für eine Stunde auszuleihen, geschweige denn Reitstunden zu bezahlen. Hanne musste das doch wissen. Dieser Urlaub würde die gesamten Jahresrücklagen auffressen. Sie würde den Mann unten abfangen müssen, bevor er dort anrufen konnte.

Er ließ sie allein. Oda machte beide Lampen an, weil der Nachmittag so grau war, aber das machte alles nur noch schlimmer, also schaltete sie das Licht wieder aus, und es schien noch dunkler als zuvor.

Es stimmte, dass der Lehnsessel burgunderrot und pink

war. Es stimmte auch, dass zwei der Fenster aufs Meer hinausgingen. Aber Meer, Himmel, Regen und Nebel waren nicht voneinander zu unterscheiden, also war es egal. Fritz hätte jetzt gelacht: die Ausgaben, die Anstrengungen, und dann dieser Blick ins Nirgendwo. Aber sie konnte nichts, als sich schuldig dafür zu fühlen, dass sie auf Wasserflecken und Grauschlieren hinausschaute, die er niemals sehen würde. Er hatte immer die Reisen geplant, in den Süden, der Sonne hinterher. Jetzt wusste sie warum.

«Du willst nicht, dass ich reiten lerne», sagte Hanne.

Jetzt war sie froh, dass ihre Tochter erst zwölf war und fest davon ausging, dass Oda selbstverständlich über Pferde nachdachte.

«Ich wollte schon immer reiten lernen, weißt du.»

Fritz hatte ihnen Schulden hinterlassen, auf drei Kreditkarten verteilte hohe Schulden, die sie erst diesen Frühling endgültig beglichen hatte. Sie würde sich für eine Nebensächlichkeit wie Reitstunden nicht neu verschulden.

Als Oda nach unten kam, deckte der Pensionswirt gerade die Tische. Er fragte, ob sie alles hätten, was sie brauchten.

«Wo kann ich denn Kleinigkeiten wie Kekse kaufen?» Sie wollte ihm nicht sagen, dass sie eigentlich Zutaten für die Hauptmahlzeiten besorgen wollte, die sie selbst in ihrem Zimmer anrichten würde. Vielleicht würde sie sich morgen oder übermorgen trauen, ihn zu bitten, ihnen eine kleine Ecke im Kühlschrank für Schinken und Käse zu überlassen.

«Den Hügel runter, nach rechts, der Laden ist dann auf der linken Seite. Er ist aber ziemlich teuer. Wenn Sie wollen, kann ich das, was Sie brauchen, zusammen mit meinen Bestellungen ans Festland durchgeben. Die Lieferungen kommen jeden zweiten Tag mit der ersten Fähre.»

«Danke», sagte sie verlegen. Freundliche Gesten machten sie hilflos, und sie beeilte sich, ihr Visier wieder herunterzuklappen. «Vielleicht wann anders. Für heute reicht es, wenn ich hier etwas einkaufe.»

«Heute hat der Laden zu. Sonntag.»

«Ach so.»

«Soll ich dann für Sie eindecken?»

«Ja, bitte.»

Ohne die Pferde erwähnt zu haben, ging sie wieder hoch.

Hanne hatte den Inhalt aus Odas Koffer auf dem Boden ausgebreitet. «Warum hast du mein Shampoo nicht eingepackt?»

«Weil du die kleinen Fläschchen mitnehmen wolltest, die wir aus Genua mitgebracht haben.» *Wir* hieß alle drei, ein anderes wir.

«Und du hast das widerliche Deo eingepackt, mit dem du nach altem Kohl riechst.»

Über ihnen schritt jemand leichten Fußes von einer Ecke des Zimmers in die andere, schwerere Tritte folgten direkt dahinter. Stille. Lautes Geschrei.

«Großartig», sagte Hanne. «Kleine Kinder!»

Sie verließ das Zimmer, um die Dusche am Ende des Flurs zu benutzen, und Oda ließ sich in den burgunderrot-pinken Sessel fallen. Sie wollte nicht hier sein und Geld für dieses Zimmer mit Nebelblick ausgeben. Sie wollte in ihrem eigenen Bett schlafen und morgens zur Arbeit gehen. Ihre Freunde, ihre Schwester und die gesellschaftlichen Konventionen hatten sie zu diesem Urlaub gedrängt.

Sie wollte ihn nicht. Hanne wollte ihn nicht. Warum also taten sie sich das an?

Sie ging zum Fenster. Es hatte aufgeklart, sie konnte das Meer erkennen, es war unruhig. Der Wind peitschte die weißen, aufgewühlten Wellen hoch. Weit draußen konkurrierten große Kutter um Fischereigebiete. Mehrere Bohrinseln durchbrachen den Horizont, scharfkantige prähistorische Kreaturen auf stabilen Beinen. Sie spürte das Brummen der Fähre, ehe sie sie um die Ostspitze fahren und in den Hafen einbiegen sah. Die Regenmäntel der Passagiere glitzerten.

Hanne kam zurück und kämmte sich die Haare.

«Die Fähre ist gleich da.»

«Das sehe ich.»

«Dann geh deinen Koffer holen.»

Hanne legte den Kamm weg.

Draußen rannte sie barfuß und mit flatternden nassen Haaren die Straße hinab

Der freundliche Mann wartete mit ihrem Gepäck auf sie. Sie sprachen miteinander, ein erstaunlich langer Wortwechsel, den Oda sich nicht erklären konnte, und dann kam Hanne wieder den Hügel hinauf, langsamer, in der Hand ihren Koffer.

* * *

Die Gäste über ihnen waren Australier. Ihre drei langhaarigen Kinder streiften in Schlafanzügen durch den Speiseraum und fegten die Dekoration von den Tischen und die Bücher von den Regalen, bis der Vater sie erwischte und sie alle in einem Knäuel aus Gekicher und strampelnden Armen und Beinen verschwanden.

«So warst du nie», sagte Oda.

«Du hast mich schon früh unterdrückt.»

«Deinen freien Geist gebrochen, was?»

Sie aßen schweigend, so wie das belgische Ehepaar neben ihnen. Der Australier kam zurück, die drei Kinder trotteten aufgeräumt hinter ihm her.

«Kannst du dich noch an das Lied erinnern, das du mir immer vorgesungen hast, das von dem Mädchen im Pünktchenkleid?»

Eine Zeit lang hatte Hanne jeden Abend um dieses Lied gebettelt.

«*Tupf Tupf* habe ich es immer genannt.»

«Es war *Pünktchen Pünktchen*.»

Hanne lächelte. «*Pünktchen Pünktchen*. Ich dachte, du bist die tollste Sängerin auf der ganzen weiten Welt.»

Oda fühlte sich hoch auf einen Wellenkamm gehoben, wie eines der Schiffe weit draußen auf dem Meer.

Zurück in ihrem Zimmer, gab es nichts weiter zu tun, als ins Bett zu gehen. Kalte Luft strömte durch die Fenster, viel kälter als in München im Juli. Der Bettüberwurf war schwer, die Decken fest eingeschlagen. Hanne nahm die rechte Seite, der Wand am nächsten. Das Bett knarrte und ächzte, als Oda sich hinlegte. Sie machte das Licht aus.

Jetzt war der Augenblick gekommen, der Grund für die Reise, das Einzige, was sie überzeugt hatte, dieses ganze Geld auszugeben. Nachdem Fritz gestorben war, hatte ihr ihre Freundin Frauke erzählt, dass die Kinder nach dem Tod ihres Mannes ein Jahr in ihrem Bett geschlafen hatten. Wenn Oda mit Hanne in ihrem Zimmer kuscheln wollte, beschwerte sich Hanne, ihr sei zu warm, und schickte sie raus. Aber die Dunkelheit, in der sie hier gemeinsam lagen, würde es vielleicht einfacher und sicherer machen, miteinander zu reden.

«Hast du es gemütlich?», fragte Oda.

«Mm-hmmm.»

«Müde?»

«Nicht wirklich.»

«Wir könnten uns Geschichten erzählen.»

«Was meinst du damit?»

«Ich könnte dir etwas erzählen. Über mich, oder dich, als du klein warst, oder über deine Großmutter. Oder Papi.» Sie ließ die Worte einen Augenblick nachklingen. «Und dann könntest du mir etwas erzählen.» Oda drehte sich zu Hanne. Sie hoffte, Hanne würde sich ebenfalls umdrehen, aber das tat sie nicht. Sie blieb auf dem Rücken liegen, im Profil, ihr Gesicht dunkel vor dem letzten blauen Licht des Tages.

«Ich bin müde.»

* * *

Einige Stunden später wachte Oda auf. Das Zimmer war schwarz, die Art von Dunkelheit, vor der sie sich als Kind gefürchtet hatte, wenn sie bei den Großeltern auf dem Land übernachtete. Sie machte sie immer noch beklommen. Oda drehte sich zur Seite, sodass sie aus dem Fenster gucken konnte. Draußen auf dem Meer waren die Bohrinseln als kleine Lichttupfer zu erkennen. Ein metallenes Scheppern und Klirren wehte von den im Hafen vertäuten Booten herüber. Wenn das Wasser gegen die Schiffsrümpfe schlug, klang es wie ein schlabbernder Hund, hektisch und schnell. Oda richtete sich auf und sah ein paar grüne Lichter nahebei, die Navigationslichter der ankernden Fähre. Sie hatte nicht gewusst, dass das Schiff hier übernachtete. Es ergab Sinn, man brauchte es für den Notfall. Jetzt war die Fähre ruhig, aber Oda rief sich ihr Brummen in Erinnerung, und der Gedanke daran beruhigte sie.

Als es hell genug war, begann sie, im Bett zu lesen und blätterte vorsichtig die Seiten um, um Hanne nicht zu wecken. Unten wurden die Tische gedeckt. Der Geruch von frischem Brot und Würstchen breitete sich im Zimmer aus. Oda verspürte eine rasende Unruhe in ihrem Körper, einen Drang zur Eile, der hier vollkommen überflüssig war. Sie musste nicht aufstehen, um zur Arbeit zu gehen oder Hanne Mittagessen zu machen oder sie zum Wochenendunterricht oder zur Kirche zu treiben. Sie fragte sich, wie andere Menschen sich an Urlaubsrhythmen gewöhnten. Das Gefühl war sehr unangenehm, als würde man ein Auto im Leerlauf aufheulen lassen. Sie konnte sich nicht mehr auf das Buch konzentrieren. Ihre Augen nahmen die Wörter nicht auf. Es war wieder so wie in den Monaten nach Fritz' Tod.

Doch sein Tod war inzwischen fast zwei Jahre her. Er war mit dem Fahrrad zur Arbeit ins Krankenhaus gefahren und vom Auto eines anderen Arztes erwischt worden. Der Krankenwagen hatte weniger als 500 Meter zur Unfallstelle zurücklegen müssen, aber er war schon tot.

Er hatte knapp 2000 Euro auf der Bank, als er starb. Sie war sich sicher gewesen, dass irgendwo ein zweites Konto mit Rücklagen auf sie wartete – nach Hannes Geburt hatte er eines eröffnen wollen. Er hatte sich zum Facharzt ausbilden lassen, aber anstatt wie geplant zu praktizieren, hatte er eine Postdocstelle bei einem von ihm bewunderten Hämatologen angenommen, dann folgte eine weitere für Infektionskrankheiten, dann eine weitere zur Erforschung der Typhusepidemie 1847. Er war immer so wissensdurstig. Und die Aussicht auf ein geregeltes Einkommen war ja immer da – nur noch ein weiteres Jahr, noch einmal den Gürtel für kurze Zeit enger schnallen. Oda hatte das lange kaum gestört. Sie machte die Buchhaltung für mehrere seiner Studienfreunde, die inzwischen ihre eigenen Praxen eröffnet hatten, und das brachte zusätzlich Geld ins Haus. Außerdem gaben die Zahlen seiner Freunde ihr Sicherheit. Fritz verdiente längst nicht so viel, aber er könnte. Er könnte jederzeit ein solches Einkommen haben. Stattdessen starb er. Und es gab kein zweites Konto.

Auch keine Lebensversicherung – wieder etwas, das sie nicht recht glauben konnte. Sie saß im Büro ihrer Versicherung und bat den Mann, erneut im Computer nachzuschauen. Sie war sich sicher, dass sie die Formulare gleichzeitig ausgefüllt hatten. Hatten sie nicht sogar eine gemeinsame Versicherung? Manchmal fallen Namen aus dem System, erklärte sie ihm. Mit genau diesem Programm war das einem ihrer Kunden passiert. Ob sie einmal schauen dürfte? Sie erwartete, zurückgewiesen zu werden, aber stattdessen überließ der Mann ihr seinen Platz, sie nahm die Maus und klickte sich durch die Seiten. Sie erklärte genau, was sie tat, wo sie suchte. Sie fand keine Versicherung auf Fritz' Namen, aber einige Tage später rief der Mann an und schlug ihr vor, sich auf eine offene Vollzeitstelle bei ihnen zu bewerben. Sie war gut in ihrem Job. Sie erzählte allen von der fehlenden Versicherung für sie und ihre Tochter, und die Geschichte berührte die Menschen. So gewann sie ihre Kunden.

Über ihr, in der Mitte des Zimmers, hämmerte jemand mit einem harten Gegenstand gegen den nackten Boden. Schritte. Eine lauter werdende Stimme – gedämpfte Worte, die Oda verstanden hätte, wären sie auf Deutsch gewesen.

Hanne verschlief das Chaos, das Schlagen, das Schreien, das Stampfen. Endlich gingen sie zum Frühstück, ihr Lärm im Treppenhaus ließ eher auf achtzehn statt nur auf fünf Familienmitglieder schließen. Danach war es nicht direkt ruhig – der Krach war jetzt aus dem Speiseraum zu hören –, aber Oda konnte sich wieder ihrem Buch widmen. Ihre rasende Unruhe ebbte ab, verschwand langsam. Die Wörter ergaben wieder einen Sinn.

Hanne drehte sich auf den Rücken, dann wieder auf den Bauch, ein klares Zeichen, dass sie aufwachte.

«Dein ganzes Geblättere hat mich aufgeweckt», sagte sie zwischen ihren Haaren hindurch.

«Das waren die über uns. Die letzten zwei Stunden haben sie mehr Lärm gemacht als eine Blaskapelle.»

«Nein, ich habe nur dich gehört. Kannst du das Buch nicht höher halten, sodass die Seiten nicht an der Bettdecke entlangschrappen?»

«Das tue ich.»

«Das tust du nicht.»

«Wir müssen jetzt aufstehen. Ich weiß nicht, bis wann es Frühstück gibt.»

«Ich hab keinen Hunger.»

«Ich habe dafür bezahlt, also isst du jetzt auch.» Sie hatte nie gedacht, dass sie diesen Ton auch in den Ferien benutzen würde. «Ich geh unter die Dusche», sagte sie schnell, um Hanne zuvorzukommen. «Du kannst nach dem Essen duschen.»

Als sie zurückkam, war Hanne angezogen. «Du hast ewig gebraucht. Ich bin am Verhungern.»

Beim Frühstück unterbreitete Oda ihrer Tochter einige Vorschläge für den Tag. Sie könnten zum Strand oder in den Ort laufen oder die Mole entlang zum rot-weiß gestreiften Leuchtturm wandern, den sie von der Fähre aus gesehen hatten. Sie könnten ins Schwimmbad gehen oder zum Hügel in der Mitte der Insel radeln. Hanne verzog bei jedem Vorschlag das Gesicht. Oda hätte gerne den Pensionswirt gefragt, was denn andere eingeschnappte, undankbare Zwölfjährige auf der Insel taten, um Spaß zu haben, aber sie hatte Angst, er würde dann den Reitstall erwähnen. Da sie das ohnehin befürchtete, mied sie seinen Blick, als er ihnen das Essen und den Kaffee brachte, und bedankte sich nur knapp.

Oda hatte freie Sicht auf die Australier am anderen Ende des Speiseraums. Es war ein Kampf, alle drei Kinder dazu zu bewegen, sich hinzusetzen. Keines konnte älter als sechs sein, aber keines war mehr ein Baby, das man im Hochstuhl festzurren konnte. Die Eltern sahen wie müde Zoowärter aus, nicht ärgerlich, nur überwältigt von der körperlichen Anstrengung. Der Mann war groß und dünn, mit dicken blonden Ringellocken und einer spitz zulaufenden Nase. Seine Frau war wahrscheinlich in seinem Alter, Anfang dreißig, aber sie hätte in ihrem Sari und mit den langen, ungebürsteten Haaren auch als Teenager durchgehen können. Sie sah aus wie die älteren Mädchen damals in der Schule, die Mädchen, die Odas Bruder erfolglos angehimmelt hatte, die sich immer von jemandem nach Hause mitnehmen ließen und deren Augen vom vielen Kiffen pink und geschwollen waren und deren plumpe Lippen rot leuchteten, als knutschten sie den ganzen Tag herum. Die Kinder der Australier forderten so viel Aufmerksamkeit, dass sich die Eltern während des Essens kaum unterhalten konnten. Aber Oda erwischte sie dabei, wie der Mann seiner Frau einen Löffel mit irgendetwas zum Probieren gab, ihre Reaktion beobachtete und lächelte, als sie anerkennend nickte.

«Wie sind deine Eier?», fragte sie Hanne.

«In Ordnung.»

«Möchtest du mal bei mir probieren?» Sie spießte ein Stück Waffel und eine Erdbeere auf ihre Gabel.

Hanne blickte angewidert. «Ich weiß, wie Waffeln schmecken.» Nach einigen Bissen Ei sagte sie: «Du benimmst dich total komisch, weißt du das eigentlich?»

Oda bestellte eine zweite Tasse Kaffee, dann folgte sie dem Pensionswirt zurück in die Küche und jagte ihm einen Schrecken ein, als er sich mit der Kaffeekanne in der Hand umdrehte und sie hinter ihm stand. «Sagen Sie, hätten Sie den Namen und die Nummer von der Dame mit den Pferden für mich? Für meine Tochter. Für Reitstunden.»

An diesem Nachmittag machte sich Oda in der Küche einen Tee und nahm ihn mit aufs Zimmer. Sie drehte den burgunderrot-pinken Lehnsessel so, dass man aus den beiden Fenstern mit Meerblick schauen konnte, und setzte sich. Die Fähre legte an. Oda sah, wie sie sich leerte – Tagesgäste mit Fahrrädern, Handwerker in Arbeitskleidung, Inselbewohner mit Kisten voller Lebensmittel – und wieder füllte. Der freundliche Mann war auch wieder da. Er lotste das Postauto aufs Schiff, dann plauderte er mit denen, die an Bord gingen, und denen, die nicht an Bord gingen. Davon gab es viele, Leute, die einfach nur herumschlenderten, weil die Fähre da war, nicht, weil sie ankamen oder abreisten. Der Himmel war immer noch grau, aber er hing nicht mehr so tief und drückend über der Insel. Möwen jagten dicht über der Wasseroberfläche entlang, dann stiegen sie empor, so hoch, dass ihre Körper sich in den Wolken aufzulösen schienen. Gesprächsfetzen wehten vom Hafen herüber, Männer auf den Booten, die sich über den Motorlärm und das Brummen der ablegenden Fähre hinweg unterhielten. Die Luft kam in heißen und kalten Böen durch das Fenster herein, und nach einer Weile nahm Oda den Seetanggeruch, der anfänglich so stark gewesen war, nicht mehr wahr.

Als Hanne zurückkam, hatte Oda noch keinen Schluck Tee getrunken und nichts gelesen.

«Was ist passiert?»

«Was meinst du?»

«Warum bist du jetzt schon zurück?» Oda sah auf die Uhr. Drei Stunden waren vergangen. «Oh», sagte sie verwirrt.

«Ich bin geritten.»

«Du bist geritten?», fragte Oda, doch in ihrer Stimme lag zu viel Überraschung.

Denn Hanne blickte mürrisch. «Das war doch die Idee, oder nicht?» Aber sie konnte ihre Freude nicht ganz verbergen. Die roten Streifen in ihrem Gesicht verrieten sie.

«Wie war es?»

«Es war okay.»

Sie würde alles für sich behalten. Ein paar Jahre zuvor hätte sie Oda noch jedes Detail erzählt, mit großen Augen, schriller Stimme und wilden Pirouetten – ihrem Freudentanz, wie Fritz und Oda immer sagten – wäre alles aus ihr herausgeplatzt. Erwachsene versteckten ihren Schmerz, ihre Ängste, ihre Fehler, aber Heranwachsende versteckten ihre Glücksgefühle, als könnten sie verloren gehen, wenn man sie zeigte.

«Trägst du meine Socken?», fragte Hanne.

«Ich hatte kalte Füße, und die Socken sind so warm und flauschig.»

«Zieh sie aus. Die wollte ich mir noch aufheben.»

Es gab keinen Zusammenhang zwischen Freude und Freundlichkeit, so viel stand fest.

Diese Woche ging Hanne jeden Nachmittag Reiten. Mehr als ein halber Monatslohn. Oda überzog ein Konto, das sie gerade erst ausgeglichen hatte. Aber diese Stunden waren nicht nur für Hanne, sondern auch für Oda erholsam, ein Urlaub vom Urlaub. Oda spazierte nicht zum Leuchtturm, dessen gemeinsamen Besuch Hanne abgelehnt hatte, ebenso wenig schaute sie sich das Meeresmuseum an oder trank ein Bier in dem hübschen Gartenlokal, das der Pensionswirt allen Gästen empfahl. Sie saß mit ihrem Buch und ihrem Tee im Sessel und blickte aus dem Fenster. Der Himmel riss selten auf, und wenn, dann nie länger als ein oder zwei Stunden. Die Fähre kam und ging. Wenn sie sich vorbeugte und im richtigen Moment aus dem Fenster ganz nach links schaute, konnte Oda manchmal Hanne auf einem Pferd den langen Oststrand entlangreiten sehen, blitzende Hufe im seichten Wasser.

Nach einer Woche war Hanne für den ein oder anderen morgendlichen Ausflug zu haben. Wenn sie vom Stall zurückkam, schlug sie sogar selbst Orte vor, die sie sich gerne anschauen wollte. Hanne und Oda liefen mehrere Kilometer zu einem von Amerikanern geführten Lokal namens Burger Meister. Statt ins Walfangmuseum zu gehen, zeigte Hanne Oda den Walknochen-Friedhof im Wald dahinter. Alle paar Wochen entfernten die Museumsmitarbeiter den Knochenhaufen, erzählte Hanne ihr, aber einige Tage später war ein neuer da. Lief der gemeinsame Vormittag gut, nahm sich Oda fest vor, dass sie am Abend, an *diesem* Abend, endlich darauf bestehen würde, mit Hanne in der Dunkelheit zu reden, dass Hanne einer der Geschichten lauschen sollte, die Fritz ihr immer erzählt hatte, über seine Kindheit in Fürth, oder wie sie sich kennengelernt hatten oder über ihre verrückte Reise nach Luxemburg, bevor Hanne auf der Welt war. Sie umwarb ihre Tochter geradezu, verführte sie. Sie kaufte Hanne ein Armband und schenkte es ihr beim Abendessen. Sie ermunterte sie, Kaffee oder koffeinhaltigen Tee zum Nachtisch zu trinken. Aber ganz egal, in welche Laune sie ihre Tochter tagsüber versetzt hatte, kaum wollte Oda abends im Bett eine Unterhaltung beginnen, würgte Hanne sie ab. «Können wir nicht einfach dem Meer zuhören», sagte sie dann, oder, brüsker noch: «Ich kann deine Stimme heute nicht mehr ertragen.»

Eines Tages versuchte Oda, beim Mittagessen zu erklären, warum ihr die Geschichten über Fritz so wichtig waren. «Wir reden nicht genug über ihn. Oder über seinen Tod. Du sollst nicht denken, dass ich nicht darüber reden kann. Ich kann das. Ich werde das auch. Ich möchte es nämlich.»

«Okay», sagte Hanne.

«Du möchtest es also auch?»

«Ich weiß nicht. Nicht jetzt.»

«Heute Abend?»

«Nein.»

«Wann dann?»

«Ich weiß es nicht. Ich weiß nicht, was du von mir hören willst.»

«Ich will gar nichts Bestimmtes von dir hören. Ich glaube einfach nur, dass es ungesund ist, zu schweigen. Ich bin mit Eltern groß geworden, die nie über das geredet haben, was wichtig war, was sie beschäftigt hat.»

«Der Krieg?»

«Ja, der Krieg gehörte sicherlich dazu.»

«Also ist Papis Tod wie der Krieg, und ich bin wie ein Nazi, der nicht darüber sprechen will?»

«Hanne. Du weißt, was ich damit sagen möchte. Ich will nicht, dass du später mal denkst, du hattest eine Mutter, die über nichts reden konnte. Weil ich das nämlich kann.»

«Okay, wenn ich verspreche, niemals zu sagen, dass du nicht über Sachen reden konntest, können wir dann jetzt dieses Gespräch beenden?»

«Ich habe ihn im Französischkurs kennengelernt.»

«Ja, ich weiß. Er dachte, es ist das Geschichtsseminar, aber er ist geblieben, weil er deinen Hinterkopf gesehen hat.»

Das war zwar leicht übertrieben, aber sie ließ es durchgehen.

«Ich kenne die Geschichten. Ich habe säckeweise Fotos. Ich kann mich gut an ihn erinnern.»

«Vermisst du ihn noch?»

«Ich denke schon.»

«Fandest du seinen Tod ungerecht?»

«Natürlich. Er hat nur ein halbes Leben abbekommen. Vielleicht sogar weniger.»

«Und ungerecht dir gegenüber?»

«Ja, schon. Aber so gut habe ich ihn ja auch nicht gekannt.»

«Was meinst du damit?»

«Er hat viel gearbeitet.»

«Er war fast jeden Abend zum Essen zu Hause. Er hat dir bei den Hausaufgaben geholfen.»

«Einmal vielleicht.»

«Hanne, nein. Oft.»

«Und am Wochenende war er auf Konferenzen.»

«Ein paarmal im Jahr. Und manchmal haben wir ihn begleitet. Nach Barcelona, kannst du dich noch erinnern?» Sie erinnerte sich an alle drei zusammen in einem Park in der Nähe des Hotels, aber sie erinnerte sich auch daran, Hanne eine Puppe aus Palmenwedeln gekauft zu haben, weil sie zu Hause bei Fritz' Mutter geblieben war. Was stimmte? Sie war sich nicht sicher.

«Ist das für dich also miteinander reden? Es fühlt sich nämlich eher so an, als ob du mir gerade sagst, an was ich mich zu erinnern habe.»

Drei Tage vor ihrer Abreise unterhielt sich Oda zum ersten Mal mit den Australiern.

Sie war allein, ohne Hanne, die am Abend zuvor verkündet hatte, ausschlafen zu wollen. Oda setzte sich an ihren üblichen Platz, doch dann wünschte sie sich, sie hätte sich auf Hannes Stuhl gesetzt. Ohne Hanne als Sichtschutz hatte sie die Australier direkt vor der Nase.

«Guten Morgen», sagte der Mann auf Deutsch. Sein Akzent war gepflegt, aber deutlich, zu federnd.

«Wie geht es Ihnen?», fragte Oda auf Englisch.

«Ach, so gut es eben geht, wenn man in der dritten Urlaubswoche mit diesen Wadenbeißern steckt.»

Sie verstand das Wesentliche, wenn auch nicht jedes Wort. Das älteste Kind war gerade dabei, eine Zuckertüte über seinem Kopf auszuleeren. Sein Vater schnappte sich die Tüte und fegte den Zucker vom Haar des Jungen. Einige Krümel landeten mit einem feinen Klirren auf Odas Teller. «Entschudigung», sagte der Mann. «Und Sie? Wie geht es Ihnen?»

Wusste er Bescheid? Natürlich nicht. Aber es war schon so lange her, dass jemand die Frage nach ihrem Wohlergehen nicht mit Mitleid überfrachtet und sich für ihre Antwort gerüstet hatte, als besäße sie die Kraft, jeden mit der Wahrheit zu verletzen.

«Mir geht es gut», sagte sie unbeschwert, weil sie es endlich einmal konnte. Für ihn waren sie einfach nur Mutter und Tochter, keine Tragödie. «Ich schlafe gut am Meer.» Hatte sie die richtige Präposition verwendet? Sie verwechselte immer das britische und amerikanische Englisch, und was die Australier machten, wusste sie erst recht nicht.

«Geht mir genauso.» Er lächelte sie an, ein Charmeur mit wirrem Haar und leuchtend grünen Augen. Und diese lange, schlanke Figur. Er beugte seinen ganzen Oberkörper über den Tisch, um seiner Tochter ein Stück Schinken vom Teller zu klauen, und seine Rippen bildeten am Rücken ein Relief im T-Shirt.

«Hat Ihre Tochter schon mal gebabysittet?», fragte seine Frau und gab ihrer schreienden Tochter den Großteil des Schinkens zurück.

«Nein, bisher nicht.»

Ein Ding der Unmöglichkeit, dass Hanne diese Meute in Schach halten könnte.

Dann wurde das Frühstück serviert, und sie aß schnell und mit gesenktem Blick. Als die Familie fertig war, verabschiedete sich der Mann von ihr mit einem ‹Cheers›. Seine Frau gab ihm das kleine Mädchen an die Hand. Oda fragte sich, ob einer der beiden früh sterben und der andere für eine Weile den Boden unter den Füßen verlieren würde.

An diesem Abend verkündete Hanne, dass sie am nächsten Tag auf die australischen Kinder aufpassen würde.

«Warum hast du ihnen erzählt, dass ich noch nie gebabysittet habe?»

«Weil es stimmt. Und weil wir sie da oben hören. Eine wahre Teufelsbrut ist das. Außerdem sprechen sie kein Wort Deutsch.»

«I know English, Mother», sagte Hanne.

Oda lachte.

«Was denn? So sagt man das!»

«Es ist deine Stimme. Sie ist viel tiefer, wenn du Englisch sprichst.»

Hanne musste schmunzeln. «Wir haben schon so lange Mr Manfield in Englisch, und er kann Osmins Arie singen, die bis runter aufs tiefe D geht.» Als Oda nichts sagte, fügte sie hinzu: «Es gibt in der ganzen Operngeschichte keine tiefere Note für einen Sänger.»

Hanne bekam von Fritz' Vater Klavierstunden bezahlt, obwohl er sie seit der Beerdigung nicht mehr besucht hatte. Er schickte dem Lehrer das Geld per Post, als bestünde Gefahr, dass Oda sich einen Teil abzwacken könnte.

Hanne sah sie an, als warte sie auf eine Reaktion, aber Oda ärgerte sich in diesem Moment nur über Fritz' Vater und ging hinaus ins Bad.

Das australische Ehepaar hatte ein Boot gemietet, das sie zu einer Reihe von Unterwasserhöhlen bringen würde. Oda hatte davon gelesen. Sie klangen furchterregend. Sie bräuchten eine Stunde hin und eine Stunde zurück, dazwischen würden sie eine Stunde zum Planschen haben, erklärte der Mann Hanne beim Frühstück.

Sie schauten beide auf die Uhr. «Wir sollten also gegen halb zwölf zurück sein, plus minus», sagte er. «Draußen auf der Straße machen die kleinen Monster ziemlich viel Unsinn. Bleib lieber oben mit ihnen, da haben sie ihr Spielzeug und ihre Bücher.»

Oda musste innerlich lachen. Diese Kinder wollten bestimmt nicht still sitzen und vorgelesen bekommen.

Aber sie hatte sich getäuscht. Hanne verschwand mit ihnen im zweiten Stock, und nachdem Oda einige Minuten gewartet hatte, ging sie auf Zehenspitzen die Treppe hinauf und lauschte an der Tür.

«Welches wollt ihr lesen?», fragte Hanne in ihrer tiefen englischen Stimme. «Die Enten oder ... wie heißen diese hier?»

«Ameisen!», rief einer der Jungen.

«Die Ameisen? Wollt ihr das Buch mit den Ameisen?»

«Nein, die Enten», sagte das kleine Mädchen. Die Jungen widersprachen nicht.

Hanne las ihnen das Entenbuch vor, dann das mit den

Ameisen. Dann eine Geschichte von einem kleinen Jungen aus der Stadt, der auf dem Hausdach Tiere hielt, ohne dass seine Eltern davon wussten.

«Ich habe einen Stall. Hier. Mit ganz vielen Tieren», sagte das Mädchen, als die Geschichte zu Ende war. «Willst du mal sehen?»

«Ja, gerne», sagte Hanne.

«Hier, hier steht er!», sagte einer der Jungen.

«Ich will's ihr zeigen!»

«Hier, guck mal, die dicke fette Kuh!»

«Ich will's ihr zeigen!» Die kleine Stimme zitterte.

«Zeig du es mir, Muffin.» Muffin? War das ihr richtiger Name? «Ich mach die Augen zu, und du nimmst mich mit.»

Mach die Augen zu, hatte Hanne immer zu ihr gesagt, ich muss dir was Besonderes zeigen. Wie oft hatte sie eine blinde Oda oder einen blinden Fritz an der Hand in ein anderes Zimmer oder über den Spielplatz geführt? Wir waren wie Pferde für sie, dachte Oda jetzt.

«Okay, hier entlang, hier», gurrte das kleine Mädchen. «Okay, jetzt umdrehen.» Ihre Stimmen verloren sich im anderen Zimmer, und Oda ging wieder nach unten.

Eines Tages würde Hanne Kinder haben. Sie würde ihre eigene Familie gründen und diesen zukünftigen Menschen ihre ganze Liebe und Aufmerksamkeit schenken. Oda würde dann eine alte Frau sein, die man an Feiertagen besuchen musste und über die man sich auf der Rückfahrt lustig machte. Sie würden sich wahrscheinlich nie mehr so nah sein wie jetzt.

Oda setzte sich in ihren Sessel, aber es war nicht das Gleiche wie sonst, wenn Hanne Reitstunden hatte. Sie konnte Schritte hören, Geplapper, Gekicher. Hannes tiefe, langsame Stimme setzte sich deutlich von denen der Kinder ab, auch wenn Oda nicht verstehen konnte, was sie sagten. Als Hanne so alt war wie das kleine Mädchen, hatte sie Zimttoast geliebt.

Oda ging hinunter. Das Frühstück war vorbei, die Küche aufgeräumt. Der Pensionswirt war nicht da, vielleicht drehte er eine Runde auf seinem Rad. Sie schnitt vier Scheiben von ihrem eigenen Brot ab, toastete sie und bestrich sie mit Butter. Im Küchenschrank über dem Herd fand sie Zimt, vermischte ihn mit dem Tütenzucker aus dem Speiseraum und verteilte die Mischung auf den Brotscheiben. Auf einem Teller trug sie sie hoch in den zweiten Stock.

«Das riecht gut», sagte Hanne.

Sie hatten eine ganze Wohnung da oben, mit einem Wohnzimmer und zwei Schlafzimmern und viel Licht, das durch die großen Fenster fiel. Hanne führte sie zu einer kleinen Kochnische. Wenn sie und Hanne je wiederkämen, dann wäre diese Wohnung die einzig richtige. Aber natürlich würden sie nie hierher zurückkommen.

«Lecker!», sagte der ältere Junge. «Vielen Dank für die süße Aufmerksamkeit.» Es war kaum zu glauben, dass dies der Anführer des Frühstückstischrudels sein sollte.

«Läuft alles gut, Hanne?», fragte sie auf Deutsch.

Hanne nickte. Oda spürte, dass ihre Tochter den Zauber des Englischen nicht brechen wollte. Aber sie wiederum wollte weder Hanne noch den Kindern ihre eingerosteten Sprachkenntnisse und ihren starken Akzent offenbaren – sie hatte nicht Hannes musikalisches Gehör –, also ging sie.

Sie räumte ein wenig auf und setzte sich wieder mit ihrem Buch in den Sessel. An ihren Füßen spürte sie etwas Warmes. Es war die Sonne, die zwei Quadrate auf dem

Boden gebildet hatte. Draußen auf dem Meer begann das Licht zu tanzen.

Um halb zwölf waren die Australier noch nicht zurück. Auch nicht um zwölf. Um Viertel nach zwölf klingelte oben das Telefon, aber sie hörte keine Stimmen. Vielleicht könnte sie Hanne helfen, das Mittagessen zuzubereiten. Vielleicht bräuchten sie etwas von ihrem Brot. Auf halbem Weg nach oben hörte sie die gleichen Schläge wie am ersten Morgen. Wahrscheinlich die dicke fette Kuh.

«Jetzt ist es schon neunzehn nach zwölf!» Das war der ältere Junge.

«Hör auf damit. Meine Mutter ist unten.»

Er hörte nicht auf. «Ich muss überhaupt nicht machen, was du sagst. Du hast ja noch nie gebabysittet.»

«Doch.»

«Nein, hast du nicht. Deine Mama hat das gesagt, ich hab's gehört.»

«Sie hat keine Ahnung. Ich habe schon mal gebabysittet.»

«Wo. Sind. Meine. Eltern?» Mit jedem Wort schlug er die Kuh auf den Boden.

Die anderen beiden Kinder stritten sich.

«Hört beide auf. Stopp! Muffin darf es erst haben, dann du.»

«Aber sie hatte es schon den ganzen Morgen!»

«Wo. Sind. Meine. Eltern?»

«Du magst sie lieber, weil sie ein Mädchen ist. Alle Mädchen sind so. Sie hassen Jungs.»

«Ich weiß nicht, wo sie sind.»

Die Schläge wurden lauter. Die Kinder schrien, um den Lärm zu übertönen. Hanne versuchte erfolglos, einen nach dem anderen zu beruhigen. Oda klopfte, aber niemand hörte sie.

«Schluss jetzt! Ihr sollt aufhören!» Hanne schrie jetzt auch. «Ich sag euch, wo sie sind, wenn ihr ruhig seid.»

Sie wurden ruhig.

«Setzt euch», sagte sie. «Ich muss euch etwas sagen, was ich euch eigentlich nicht sagen möchte.»

Oda erstarrte innerlich.

Die Kinder stritten sich, wer wo auf dem Sofa sitzen durfte. Über den Streit hinweg sagte Hanne: «Eure Mami und euer Papi sind gestorben.»

«Nein, sind sie nicht.»

«Doch, sind sie.»

«So, wie Tiere sterben?», rief das Mädchen mit fiepsender Stimme.

«Du lügst», sagte der ältere Junge.

«Der Anruf», sagte Hanne.

«Du hast gesagt, das war der Pensionswirt wegen unserer Einkaufsbestellungen.»

«Ich wusste nicht, wie ich es sagen soll.» Ihr Englisch wurde unsicherer.

«Sie sind zu den Höhlen gegangen. Nur für eine Weile.» Ihre Stimme wurde höher und höher.

«Sie hatten einen schlechten Führer. Falscher Weg. Es war zu viel Wasser.»

«Sie sind in einer Höhle ertrunken?»

«Ja.»

Als der ältere Junge anfing zu weinen, stimmten die anderen mit ein.

«Kommt her», sagte Hanne. «Kommt in meinen Arm. Alle. Kommt. Lasst mich euch halten.»

Oda war morgens über den Unfall informiert worden, während Hanne in der Schule war. Sie musste die Leiche identifizieren und Papiere unterschreiben, den ersten Schwung von vielen, als sei der Tod nur eine weitere Formalie, die man möglichst schnell ad acta legen wollte. Als Hanne nach Hause kam, führte Oda sie zum Sofa, schlang ihre Arme um sie und sagte, sie müsse ihr etwas sagen, was sie ihr eigentlich nicht sagen wolle. Hanne war aufgesprungen und in ihr Zimmer gerannt. Dann sag's mir nicht, hatte sie geschrien. Aber Oda erzählte es ihr. Sie saß auf Hannes Bett. Fass mich nicht an, hatte Hanne gesagt, als Oda ihr über das Haar streichen wollte. Also hatte Oda wie eine Besucherin im Krankenhaus auf einem Stuhl neben dem Bett gesessen. Sie hatte sich so danach gesehnt, Hanne in den Arm zu nehmen. In den Arm genommen zu werden. Lass mich dich halten, hatte sie gebeten, immer und immer wieder.

Sie ging die restlichen Treppenstufen hinauf. Sie wusste, dass sie Hanne aufhalten musste, aber Hannes liebevolle Stimme und ihr sanftes Gemurmel lullten sie ein und ließen sie vor der Tür stehen bleiben. «Alles wird gut. Wir kriegen das hin. Ich kümmere mich um euch.»

Es war fast hypnotisch, als wäre Hanne in Trance und spielte Odas Rolle von damals.

«Wo werden wir wohnen?», heulte der ältere Junge.

«Ihr werdet bei uns wohnen.»

«Hier? In diesem Haus?»

«Nein», sagte Hanne. «Aber wir können hierherziehen. Wollt ihr das? Ich kann euch Reiten beibringen.»

«Ich weiß nicht.»

«Mir gefällt das», sagte das Mädchen.

«Ich kann euch auch Deutsch beibringen. Wir schaffen das.»

Aus dem Eingangsbereich erklangen die Stimmen der Australier. Die Frau sagte etwas, und der Mann lachte. Oda fröstelte, als wäre sie allein und hörte Geisterstimmen.

Sie kamen schnell die Treppe hinauf.

«Oda», sagte die Frau. «Tut mir leid, dass wir so spät sind. Wie lief es?»

Oda fehlten die Worte. Aber sie brauchte sie nicht. Die drei Kinder kamen aus der Wohnung geschossen und rannten kreischend auf ihre Eltern zu. Oda quetschte sich an ihnen vorbei. Hanne saß noch in das neue, helle Sonnenlicht getaucht auf dem Sofa. Ihre Wangen glühten fiebrig.

Oda setzte sich neben sie.

«Mama», sagte Hanne und ließ sich schwer in die Arme ihrer Mutter fallen.

ZEITSTRAHL

Mein Bruder half mir, meinen Kram in seine Wohnung zu tragen. «Erwähn einfach nur nicht *Ethan Frome*, okay?»

«Was?»

«Das ist so eine Sache von ihr», sagte er. «Sie betrinkt sich, und wir streiten uns, und sie sagt: ‹Nur, weil ich *Ethan Frome* nicht gelesen hab.›»

«Was, echt jetzt?»

Wir waren auf dem Treppenabsatz stehen geblieben. Er konnte sehen, wie sehr mir dieses Detail gefiel.

«Komm schon. Erwähn es einfach nicht», sagte er.

Wäre die Situation umgekehrt, hätte er jetzt bereits einzelne Passagen aus dem Buch auswendig gelernt. «‹Na gut›, sagte sie mit einigem Widerwillen in der Stimme.»

Er machte ein Geräusch, das es nicht ganz zu einem Lachen schaffte. «Das hier könnte eine katastrophale Idee gewesen sein.»

Wir stiegen die nächste Treppenflucht hinauf. Die Treppen waren wie bei einem Motel außerhalb des Gebäudes angebracht. Wir zerrten die Müllsäcke mit meinen Büchern und Kleidungsstücken in die Wohnung. Mein Zimmer lag ganz hinten, am Ende des geraden Flurs. Seins und Mandys ging von der Küche ab. Ich betrat es kein einziges Mal, während ich dort wohnte, deswegen kann ich euch nicht sagen, wie es darin aussah. Wenn sie die Tür angelehnt ließen, wirkte es von der Küche aus wie ein schwarzes Loch. Mein Zimmer war hell, mit zwei Fenstern, die auf die North Street und nicht den Parkplatz hinausgingen, und es war genug Platz für meinen Schreibtisch. Er fand es lustig, dass ich einen Schreibtisch mitgebracht hatte. Eigentlich war es nur eine Tischplatte, ohne Schubladen, und die Beine musste ich erst wieder anschrauben.

Ich war schon oft umgezogen, aber dieses Mal fühlte es sich wie eine selbst gewählte Verbannung an. Als ich an diesem Abend mein Zimmer einrichtete, die Beine wieder am Bauch der Holzplatte befestigte und den Tisch zwischen die Fenster an die Wand schob, war alles anders als sonst. Das Gefühl eines Neustarts ohne Altlasten, diese Alles-ist-möglich-Stimmung gab es nicht. Ich wusste, ich würde zunächst ziemlich viel Unsinn schreiben und Tränen vergießen, bevor ich irgendetwas Gutes an diesem Tisch zustande bringen würde.

Mein Bruder kam rein und lachte, als er mein einziges Poster sah – einen Zeitstrahl der Menschheitsgeschichte. Er war schmal und spannte sich über drei Wände vom Mittelpaläolithikum bis zur Nuklearkatastrophe in Tschernobyl vor einigen Jahren. Er tröstete mich.

Er markierte mit seinem Daumennagel eine Stelle nahe dem Ende. «Da bin ich. Zur Welt gekommen zwischen der ersten bemannten Raumfahrt und dem Bau der Berliner Mauer.»

Das letzte Mal zusammengewohnt hatten wir, als ich

sieben und er dreizehn war. Jetzt war ich fünfundzwanzig – und er uralt. Er setzte sich auf mein Bett. «Weiß der Typ, wo du bist?», fragte er.

«Nein.»

«Wird er es herausfinden?»

«Wahrscheinlich.»

«Werde ich ihn vermöbeln müssen?»

«Du wirst ihm wohl eher zuhören müssen, wie er unter meinem Fenster *Norwegian Wood* auf der Sitar klampft.»

«Dann muss ich ihn erst recht vermöbeln.»

«Deine Nachbarn werden dir wahrscheinlich zuvorkommen.»

Er lachte trocken. «Da kannst du Gift drauf nehmen.» Er schaute sich um. «Diese ganzen Bücher werden Mandy nicht gefallen.»

Ich besaß keine Regale, deswegen war ich dazu übergegangen, überall im Zimmer Büchertürme aufzustellen. Es sah aus wie ein Wald voller verkrüppelter Bäume. «Kein *Ethan Frome* weit und breit.»

«Halt den Mund. Sofort.»

«Sag ihr das einfach», sagte ich laut. Sie war noch gar nicht zu Hause. «Sag ihr, dass ich das Buch noch nie gelesen habe.»

«Nein. Wir erwähnen es nicht. Kapierst du das denn nicht?»

«Ich verspüre momentan einfach ein so dringliches Bedürfnis, über *Ethan Froome* zu reden.»

«Scheiße, sie wird dich echt hassen.» Aber er hatte sich an den Zeitstrahl gelehnt und lachte schon wieder.

Ich suchte mir wieder einen Job in einem Restaurant, dem teuersten, das ich finden konnte. Es lag außerhalb der Stadt, auf dem Weg Richtung Farmland und Lake Champlain, und sah von außen unscheinbar aus, aber von innen war es wie ein Wohnhaus, aufgeteilt in viele kleine Zimmer. In einigen Zimmern gab es nur einen einzigen Tisch, in anderen kleine Tischgruppen. Hier konnte man für sich sein. Die Leute kamen hierher, um die *ungestörte Atmosphäre* zu genießen. Während des Bewerbungsgesprächs fragte man mich, ob ich an dem Wochenende der Abschlussfeiern arbeiten könne, 12. bis 14. Mai, doppelte Schichten, wenn nötig.

«Ich kann dir den Job nur geben, wenn du mir das versprichst», sagte Kevin, der milchgesichtige Manager, zu mir.

Ich versprach es. An genau diesem Wochenende sollte ich Brautjungfer bei der Hochzeit meiner Freundin Saskia in Massachusetts sein. Das lilafarbene Kleid, das sie mir für diesen Anlass bereits geschickt hatte, steckte in einem meiner unausgepackten Müllsäcke.

«Dein Bruder ist der netteste, großzügigste Mann überhaupt», sagte Mandy. «Ich weiß das, weil ich eine Empathikerin bin. Meine Mutter hat mir immer gesagt, such dir den Mann mit dem größten Herzen. Wusstest du, dass er jeden Morgen meine Autoscheiben frei kratzt?» Es war April in Vermont, und morgens hatten wir manchmal immer noch Schnee, also sprachen wir nicht nur von ein oder zwei Monaten Gekratze. Eher sechs oder sieben. Das war tatsächlich sehr nett von ihm. Aber ihr Wes und mein Wes hatten wenig miteinander zu tun. Mein Wes war reserviert und messerscharf, extrem kantig. Ihr Wes war «zum Knuddeln», so offenherzig, so *süß*. Das Wort ‹süß› kam in unserer Familie nicht vor. Süß war was für Looser. Ehrlichkeit, Großzügigkeit, Zärtlichkeit standen auch nicht sonderlich hoch im Kurs. Wir waren dazu erzogen worden, uns bis zum Äußersten mit unseren Worten verteidigen zu können. Wir liebten einander, wir hatten Spaß miteinander, aber wir waren immer auf der Hut und auf einen plötzlichen Dolchstoß gefasst.

Mandy war groß und sexy und arbeitete als Assistentin in einer Physiotherapiepraxis, weil sie selbst, so sagte sie, nach einem «Unfall im Haushalt» mit siebzehn dort behandelt worden war. Wes erzählte mir später, dass ihr Vater ihr mit dem Baseballschläger des Bruders die Kniescheiben zertrümmert hatte.

Wes und Mandy besaßen keine Bücher. Ich konnte noch nicht einmal einen Stift finden. Diese ganze Seite von ihm – die Preise zu Internatszeiten, die Theaterstücke, die er geschrieben und inszeniert hatte, bis er sein Studium abbrach – hatte er um ihretwillen begraben.

Ich sah ihn nicht oft. Er arbeitete tagsüber, versorgte hässliche neue Häuser auf wunderschönen Grundstücken mit Strom, und ich arbeitete abends, rannte treppauf und treppab und bediente herausgeputzte Familien oder kümmerte mich um Pärchen, die in den kleinen Zimmern Verlobung feierten. Als ich Kevin von der Hochzeit in Massachusetts erzählte, schmiss er mich zwar nicht raus, aber er war wütend, verlängerte meine Probezeit und ließ Tiffany mir die schlechtesten Tische geben, im zweiten Stock. Aber nach Feierabend, wenn wir die Tische für den nächsten Tag gedeckt und die Trinkgelder an Küche und Bar verteilt hatten, tranken wir miteinander. An einem Abend fanden wir uns alle auf dem Boden des Blauen Zimmers wieder, dem edelsten unserer Separees, dort, wo wir den Gouverneur und den Rektor der Universität hinsetzten, wenn sie kamen. Wir stritten uns über irgendetwas, ich glaube, es war die Ermordung JFKs. Wir waren alle ziemlich betrunken und redeten lautstark durcheinander, und Rennie, die Kinderpsychologie studiert hatte, aber keinen Job fand, nahm eine der langen, schmalen Vasen vom Kaminsims – das Blaue Zimmer hatte einen echten Kamin, und der jeweilige Kellner musste zusätzlich zu allem anderen ständig das Feuer schüren – und sagte, dass nur der, der die Vase hielt, auch sprechen dürfe. Sie nannte die Vase einen Redestab, aber ich taufte sie um in Zepter der Macht, und Kevin, der mich eigentlich nicht beachtete, musste lachen, und ich wusste, dass meine Probezeit nicht mehr lange dauern würde. Mir sind nicht viele Nächte in diesem Restaurant in Shelburne, Vermont, in Erinnerung geblieben, aber an diese erinnere ich mich. Ich erinnere mich daran, dass ich mich glücklich zwischen diesen Fremden fühlte, zwischen Menschen, die ich erst seit ein paar Wochen kannte, und das wiederum gab mir die Zuversicht, dass in meinem Leben am Ende doch alles gut werden würde.

An meinem vorigen Arbeitsplatz, einem Restaurant in Cambridge, Massachusetts, hatte ich mich in den Barkeeper verliebt. Heillos. Vollkommen unerwartet. William war so ruhig wie sein Name und ein angenehmer Kollege. Zur Arbeit trug er Vintage-Kleidung für Frauen, vor allem asiatische Teile – Kimonos, Sabais, Qipaos –, aber zu besonderen Anlässen auch mal einen Hosenanzug von Chanel oder ein flatterndes Flamencokleid. Er schwebte in sonnenblumengelber oder scharlachroter Seide durch den Speisesaal und servierte hier eine Flasche Wein oder dort den Gimlet, der schon in Vergessenheit geraten war. Aber es ging ihm anscheinend nicht darum, besondere Aufmerksamkeit auf seine Kleidung zu lenken, denn als ich ihm ein einziges Mal ein Kompliment machte – für einen bestickten, türkisfarbenen Sari –, dankte er mir nur kurz und wies mich darauf hin, dass mein Sechsertisch bereit für die Bestellung sei.

Eines sonntagmorgens trafen wir uns zufällig bei Au Bon Pain. Er ließ zwei Leute vor, sodass wir gemeinsam in der Schlange stehen konnten. Er trug normale Cordhosen und einen Wollpullover. Mein gesamter Körper machte einen Satz, als ob er es schon immer gewusst hätte, als ob er nur darauf gewartet hätte. Wie William seine Hand in die Hosentasche steckte, um sein Geld hervorzuholen, wie er die Scheine hinüberreichte und seinen Becher vom Tresen nahm, wie er Sahne in seinen Kaffee schüttete. Die Kleider hatten stets seine breiten Schultern versteckt, die schmale Hüfte, den muskulösen Arsch. Scheiße. Ich hatte gehört, dass er liiert war. Ich ging, obwohl ich noch nicht mal Milch im Tee hatte.

Aber er holte mich ein, und wir spazierten nebeneinanderher, während wir unsere Hände an den heißen Getränken wärmten, der Tag war kalt. Er fragte mich, ob ich schon die neue Skulptur vor der Widener-Bibliothek kannte, und steuerte den Campus an, um sie mir zu zeigen. Wir setzten uns auf die Freitreppe vor der Bibliothek und taten so, als wären wir Harvard-Studenten. «Was ist dein Hauptfach?», fragte ich ihn, und er sagte, «Kunstgeschichte», und ich sagte, «meins auch», und er sagte, «das gibt's doch nicht», und wir überlegten, ob wir gemeinsame Kurse hatten. Wir

dachten uns Seminare aus: Niednägel in moderner Bild-
hauerei, Finsteres Mienenspiel gegen strahlendes Lächeln
in der Malerei Westeuropas. Es überraschte mich nicht,
dass er gut in andere Rollen schlüpfen konnte. Ich fühlte
mich wieder wie eine Studentin, die gerade einen umwer-
fenden Typen kennengelernt hatte, der sie gleich küssen
würde. Und das tat er auch. Um elf Uhr morgens an einem
Sonntag im November. Zum ersten Mal ließ mich ein erster
Kuss direkt an Sex denken. Ich wollte sofort mit ihm ins
Bett. Er sah mich an, als ob es auch ihm so gehen würde
und als ob ihn das nicht überraschte. Er lehnte sich entspannt an mich, was mich an meinen Vater erinnerte, wenn
er sich mit seinem ersten Drink aufs Sofa fallen ließ. In der
Ferne hörte man ein Kind freudig kreischen, und William
rückte von mir ab. Ein kleiner Junge kam durch das Tor auf
uns zugerannt. William nahm meine Hand. «Komm mit.»
Er zog mich die Treppe hinunter zu dem Jungen und einer
Frau, die hinter ihm herkam. Beide waren schick gekleidet,
der Junge trug eine seidene Fliege und eine winzige Kamel-
haarjacke, die Frau hatte hohe Absätze und einen schwarzen Regenmantel an, darunter blitzte etwas Türkisfarbenes
auf.

«Wie geht's Gott?», rief William.

«Gut», sagte der Junge, er rannte noch immer. Es dauerte
eine Weile, bis er uns mit seinen kurzen Beinchen erreicht
hatte. «Ihm geht's richtig gut», sagte er und versteckte sein
Gesicht zwischen Williams Beinen.

William hielt noch meine Hand, als er mich den beiden
vorstellte: sein Sohn, sagte er, und seine Frau, Petra.

Er versicherte mir, dass sie nichts dagegen hatte, dass er
und Petra eine Beziehung ohne Verbote führten, dass beide

jederzeit aus dem Moment heraus handeln dürften. Das sagte er immer, *aus dem Moment heraus*, als ob man im nächsten Moment jemand anderes wäre, andere Dinge wollte. Ich wünschte, es wäre so. Ich wollte immer nur ihn.

Er zitierte gerne Ralph Ellison: «Wenn ich herausfinde, wer ich bin, werde ich frei sein.»

Er trug nichts unter seinen Kleidern, wie sich zeigte. Man musste sie nur hochziehen, so einfach war das – in der Behindertentoilette, der Garderobe, dem Kühlraum. Petra und ich wurden im gleichen Monat schwanger.

Ein ergiebiger Monat für mein Spermium, sagte er. Er fand es wunderbar. Meine Abtreibung machte ihn traurig, aber er diskutierte nicht und zahlte die Hälfte.

Anfang April kam sie im Restaurant vorbei, kurz bevor wir zur Mittagszeit aufmachten. Sie war nur eine Minute da, brachte ihm die Autoschlüssel, aber es war warm und ich sah, wie sich ihr Bauch unter dem Gürtel des Wickelkleids wölbte. Ich stellte das Tablett mit den Salz- und Pfefferstreuern ab und ging. Ich rief meinen Bruder an, stopfte meinen Kram in große schwarze Müllbeutel und fuhr hoch nach Burlington.

Eine Woche vor Saskias Hochzeit wollten Wes und ich ins Kino gehen. Ich hatte frei, und Mandy besuchte ihre Schwester in Rutland. Wir verabredeten uns in seiner Stammkneipe. Er saß in der Ecke und spielte Pitch mit seinem Arbeitskumpel Stu, und Ron mit dem schwachen Herzen, der immer ins Krankenhaus musste, und Lyle, frisch aus dem Gefängnis, wo er wegen eines schiefgelaufenen Drogentransports an der kanadischen Grenze gesessen hatte. Ich setzte mich und wartete darauf, dass Wes die nächste

Karte ausspielte. Ein weiterer Typ, den ich nicht kannte, saß mit am Tisch. Er war jung, wahrscheinlich noch im College. Er und Wes kauten auf Zahnstochern herum.

Wes gewann den Stich mit einem Kreuzbuben.

«Du verarschst mich doch, Wesley-Fresse», sagte Ron.

Sie nannten ihn alle Wesley. Er würde ihnen nie erzählen, dass er eigentlich Westminster hieß. Er stand auf, um zu zahlen.

«Und woher kennt ihr euch so?», fragte der junge Typ mit dem Zahnstocher.

«Er ist mein Bruder.»

Der Typ lachte.

Jenseits des Raums nickte Wes mir zu, und ich folgte ihm hinaus.

Ein paar Tage später fragte er mich, ob ich mich noch an den jungen Typen aus der Bar erinnern könne. Ich sagte Nein, obwohl das nicht stimmte.

«Dieser Collegejunge», sagte er, als ob er nie selbst einer gewesen wäre. «Mit den vielen Haaren. Er glaubt mir nicht, dass du meine Schwester bist.»

«Aber ich hab's ihm doch gesagt.»

Wes lächelte. «Also erinnerst du dich doch an ihn. Er dachte, das ist ein Scherz. Dass du meine Schwester bist. Ich habe mit ihm um 'nen Hunderter wetten müssen.»

«Wes.»

«Du musst einfach nur in der Bar vorbeischauen und ihm deinen Führerschein zeigen. Wann hast du das nächste Mal abends frei?»

Ich sah ihn mit erhobenen Augenbrauen an.

«Komm schon. Das ist verdammt leicht verdiente Kohle.»

Also schaute ich vorbei. Sein Name war Jeb. Ich nahm

meinen Reisepass mit, weil das Foto dort besser war. Er war seltsam beeindruckt von dem Pass, mehr, als es ein Typ mit einem guten Haarschnitt und einem sorgfältig ausgewaschenen T-Shirt hätte sein sollen. Er zeigte mir seinen Führerschein, warum auch immer. Mit vollem Namen hieß er Jebediah. Auf dem Foto war er wahrscheinlich sechzehn. Die pure Hoffnung. Er zählte fünf Zwanziger für Wes ab.

«Ich kapier nicht, warum du lachst. Ich bin doch der, der alles abstaubt», sagte Wes.

«Ich dachte immer, dass du in 'ner Höhle aufgewachsen bist, Alter. Ich dachte, du bist irgendwann aus der Erde geschossen, wie ein Pilz.»

Als ich weg war, fragte Jeb meinen Bruder, ob er mich ausführen dürfe.

An einem Donnerstagnachmittag besuchten wir eine Süßigkeitsfabrik auf einem Hügel außerhalb der Stadt – hier lag alles entweder auf Hügeln oder schmiegte sich in Täler. Wir wurden von drei alten Damen mit Plastikhauben herumgeführt, und nachher aßen wir auf den Schaukeln eines Spielplatzes aus einer braunen Tüte warme Liebesperlenplätzchen mit dunkler Schokolade und weiche Erdnussbutter-Cups. Alles, was mit meiner Kindheit zusammenhing, interessierte ihn brennend, nicht, weil ich es erlebt hatte, sondern weil Wes es erlebt hatte. Wes hatte ihn schwer beeindruckt. Für ihn war Wes ein Prediger, der stinkend und mit fauligen Zähnen aus einer Höhle gekrochen und auf eine Kanzel gestiegen war, von wo aus er von Hume bis Hendricks alles abhandelte und die Jungen und Alten, die Ehrlichen und Korrupten, die armen Säue und fetten Schweine um sich scharte. Jeb war in einer wohlhabenden Familie in Connecticut aufgewachsen. Er sagte, sein Spitzname hielt die Menschen davon ab, den Juden in ihm zu sehen. Sein Bruder Ezra hatte eine andere und sehr viel schwierigere Kindheit erlebt. Jeb kannte viele Wasps, aber er hatte noch nie einen wie Wes getroffen, der seine Herkunft bereute und leugnete, der behauptete, er sei in Lynn und nicht im feinen Marblehead aufgewachsen, wenn man ihn ausfragte, der niemals über seine alten Tennispokale oder frühere Schnorchelurlaube auf Barbados reden würde.

Unter uns wohnte Stacy mit ihren drei Kindern. Die Kinder waren unerzogen und machten viel Lärm, und manchmal sah man Stacy in einer zu großen Holzfällerjacke – wahrscheinlich vom Ex-Mann – auf der anderen Straßenseite eine Zigarette rauchen, während alle drei Kinder drinnen in der Wohnung heulten. Aber ich wusste, dass sie eine gute Mutter war. Vom Schreibtisch aus sah ich, wie sie die Kinder zur Schule brachte, und sie watschelte oft wie eine Ente oder schmetterte ein schmalziges Liebeslied. Ihre Kinder waren noch zu jung, um sich für sie zu schämen, und ihr Kichern hallte nach, wenn sie bereits um die Ecke gebogen waren. Ich schrieb einige kleine Skizzen über Stacy und ihre Kinder an diesem Schreibtisch, entwickelte sie aber nie weiter. Stacy war eine Weile arbeitslos, und als sie endlich wieder einen Job gefunden hatte, als Putzfrau in einem Krankenhaus, gab es nur die Spätschichten. Sie müsse diese Stelle nehmen, sagte sie zu Wes. Wenn ihr Mann rausfände, dass sie keinen Job hatte, würde er versuchen, ihr das Sorgerecht wegzunehmen. Nach drei Monaten könne sie sich um Tagesschichten bemühen. Also vereinbarte sie mit Wes und Mandy, dass die beiden runtergehen würden, wenn sie etwas hörten, und dass die Kinder raufkommen könnten, wenn sie etwas brauchten. Sie verließ die Wohnung, nachdem sie die Kinder ins Bett gebracht hatte, und kam wieder, bevor sie aufwachten.

In der Nacht nach meinem Süßigkeitenfabrik-Date – Jeb hatte mich an einer roten Ampel geküsst und mich die ganze restliche Fahrt über immer wieder verstohlen angegrinst – wurden Wes, Mandy und ich von einem durchdringenden Schrei – eigentlich war es ein Aufjaulen – geweckt, als ob jemand von etwas gebissen worden wäre. Es war der Jüngste, A. J., der im Traum von einem Kätzchen angegriffen worden war.

«Kätzchen können einem ganz schön Angst machen», sagte Wes, nachdem er alle drei Kinder hochgeholt hatte und jetzt in der Küche Milch für sie warm machte. «Sie haben extrem spitze Zähne, und wenn sie so richtig böse sind, dann ist es umso gruseliger, dass sie auch noch niedlich sind.»

Der kleine A. J. schaute auf seine Hände, die auf dem Tisch lagen, und nickte. Er war rot und verschwitzt. Der Älteste schlief noch halb, und das Mädchen lief herum und sagte zu fast allem im Raum: «Mumma hat auch so was.» Wes bat sie um Hilfe, um den Honig vom Regal zu holen, stellte ihr eine Trittleiter hin und hielt sie an der Hand, als sie hochstieg. Als alle Kinder ihre Becher mit süßer Milch vor sich stehen hatten, nahm er den Salz- und den Pfefferstreuer vom Tisch und verwandelte die beiden in zwei Geschwister namens Willy und Nilly, die sich im Wald verlaufen hatten. Am Ende waren wir alle fest davon überzeugt, dass diese kleinen Keramikstreuer tatsächlich Kinder waren, so lebensnah ließ er sie sprechen und sich bewegen und sich ducken, wenn die Adler nach ihnen suchten, und dass der Zahnstocher, den er aus seiner Tasche gezogen hatte, ihre Mutter war, die sie finden würde. Mandy hatte versucht, mit einem Löffel, der ihr Vater sein sollte, einzusteigen, aber ihre Stimme passte überhaupt nicht, und ich war froh, als A. J. ihr den Löffel aus der Hand nahm und sagte, dass es keinen Vater gebe. Wir brachten die Kinder wieder zurück in ihre Betten und deckten sie gut zu.

Das kleine Mädchen schaute auf die Uhr auf ihrem Nachttisch. «Nur noch drei Stunden, dann ist Mumma wieder da.»

Ich strich ihr über die Stirn.

Sie machte die Augen noch einmal auf. «Wie viele Stunden habe ich gesagt?»

«Nur noch drei», sagte ich.

Wir schlossen hinter uns ab und gingen hoch.

Am Bett des Mädchens, die Hand auf ihren Haaren, hatte ich mich atemlos und zu leicht gefühlt, als hätte die Schwerkraft nicht richtig gearbeitet.

Ich blieb wach, bis Stacy zurückkam. Ich hörte, wie sie die Haustür öffnete und schloss, aber danach war alles wieder still, sie brauchte diese wenigen Stunden der Ruhe, bevor sie die Kinder aufwecken musste. Ich fiel in einen tiefen Schlaf, und als ich aufwachte, hatte sie sie bereits zur Schule gebracht.

Ich fuhr zu Saskias Hochzeit. Da ich mir kein Hotelzimmer leisten konnte, hatte ich das Essen am Vorabend geschwänzt. Das hieß jedoch, dass ich eine Stunde früher an der Kirche sein musste, um letzte Anweisungen zu erhalten. Eine Frau namens Caledonia wartete am Eingang auf mich. Sie machte sehr deutlich, dass sie meine Brautjung-fernaufgaben übernommen hatte. Sie hatte sogar allen an-deren Brautjungfern – wir waren zu acht – Silberarmbänder mit eingraviertem Datum geschenkt. Ich hätte mehrere Schichten gebraucht, um nur eines dieser Armbänder kau-fen zu können. Sie gab mir meines. Um die Schachtel war ein blaues Geschenkband gebunden, das mit einem Dop-pelknoten befestigt war. Sie wartete, bis ich den Knoten ge-löst und die Schachtel geöffnet hatte. Das Armband war zu groß. Wie immer bei mir. Ich habe unnatürlich schmale Handgelenke. Ich schob es hoch bis zum Ellenbogen und folgte ihr in das Hauptschiff.

Saskia war nicht wiederzuerkennen, als sie zum Trau-altar schritt. Als Kind hatte sie eine verrückte Mähne ge-habt, als hätte sie in eine Steckdose gefasst, jetzt war alles glatt geföhnt und in Blütenblätterwellen gelegt, die wie eine blühende Pfingstrose ausuferten und ihr Gesicht sehr klein erschienen ließen. Ich war mir nicht sicher, ob sie nervös oder sauer auf mich war, aber sie schaute nur ein einziges Mal mit unbewegter Miene zu mir herüber. Ich hatte sie seit dreizehn Jahren nicht gesehen. Wahrschein-lich hatte sie mich nur zur Brautjungfer erkoren, um nicht zwischen ihren richtigen Freundinnen wählen zu müssen.

Als alles vorbei war und der Brautführer und ich den Gang hinabschritten, sah ich William, nicht hinten, son-dern ziemlich weit vorne, bei der Familie des Bräutigams, als gehörte er dazu. Er tuschelte mit zwei alten Tanten, die rechts und links von ihm saßen. Sein weißer Vintage-Smo-king war viel zu überzogen für diese Nachmittagshochzeit, aber der Anzug saß perfekt und er war wunderschön, als er mir in diesem Aufzug einen verschmitzten Blick zuwarf.

Er musste die Einladung in meiner alten Wohnung in Cambridge entdeckt haben, bevor ich abgehauen war.

«Drecksack», sagte ich.

«Erst alle im Stich lassen, und jetzt so was. Eine weitere bezaubernde Seite von dir», sagte der Brautführer und löste sich von mir, sobald wir am Ausgang waren. Caledonia hatte es geschafft, alle Gäste gegen mich aufzuhetzen.

Sosehr ich mir den eleganten William auf einem Empfang, wo jeder mich hasste, an meiner Seite wünschte, sagte ich ihm, er solle gehen.

Er ließ seinen Handrücken langsam über meinen Hals bis hinauf zum Ohrläppchen gleiten. «Lass mich nur ein paar Stunden bei dir sein.»

«Bitte geh.» Diese Worte fielen mir unglaublich schwer.

Einige der Brautjungfern beobachteten uns, drehten sich aber weg, als ich quer über den Parkplatz zu ihnen stieß. Wir stiegen in Limousinen, die uns zu einem Country Club brachten, wo wir auf dem Golfplatz für Fotos posierten, während die Sonne unterging und das orangefarbene flache Licht unsere Gesichter leuchten ließ, so, wie Fotografen es mochten. Außer mir war die gesamte Hochzeitsgesellschaft auf das gleiche kleine College in Upstate New York gegangen. Saskia und Bo hatten sich dort während der Einführungsveranstaltungen kennengelernt. In jeder Rede kamen die Worte «in den Sternen gestanden» und «Schicksal» und «füreinander bestimmt» vor. Die Frauen unterschieden sich wenigstens hinsichtlich Größe, Körpergewicht und Haarfarbe, aber die Männer waren riesig und ununterscheidbar, eine ganze College-Rudermannschaft. Immer, wenn einer der Anzugträger sich erhob, um genau das Gleiche wie sein Vorgänger zu sagen, steckte ich ihn gedanklich in einen blutroten Kimono oder einen zitronengelben Seidenüberwurf.

Irgendwann konnte ich meine Rede nicht länger hinauszögern und erzählte eine Geschichte von Saskia, als sie sechs Jahre alt war und ihr Hund krank wurde. Als ich mich wieder setzte, hatten alle an meinem Tisch Tränen in den Augen. Caledonia beugte sich vor und ergriff meine Hand. Wir trugen unsere passenden Armbänder. Danach sprach man mit mir, und die überdimensionierten Männer wollten mit mir tanzen. Saskia umarmte mich und sagte, ich liebe dich, und wir alle warfen gemeinsam Vogelfutter in die Luft, als sie fuhren. Sie hatten sich umgezogen und sahen aus wie zwei Versicherungsmakler auf dem Weg ins Büro. Jemand erzählte mir, dass sie nach Athen fliegen würden. Ein Typ, in den ich auf der Highschool verknallt war, fuhr mich zurück zur Kirche. Als er neben meinem Auto hielt, konnte ich sehen, wie er überlegte, ob er noch genug Energie hatte, etwas mit mir anzufangen, aber ich stieg aus, noch bevor er eine Entscheidung treffen konnte.

Auf dem Rückweg nach Vermont dachte ich über die Kraft der Sprache nach, wie nur ein paar Worte in der richtigen Reihenfolge – drei Minuten über ein Kind und seinen Hund – dazu führen konnten, dass Menschen vergaßen, wie sehr man sie enttäuscht hatte.

Es war fast zwei Uhr nachts, als ich nach Hause kam, und in unserer Wohnung brannte noch Licht. Mandy hatte einen ihrer Anfälle. Für mich war das Neuland. Wes hatte mir erzählt, dass sie sich ab und an in eine Art Trance trank. Ich hatte gelacht und gesagt, dass ich es kaum erwarten könne, das zu erleben, aber er hatte gesagt, dass es ganz und gar nicht lustig sei. Sie tigerte durch die Küche. Wes saß am Tisch, auf dem alle möglichen Flaschen, Gläser und Becher standen.

«Geh direkt in dein Zimmer», sagte er zu mir. «Ich regle das hier.»

Mandy drehte sich ruckartig zu mir um. Sie erstarrte. Ihr Gesicht war seltsam deformiert, wie bei diesem Spielzeug, das Wes und ich früher besessen hatten, mit den Umrissen eines Männergesichts und einer Reihe von kleinen Metallteilen, die man mit einem dazugehörigen Magnetstift hin und her bewegen konnte, um die Gesichtszüge zu verändern, den Mann glücklich oder traurig oder wütend aussehen zu lassen. Mandy sah wütend aus.

«Da ist sie ja, unsere kleine Schreibmaus. Die sich ach so gut in der scheiß Weltgeschichte auskennt.»

«Da bin ich.» Ich war nüchtern und sehr müde.

«Angezogen wie eine Märchenprinzessin.»

Ich versuchte einen Knicks, aber das Brautjungfernkleid war zu eng. Ich sah aus wie eine unförmige lilafarbene Meerjungfrau.

Wes bedeutete mir mit einer schnellen Handbewegung, mich in mein Zimmer zurückzuziehen.

Sie sah es. Mir behagte es nicht, dass sie so nah an der Schublade mit den Küchenmessern stand. Aber sie sagte: «Baby, ich liebe dich so sehr.» Ihre Stimme war ohne jede Emotion und erinnerte mich an die Reden der Ruderklone im Country Club. «So sehr.» Sie bewegte sich mit steifen Beinen auf Wes zu, als wären ihre Knie nie verheilt.

Ich summte einige Takte von *Psycho Killer* vor mich hin, sehr tief und kaum hörbar.

Wes' Augen waren zwar auf Mandy gerichtet, die sich

schwer auf seinen Schoß plumpsen ließ, aber er hörte mich – oder zumindest wusste er, was ich tat, auch ohne mich zu hören – und konnte nicht verhindern, dass seine Mundwinkel unmerklich zuckten.

Mandy sprang auf. «Was ist das?» Sie wedelte mit den Händen zwischen Wes und mir in der Luft herum. «Was ist das hier alles? Wie ich das hasse. Wie ich das hasse!» Jetzt kämpfte sie dagegen an, ein unsichtbarer Bienenschwarm über dem Tisch. Sie erwischte ein Glas, und es landete in hohem Bogen hinter ihr, dann flogen weitere Gläser und Flaschen in die Luft, und Wes saß einfach da und wartete. Als sie fertig war, wirkte es so, als wollte sie unglaublich viel herausschreien, aber alles steckte irgendwo fest. Die Metallteile im Gesicht sortierten sich neu zu einem Ausdruck trotziger Gebrochenheit.

Es klopfte.

Ihr Kopf schwenkte wieder zur Haustür. «Wer kann das denn sein?», sagte sie mechanisch.

«Vielleicht Ethan», sagte ich.

«Welcher Ethan?»

«Ethan Frome.» Bevor sie reagieren konnte, war ich schon an der Tür.

Es war William. In seinem scheiß türkisfarbenen Sari. Er duckte sich. Eine Jim-Beam-Flasche segelte über ihn hinweg, schlitterte die Bretter der Veranda entlang, glitt unter dem Geländer hindurch und zerbarst unten auf dem Bürgersteig. Er musste mir vom Parkplatz vor der Kirche drei Stunden lang auf dem Highway gefolgt sein.

Mandy kam mit ihren steifen Knien auf mich zu, aber ich rettete mich schnell hinter den Küchentisch. Sie verfolgte mich, doch diese eingebildete Sache mit dem Knie machte sie ziemlich langsam, und ich musste aufpassen, nicht zu schnell zu sein und sie von hinten zu überrunden.

«Spielen wir ‹Der Plumpsack geht rum›?», fragte William, als er in die Küche trat.

«Oh scheiße, ist das dein Arschloch?», fragte Wes.

«So ist es», sagte William. «Ihr Arschloch ist da.»

«Eindeutig nicht das, was ich erwartet hatte.»

«Da drunter ist alles leider ziemlich sexy», sagte ich und lief weiter meine lockeren Runden um den Tisch.

Mandy blieb vor William stehen. «Das ist wahnsinnig ausgefeilt», sagte sie und befühlte die goldene Stickerei am Kragen.

Wieder klopfte es an der Tür. William machte auf.

«Hey, Mann.» Es war Jeb. «Cooles Kleid.» Er blickte durch den Raum und sah mich an der hinteren Wand stehen. «Lucy», sagte er, seine Stimme wurde heller. Er kam zu mir. «Du bist zurück.» Er küsste mich. Seine Lippen waren kalt und schmeckten nach Rauch und Kiefer. «Irgendwie hatte ich Angst, dass du in Massachusetts bleiben würdest. Echt seltsam.»

«Du warst im Wald.»

«Mhmm.» Er küsste mich noch einmal. «Eine Party.» Und noch einmal. «Mit Lagerfeuer.» Er war jung. Es machte ihm nichts aus, dass seine Lust und seine Tatkraft für jeden sichtbar waren.

«Petra hat das Kind bekommen», sagte William. «Ein kleines Mädchen namens Oriole.»

Zum ersten Mal fühlte ich mich allein in meinem Körper, als würde jemand fehlen. Das Gefühl war neu.

Ich weiß nicht, woher Mandy es wusste – ich hatte Wes von keiner der beiden Schwangerschaften erzählt –, aber sie kam wahnsinnig schnell um den Tisch und hielt mich fest im Arm.

Dann hörten wir die Sirenen. Zwei Polizeiautos in unserer Parkbucht. Natürlich dachten wir, dass sie zu uns wollten, aber sie hämmerten an der Haustür unter uns. Sie hämmerten und hämmerten, und Stacys Kinder antworteten nicht. Wir wurden alle still. Wes machte das Licht aus. Alles, was wir sagten, würde Stacy schaden, sagte er.

Ein weiteres Auto parkte unten. Stacys Ex. Ich hatte ihn bisher nur einmal gesehen, als er gerade aus der Wohnung gekommen war. Sie hatten sich auf den Sonntag als seinen Tag mit den Kindern geeinigt – aber er kam nie zur verabredeten Zeit.

Wir hörten ihn draußen an der Tür bei den Polizisten.

«Es ist alles gut, Leute. Macht auf. Ich bin's. Euer Dad. Alles ist gut. Michael, Allie, A. J.» Er sprach ihre Namen langsam und betont aus, wie ein neuer Lehrer, der sichergehen wollte, keinen Fehler zu machen. «Macht die Tür auf, jetzt.» Nichts. Dann: «Eure Mom weiß, dass ich hier bin. Sie ist auf dem Weg. Kommt schon, Leute. Macht auf.»

Wes rief im Krankenhaus an, sie sollten Stacy sagen, so schnell wie möglich nach Hause zu kommen. Dann rief er unten an. Wir konnten hören, wie das Telefon klingelte und der Vater von außen sagte: «Geht da nicht ran!» Und Wes murmelte: «Komm schon.» Und Mandy sagte: «Alle sind jetzt so ernst», und wir sagten ihr, sie solle still sein, und sie fing an zu weinen, sanft, wimmernd.

Das Telefon verstummte.

«A. J.» Wes umklammerte den Hörer mit beiden Händen. «A. J., hör mir zu. Eure Mom ist auf dem Weg nach Hause. Macht die Tür nicht auf, okay? Nein, ich weiß, dass es euer Dad ist, aber hör mir zu. Sag ihm, er soll es nicht machen, A.J. Sag ihm –»

Aber sie machten auf.

Wes riss unsere Tür auf, und seine hastigen Schritte klangen auf der Treppe wie Trommelwirbel. «Sie wissen, dass es eine Schutzanordnung gibt, die es diesem Mann untersagt, die Kinder ohne Einwilligung der Mutter aus der Wohnung zu entfernen. Sie wissen das, oder?»

«Ich nehme sie auch nicht mit», sagte der Ex. «Die machen das.» Er zeigte auf jemanden außerhalb unseres Blickfeldes. Wir lehnten uns über das Geländer. Ein Mann und eine Frau in Zivilkleidung hatten sich über die Kinder gebeugt, alle drei weinten jetzt. A.J. am lautesten. Er versuchte, Mumma zu sagen, aber seine Lippen schafften es nicht, ein *M* zu formen.

«Wer ist das?», flüsterte Jeb.

«Das Sozialamt», sagte William.

«Bei allem Respekt», sagte Wes, «aber Sie machen hier einen furchtbaren Fehler. Stacy ist auf dem Heimweg. Wenn jemand etwas falsch gemacht hat, dann ich. Sie bat mich, auf die Kinder aufzupassen, und ich bin kurz nach oben gegangen, um neue Zigaretten zu holen. Es gibt keine bessere Mutter. Sie liebt diese Kinder mehr als alles. Sie hegt und pflegt sie und hört ihnen zu und … Schauen Sie, da ist sie.» Er rannte zu Stacys Auto und sagte laut: «Stace, ich habe ihnen gerade erzählt, dass ich nur kurz oben war, um neue …»

Danach wurde alles schrecklich unübersichtlich. Stacy rannte zu ihren Kindern, und die Polizisten hielten sie zurück, und die Kinder schrien und schlugen die Leute vom Sozialamt, um zu ihrer Mutter zu gelangen, und ihr Ex drehte plötzlich durch, nannte sie eine Fotze und spuckte ihr ins Gesicht, erwischte aber nicht sie, sondern den kleineren der beiden Polizisten am Nacken, was der überhaupt nicht lustig fand, und er ließ Stacy los und rammte ihren Ex gegen einen der Pfosten, die die Veranda hielten, auf der wir standen, und wir spürten, wie die ganze klapprige Konstruktion wackelte, als er ihn zusammenschlug. Der Polizist wusste, dass er für die falsche Seite Partei ergriffen hatte, und musste jetzt Dampf ablassen, um sich besser zu fühlen.

Währenddessen redete Wes ununterbrochen weiter, als bräuchte es nur die richtige Kombination von Wörtern im richtigen Tonfall, um alles besser zu machen. Aber die Polizisten nahmen den Ex mit, und die Leute vom Sozialamt packten die Kinder in ihr Auto. Stacy wollte hinterherrennen, doch Wes hielt sie zurück. Er ließ sich von mir seinen Schlüssel hinunterwerfen, stieg mit ihr in seinen Truck, und die beiden rasten los, um das Auto einzuholen.

William schaute immer noch dem Auto mit den Kindern nach, obwohl ihm das benachbarte Gebäude die Sicht auf die Straße versperrte.

«Geh zu deiner Familie, William», sagte ich.

«Das tu ich», antwortete er in einem Ton, den ich noch nie von ihm gehört hatte, priesterlich getragen.

Er lief die Treppe hinunter und überquerte die Parkbucht. Er trug keine hohen Schuhe, wie sonst zu seinem Sari, sodass der Saum ein wenig durch die Matschpfützen schleifte.

Jeb ließ seine Fingerspitzen über meine Schläfen und durch meine Haare wandern. Er roch nach Vermont und allem, was ich später vermissen würde.

Mandy hielt durch das kleine Fenster neben der Spüle immer noch nach Wes Ausschau. «Ich habe ihn gefunden, Mumma», sang sie die Scheibe an. «Das größte Herz auf der ganzen Welt.»

Jeb folgte mir in mein Zimmer. Er lachte über mein Bücherturmwäldchen und stieg mit seinen Stiefeln auf mein Bett.

Ich saß auf meinem Schreibtisch und sah ihm zu.

«Lass uns ganz am Anfang beginnen.» Er zeigte auf den ersten Eintrag im Zeitstrahl: 200 000 vor Christus, Auftritt Adams Y-Chromosom und Evas Mitochondrien.

Mein Zimmer roch nach Holzfeuer. Wes und Stacy rasten quer durch die Stadt einem Auto hinterher, in dem Stacys Kinder saßen. Mandy und ich würden die ganze Nacht auf ihn warten. Und eines nicht fernen Tages würde ich an diesem Schreibtisch sitzen und versuchen, alles in Worten festzuhalten.

Jeb streckte seine Hand nach mir aus. «Komm schon her.»

HOTEL SEATTLE

Zu Collegezeiten kaufte sich Paul jeden Sonntag nach dem Gottesdienst eine XXL-Packung Doritos, legte sich bäuchlings auf sein Bett, Lehrbücher und Hefte gegen das Kissen gelehnt, und erledigte alle Hausaufgaben für die kommende Woche. Manchmal stand er stundenlang nicht auf. Einen Kaffee und eine Packung Doritos, mehr brauchte er nicht. Die Betten in unserem Wohnheim waren L-förmig angeordnet. Jeden Sonntag konnte ich also seinen Körper betrachten, so lange ich wollte.

Wir waren beste Freunde, weil wir uns das Zimmer teilten. Ich hatte mir nie vorgemacht, dass er mich auch sonst ausgewählt hätte. Hinsichtlich unserer Sozialverträglichkeit glichen wir uns aus. Er war einer von denen, die ins Zimmer kamen, und alle waren erleichtert. Bei mir fühlten sich die Leute extrem unwohl, am allermeisten ich selbst. Hätten wir uns nicht das Zimmer geteilt, wäre ich einer dieser Typen auf unserem Flur gewesen, denen er im Treppenhaus nur kurz zugenickt hätte, vielleicht noch ein Geplänkel beim Rasieren im Waschraum, aber keine nächtlichen Debatten über Transsubstantiation oder Bret Easton Ellis.

Wenn man katholisch aufwächst (Messe, Bibelschule, christliches Sommerlager), mit sechs Brüdern, einem größenwahnsinnigen Vater und einer Mutter, die immer nur kniend Zwiesprache mit Gott hält, fällt es nicht leicht, sich durch diese ganzen Voodoo-Schichten zu wühlen und zu erkennen, dass man schwul ist. «Sexuelle Triebe», sagte Pater Corcoran immer mit gesprungenen Lippen, «sind die Maden im Festmahl.» Wir lernten, unsere Triebe zu unterdrücken, sobald sie aufflammten. Und homosexuelle Triebe wurden bereits im Keim erstickt, sodass sie gar nicht erst im Gehirn ankommen konnten. Aber sie hinterließen Spuren. Ich wusste, dass mit mir irgendetwas nicht stimmte. Lange dachte ich, ich müsse mich nur von der Religion befreien. Dass das Mädchen in meinen Armen einfach noch nicht die Richtige sei. Ich versuchte es mit einer anderen und wieder einer anderen. Alle standen sie bereit. Doch keine war die Richtige.

Die eigentliche Ausgrabungsarbeit zu den tieferen Schichten meines Ichs fand an den Sonntagen im College statt, als meine Augen stundenlang über Pauls schmalen Körper, seine festen, kompakten Waden und die hervorstechenden Schulterblätter wanderten. Proust hatte seine Madeleines und ich meine Doritos. Ich kann meine Nase heute noch in eine Doritos-Packung stecken und fühle mich prompt in unser Eckzimmer zurückversetzt, bin von der Düsternis Neuenglands umgeben und spüre das Gefühlswirrwarr, das damals so gewaltig schien und doch nur jungenhafte Lust war.

Paul war zweifellos hetero. Im ersten Jahr war er mit Marion Kelley zusammen, im zweiten waren es Ellie Sullivan, Bridgett Pappas und Cheryl Lynch, dann kam Lori

Duff im darauffolgenden Sommer, mit der er bis zum Winterball des Abschlussjahres zusammen war, wo er Gail McNamara kennenlernte, den traurigen Höhepunkt dieser ganzen Hitparade, die er im Frühling 1987, zwei Jahre nach unserem Abschluss, heiratete.

«Es tut mir leid, dass du nicht mein Trauzeuge bist. Meine Mutter hat mir Joe aufgezwungen.» Joe war der unangenehmste seiner Brüder. «Sonst wäre er nicht gekommen.» Paul befestigte im Untergeschoss der Kirche eine gelbe Rose an meinem Revers.

«Einmal Brautjungfer, immer Brautjungfer.» Ich war seit dem Mittagessen betrunken. Ich war nervös. Einige Wochen vorher hatte ich zum ersten Mal Sex – richtigen Sex – mit einem Mann gehabt. Ich wusste, dass ich schwul war. Endlich. Ich konnte es mir eingestehen, ohne dass sich mein Magen umdrehte. Ich wusste auch, dass Paul die Falsche heiratete, kannte jede einzelne Beschwerde, die er je über Gail geäußert hatte. Sie behandelte ihn wie einen Bediensteten, sie roch manchmal schlecht, sie war launisch, sie handelte irrational, sie war nicht immer ehrlich und benutzte Sex als Druckmittel. Ich wartete darauf, dass er zusammenbrechen und mich bitten würde, ihm bei seiner Flucht zu helfen. Uns blieben noch fünfzehn Minuten bis zur Trauung.

«Bist du dir sicher?», fragte ich endlich.

«Ja. Ich habe schon sechs dieser Dinger angebracht.»

«Nein.»

«Ob ich mir sicher bin mit der Hochzeit?»

«Mit Gail.»

Er lachte. «Ich bin mir äußerst sicher.»

Ein Auto voller Brautjungfern war angekommen. Durch

die kleinen Fenster konnten wir ihre Knöchel und Kleider-säume sehen.

Er war noch nicht einmal vierundzwanzig. Ich sagte: «Es fühlt sich so an, als wärst du in einen riesigen Laden reinspaziert und hättest nach dem erstbesten Restposten auf dem Grabbeltisch gegriffen.»

Er lachte. Er war unglaublich geduldig, selbst mit Betrunkenen, die versuchten, in letzter Minute sein Leben auf den Kopf zu stellen. «Gail ist kein Restposten. Und sie wird gleich meine Ehefrau.»

Er war zum Niederknien in seinem grauen Anzug. Ein schwarzer Streifen zierte die Außennaht der Hose, und ich wollte sie berühren, die Naht entlangfahren. Ich wollte seinen Rockschoß anheben und einen letzten Blick auf den Po werfen, den ich vier Jahre lang jeden Sonntag so prüde, so widerwillig angeschaut hatte, mit tief in mir vergrabenem Verlangen. Aber jetzt war wohl kaum der richtige Zeitpunkt, meinem besten Freund zu sagen, dass ich schwul war und mit ihm ins Bett wollte. Jetzt war es an der Zeit, die Treppe hochzugehen, in einem dunklen Gang zu stehen, Paul nüchtern und keusch zu umarmen und ihm viel Glück zu wünschen.

Paul erzählte ich es als Letztes. Zuerst kam meine Mutter dran (sie sagte, sie wollte es meinem Vater selbst sagen, aber ich glaube, das hat sie nie getan), und dann erzählte ich es eines Weihnachtens meinen Brüdern, einem nach dem anderen, aufwendig durchchoreografiert unter Zuhilfenahme eines Briefes, eines Geschenks und eines verstohlenen Treffens in der Besenkammer unter der Treppe – etwas, worüber man sich bis in alle Ewigkeit lustig machen wird. Einer meiner Brüder muss nur *Psssssst* flüstern und dabei auf ein imaginäres Kämmerchen zeigen (meine Eltern sind inzwischen beide tot, und das Haus ist verkauft), und schon machen sich alle in die Hose vor Lachen. Für Paul hatte ich keinen Brief, kein Geschenk, keine Besenkammer. Wir sahen uns ein paarmal im Jahr, wenn sein Beruf ihn nach Boston oder meiner mich nach New York führte, aber von Angesicht zu Angesicht schaffte ich es einfach nicht. Eines Abends klingelte er durch (meistens war er derjenige, der anrief, spätabends, im Hintergrund furchtbare Musik), und als er allzu lange über die Streptokokken seiner Kinder geredet hatte, platzte es aus mir heraus. «Übrigens, ich bin schwul.»

Ich war überrascht. Er nahm es schlecht auf. Erst war er still, dann brummte er ein paar mickrige Sätze, er sei froh, dass ich es ihm gesagt habe, und legte auf. Er rief nie wieder an. Ich verlor ihn, einfach so.

Ich entkam Neuengland. Ich ging mit meinem Freund Steve nach Seattle. Eigentlich hatte ich Schluss machen wollen, aber dann erzählte er mir, dass er sich an die Westküste versetzen lassen könnte. Er war mein erster richtiger Freund, und er war so großherzig und sanft gewesen, hatte mir geholfen, mich durch die vielen widerborstigen Schichten aus Angst und Selbsthass zu arbeiten, aber es war Zeit, weiterzuziehen, zu sehen, was es noch so gab.

Umziehen, sich woanders niederlassen, neue Freunde finden, sich die Wege zu Cafés, Buchläden, Restaurants, und Clubs neu einprägen – all das kann das Ende einer Beziehung auf unbestimmte Zeit verschieben. Wir waren immer noch in dieser Phase, es war unser drittes Jahr in Seattle, als Paul anrief.

Steve nahm ab. Damals konnte man noch nicht sehen, wer anrief, sodass jedes Klingeln ein aufregendes Rätsel war. Steve begann sofort, mit den Armen zu wedeln, er winkte mich mit großen Flügelschlägen vom Sofa zu sich und sprach währenddessen in einem ruhigen, gelassenen Ton: «Ja, ich glaube, er ist hier irgendwo. Wenn er nicht gerade vom Balkon in die Hanfplantage unserer Nachbarn gefallen ist.» Steve fand es großartig, dass wir auf einen illegalen Cannabisgarten blickten. Er erzählte es jedem, den wir trafen. «Du bist hoffentlich kein Polizist», fügte er hinzu, bevor er die Sprechmuschel zuhielt und mit den Lippen immer und immer wieder die Worte *Paul Donovan* formte. Steve und ich waren zu diesem Zeitpunkt bereits seit acht Jahren zusammen, und obwohl ich versucht hatte herunterzuspielen, wie anziehend mein ehemaliger Mitbewohner auf mich gewirkt hatte, wurde mir jetzt bewusst, dass ich rein gar nichts hatte verbergen können.

Während des kurzen Gesprächs hüpfte Steve von Sofa zu Sofa, machte sich über mich lustig und ahmte mein pochendes Herz nach.

Paul würde geschäftlich in Seattle sein. Er war meinem Bruder Sean bei einem Red-Sox-Spiel zufällig in die Arme gelaufen, und dieser wiederum hatte erwähnt, dass ich jetzt hier lebte. Ob ich ihn nächsten Dienstagabend auf einen Drink treffen würde?

Ich tat so, als würde ich in meinem Kalender nachschauen und erst dann den Hörer wieder in die Hand nehmen, und sagte, dass ich Zeit hätte.

Er schlug 19:30 Uhr in seinem Hotel vor.

«Super. Ich trag es gleich im Kalender ein», sagte ich, ohne kontrollieren zu können, was aus meinem Mund kam, während Steve immer noch um mich herumhüpfte.

«Du und dein Kalender», sagte Paul lachend, als ob das eine Sache wäre, die er schon immer an mir beobachtet hätte. «Wirst du dir das nicht auch so merken können?»

* * *

Am Dienstagabend ließ ich einen schmollenden Steve in unserer Wohnung zurück. Er konnte nicht verstehen, warum er nicht mitkommen oder wenigstens zum Nachtisch dazustoßen durfte.

«Wir trinken nur was, es ist kein Abendessen.»

«Dann lass mich zum letzten Drink dazukommen.»

«Der letzte Drink ist vielleicht der erste Drink.»

«Dann lass mich einfach nur zur Bar kommen, ich tu so, als ob ich zufällig dort wäre. Ich muss ja nicht dein Freund sein. Ich kann ein Kollege sein. Oder deine Masseuse.»

«Das hätte mir gerade noch gefehlt, dass er denkt, ich hätte eine *Masseuse*. Schlimm genug, dass ich schwul bin.»

Steve schloss die Augen und schüttelte den Kopf. «All die Jahre, die dein Therapeut und ich geopfert haben, um dich umzuprogrammieren, und immer noch keinen Schritt weiter, was?»

«Schlimm genug für *Paul*, dass ich schwul bin. Es hat unsere Freundschaft zerstört.»

«*Er* hat eure Freundschaft zerstört.»

«Ja. Bis später.» Ich küsste ihn auf den Mund, was er mochte. Das hatte es in letzter Zeit nicht oft gegeben. Er

169

hielt mich fest, und ich ließ ihn, ich wusste, dass das meine Chancen erhöhte, dass er mir nicht folgen würde.

Paul saß mit aufgestützten Ellenbogen an der Bar und schaute sich ein Spiel an, das auf dem Flachbildschirm über dem Kopf des Barkeepers lief.

«Das ist ja wie in einer Leichenhalle hier.»

Er drehte sich zu mir um. «Willkommen in meiner Welt. Hotelbars und Konferenzräume.»

Er war jetzt ein Mann mittleren Alters. Sein Haaransatz war deutlich zurückgewichen, die Schultern waren eingezogen und fleischiger als früher. Wir gaben uns nicht die Hand. Ich wollte nicht. Ich nestelte an meiner Jacke herum, brauchte unnötig lange, sie abzulegen, und kam langsam zurück zum Barhocker neben ihm. Mein Herz pochte laut – vor Wut. Ich war immer noch wütend auf ihn. Ich war mir nicht sicher, ob es daran lag, dass er mich hatte fallen lassen, oder dass er kein junger Gott mehr war, sondern ein gealterter Handelsvertreter.

«Aber ich mag solche Orte», sagte er und ließ die Eiswürfel in seinem Glas kreisen. «Jeder kommt von irgendwo hereingeweht, von nirgendwo. Sieh dir die Frau in der Ecke an. Was wird ihr wohl heute Abend noch passieren?»

«Ein Mann in weißer Polyesterhose wird reinkommen und ein Auge auf sie werfen.»

«Der Typ, der für die Musik zuständig ist.» Er deutete auf eine kleine Bühne in der Ecke, auf der ein einzelnes Mikrofon auf einem Ständer steckte.

«Und er weiß einfach, dass sie eine fantastische Duettpartnerin abgeben wird.»

«‹I remember when·», begann er im Falsett, «‹you couldn't wait to love me.›»

«‹Used to hate to leave me.›» Ich konnte nicht anders.

«‹Now after lovin' me late at night.›» Wir lachten. Er traf die hohen Töne immer noch. All die Nächte, die wir mit einem Bier in der Hand auf unseren Betten gesessen hatten und so wie jetzt gemeinsam unsere Gedanken hatten kreisen lassen. Das waren keine Unterhaltungen gewesen – es war viel müheloser. Gemeinsam assoziieren, hatte ich es genannt. Konnte er einfach daran anknüpfen, ohne sich zu entschuldigen? Würde ich ihm das durchgehen lassen?

«Oder du gehst einfach rüber und fickst sie selbst», sagte ich.

Er runzelte die Stirn und hob die Augenbrauen. Er würde mir nicht zeigen, wie sehr ihn meine Bitterkeit überraschte. «Das könnte ich tatsächlich.» Er leerte sein Glas in einem Zug. Ich merkte, wie er nach einer schlagfertigen Antwort suchte. In diesem Augenblick hatte ich das Gefühl, jeden seiner Gedanken und jede Regung vorwegnehmen zu können.

«Bist du viel unterwegs für die Arbeit?», fragte er.

«Nein. Nie.» Er wusste nicht, was ich beruflich machte. «Du ganz offensichtlich schon.»

«Nicht so oft, wie ich eigentlich sollte. Es ist die Kämpfe zu Hause nicht wert, die es zwangsläufig gibt, wenn ich zurückkomme. Gail ist eine Erbsenzählerin. Eine Reise wie jetzt, und ich habe die nächsten drei Wochenenden keine Chance, mal eine ruhige Stunde für mich zu haben.»

Ich wollte nichts über Gail hören. Ich hatte ihm die Möglichkeit gegeben, seinen Fehler auszubügeln. «Und was machst du, wenn du eine ruhige Stunde für dich hast?»

«Ich weiß es nicht. Das ist alles hypothetisch. Ich habe keine Freizeit. Wir haben drei Kinder und ein renovierungsbedürftiges Haus, das wir nie renoviert haben, also geht es nur darum, von morgens bis abends den Kopf über Wasser zu halten. Baumarkt, Drogerie, Fußballspiel. Und wieder von vorne.»

Der Barkeeper bemerkte mich endlich und kam zu uns. Wir kannten uns von einer Party, aber keiner von uns ließ es sich anmerken, was eine gewisse Anspannung erzeugte, auf die Paul sofort einging.

«Was war das denn?»

«Was?»

«Diese kleine» – er rieb die Fingerspitzen aneinander – «Spannung.»

«Da war keine Spannung.»

«Es gab eine Spannung. Wenn ich eine Spannung spüre, dann ist da auch eine.»

«Du hast vielleicht eine gespürt. Aber ich habe nur einen Campari bestellt.»

«Einen Campari. Ist das eine Art Code?»

«Code wofür?»

«Na ja, ein Weg, um dem Barkeeper zu sagen, dass du schwul bist.»

Ich stand auf.

«Setz dich», sagte er in einem gelangweilten, überdeutlichen Ton, den er bestimmt immer bei seinen Kindern anwendete.

«Du schuldest mir eine Entschuldigung, nicht weitere Kränkungen.»

Ich sah sein Gesicht meines spiegeln, dann wurde es wieder ausdruckslos. Ich fragte mich, ob er das auch bei seinen Kindern machte, sie nachahmen, so, wie mein Vater mich immer nachgeahmt hatte. Zum ersten Mal erkannte ich die Ähnlichkeit zwischen Paul und meinem Vater.

Spätestens da hätte ich gehen sollen.

Aber er sagte: «Ich schulde dir tatsächlich eine Entschuldigung.» Und ich blieb sitzen, um darauf zu warten.

Zum Essen zogen wir in eine Tischnische um. Wir wechselten nicht zum Wein. Er blieb bei seinen Single Malts auf Eis, und ich stieg auf fruchtige Martinis um. Im College hatten wir uns beide nicht viel aus Alkohol gemacht, sodass mich sein hohes Tempo beim Trinken überraschte, ebenso mein beharrliches Mitziehen. Es war, als würden wir irgendwohin hetzen, noch schnell ein letzter Bissen, ein letzter Drink, bevor wir losmüssten, nur war mir Idiot lange Zeit das Ziel nicht klar.

Wir assoziierten gemeinsam durch die Vorspeise, widerliche, schwarz verbrannte Krabbenbeine in einer rindenartigen Panade. Sie ließen unweigerlich an die Küche Neuenglands denken – er lebte jetzt in Cincinnati –, und zusammen erinnerten wir uns an fast jedes Gericht, das die Kantine des Boston Colleges aufgetischt hatte: den Käsetoast, das Chop Suey auf amerikanische Art, den pinken Biskuitkuchen.

Der Kellner brachte die Hauptspeisen: Ossobuco und gegrillten Lachs. Ich war satt, angetrunken, müde. Meine anfängliche Nervosität war einer schweren Erschöpfung gewichen, vermischt mit Angst. Ich konnte mir die Angst nicht erklären, allerdings wusste ich, dass sie etwas mit Pauls Veränderung zu tun hatte. Aber ich war Veränderungen gewohnt. Einer meiner Brüder hatte vor Kurzem gut neunzig Kilo verloren, zwei enge Freunde hatten sich Geschlechtsumwandlungen unterzogen, und meine Mutter war nach dem Tod meines Vaters noch mal aufs College gegangen und Großtierärztin geworden. Auf ihrer Website führte sie sich als Spezialistin für Deckakte. Paul hingegen war lediglich speckiger und desillusionierter geworden – und wer war das nicht?

«Nachdem du damals angerufen hast und mir gesagt hast, na ja, was du mir gesagt hast», begann er, und ich berichtigte nicht, wer wen angerufen hatte, was mir schwerfiel, da ich es mag, wenn Geschichten richtig erzählt werden, «bin ich wahrscheinlich ein ganzes Jahr lang jede Erinnerung mit dir durchgegangen. Scheiße, wir waren *campen*. Wir haben uns bei meiner Mom das Schlafsofa geteilt, Duschen, Bäder. Du hattest Freundinnen! Diese kleine Carla oder Carlie, die so verliebt in dich war. Und diese andere, mit B. Und lief da nicht was mit Anna bei meiner Hochzeit? Oh Mann, als ich es Gail erzählt hab, meinte sie nur, ‹ach, echt jetzt, Sherlock?›, aber ich sag's dir, ich hab's nie bemerkt. Du bist ein verdammt guter Schauspieler.»

«Ich habe nie geschauspielert. Es hat einfach sehr lange gedauert, bis es bei mir Klick gemacht hat.»

«Ach, komm schon. Das ist doch Schwachsinn. Man weiß das doch. Schon mit sechs weißt du so was. Du merkst, ob du jetzt denkst, ich will *ihn* ficken oder ich will *sie* ficken.»

«Du hast schon mit sechs Jahren ans Ficken gedacht?»

«Da kannst du Gift drauf nehmen. Miss Carlyle. Enger brauner Rock.»

«Du wusstest mit sechs Jahren, was ficken ist?»

«Ich wusste, dass zwischen Miss Carlyle und meinem Penis irgendetwas lief. Das wusste ich.»

«Tja, zwischen meinem Penis und irgendeiner anderen Person lief gar nichts, bis ich dreiundzwanzig war.»

«Das stimmt einfach nicht. Du hattest feste Freundinnen.»

«Das waren Freundinnen, mit denen ich rumgeknutscht habe.»

«Du warst mit keiner von denen im Bett?»

«Nein. Und ich habe auch nie so getan als ob.»

«Ich hab's einfach angenommen.»

«Ich war nicht so wie du.»

Und jetzt wird mir klar, wovor ich Angst habe. Ich habe Angst, dass er mich fragen wird, ob ich damals mit ihm schlafen wollte. Und ich weiß, dass ich nicht lügen werde. Und ich weiß, dass das unser endgültiges Aus bedeutet.

«Und jetzt schläfst du nur mit Männern?»

«Ja. Aber mit einem nach dem anderen.»

«Du hattest noch nie einen Dreier?»

Warum fragen das Heteromänner so gerne? «Nicht wirklich.»

«Nicht wirklich?»

«Na ja, Steve und ich haben einmal diesen Typen mit zu uns genommen. Wir dachten wirklich, dass wir das jetzt mit ihm durchziehen, aber dann zog er seine Hose aus und er hatte einen echt schwabbeligen Hintern. Er war ein ziemlich schlanker Typ, und dann dieser weiße Wackelpo. Steve und ich konnten nicht aufhören zu lachen, und er wurde sauer – zu Recht – und ging.» Steve nannte es das große Schwabbelarschfiasko. Wir konnten uns immer noch darüber schlapp lachen.

Wäre Steve hier gewesen, hätte er von diesem Abend so erzählen können, dass keiner mehr Luft bekommen hätte.

Aber Paul fand meine Version offensichtlich nicht lustig. «Ist der Sex mit Männern besser?»

Ich lachte. «Für mich schon.»

«Ich meine, Sex ist doch irgendwie auch eine sportliche Sache. Ich frage mich das halt. Ich hab da schon eine Weile drüber nachgedacht. Frauen beschweren sich ja immer, dass es ihnen wehtut.»

«Meinst du psychisch?»

«Nein, physisch, meine ich. Dass Sex ihnen wehtut.»

«Wirklich?»

«Also, gerade wenn man so richtig loslegt, sagen sie einem, dass es wehtut.»

«Wirklich?» Ich dachte immer, dass ich inzwischen mehr oder weniger alles über jede Art von Sex wüsste, aber diese Nachricht überraschte mich.

«Ich glaube, ich hatte noch nie Sex mit Gail, ohne dass ich nicht mindestens fünfzig Mal ‹aua› gehört hätte. Ich frage mich einfach, ob es mit Männern anders ist.»

«Vielleicht ist es das. Manche sind gröber als andere.»

«Bist du grob?»

Ich merkte jetzt, dass er sich zu mir gebeugt hatte. Seine Knöchel berührten meinen Teller und seine Augen, seine wässerigen, betrunkenen Augen waren fest auf mich gerichtet.

«Ja, irgendwie schon.» Aus mir sprachen die Martinis.

«Ich weiß, wie dein Penis aussieht.»

«Und ich kenne deinen», ich versuchte, unverfänglich zu klingen, und scheiterte. Der Penis, den er erwähnt hatte, war auf einmal hart.

«Lass uns hochgehen.»

«Paul», sagte ich.

Er stand auf, bedeutete dem Kellner, die Rechnung auf sein Zimmer schreiben zu lassen, und drängte mich förmlich zum Aufzug. Sobald sich die Türen hinter uns geschlossen hatten und wir alleine waren, legte er los – Mund, Bartstoppeln, Ossobuco-Atem. Ich küsse Paul, ich küsse Paul. Sein Name dröhnte wie der Klang einer riesigen Kirchenglocke durch meinen Körper. Er stieß mich grob gegen den Handlauf aus Messing und ging mir an den Hosenschlitz, dann plingte der Aufzug, und er war auf der anderen Seite der Kabine, als ob er mich noch nie in seinem Leben gesehen hätte. Aber der siebte Stock war leer. Er bedeutete mir, zuerst auszusteigen, presste mich dann aber gegen den Türrahmen, und als sich die Türen schließen wollten, stießen sie wieder und wieder gegen meinen Rücken und drückten mich gegen Paul. Er stürzte sich auf mich wie ein Tier, biss mir durch das Hemd in die Nippel, schob und stieß, als hätte er ein riesiges Stück Fleisch erjagt und wisse nicht so recht, wie er es bearbeiten solle.

«Paul.» Ich nahm sein Gesicht in meine Hände und blickte ihm in die Augen. «Ganz ruhig, Baby. Lass uns erst mal in dein Zimmer gehen.»

Er schaffte es nicht, Augenkontakt herzustellen, aber er fischte nach dem Schlüssel in seiner Hosentasche und führte mich den Flur hinab.

Er schloss die Tür ab, verriegelte sie und hängte das Türschloss ein, und ich blieb in der Mitte des marineblauen Zimmers stehen. Ich konnte seinen Atem hören. «Ich glaube, wir sollten alles ein bisschen langsamer angehen lassen.»

Er schien mich nicht gehört zu haben. Mit einer Pranke zog er sich ruckartig sein Hemd über den Kopf, während die andere sich an Gürtel und Reißverschluss zu schaffen machte. Sein Penis reckte sich vor mir auf, und Paul atmete immer noch laut, lächelte jetzt aber, stolz auf seine Erektion, und blickte mich zum ersten Mal, seit wir das Restaurant verlassen hatten, an, als erwarte er Lob für das, was zwischen seinen Beinen vor sich ging.

«Leg dich hin», knurrte er.

Ich setzte mich aufs Bett. «Ich würde wirklich gerne …»

«Auf den Bauch.»

«Paul, ich mach das hier nicht mit.»

Wieder zuckte sein Gesicht. Dann kam er zu mir und beugte sich herab und küsste mich, lang und sanft und hinreißend, so, wie ich es mir immer bei ihm vorgestellt hatte, so, wie er all diese Mädchen geküsst hatte, auf die ich so eifersüchtig war. Aber selbst, während er mich küsste, während meine Erektion zurückkehrte und sich alles in mir drehte, wusste ich, dass er mich gerade ruhigstellte und mir das gab, was ich wollte, ohne selbst das geringste Interesse daran zu haben, es zu geben oder zu empfangen. Und als er meinen Widerstand genug gebrochen hatte, drehte er mich um und riss mir die Hose herunter (ich trug Steves Jeans, sie waren mir etwas zu groß), ohne sie aufzuknöpfen.

Wie oft versuchte ich in dieser Nacht, zu ihm durchzudringen, bat ihn, langsamer zu machen, aufzuhören? Er hörte nicht auf. Als es vorbei war, war ich starr vor Schmerz. Paul war sofort ausgeknipst, und ich lag da und versuchte, Kraft zu sammeln, um aufzustehen und in diesem Zustand zu Steve zurückzukehren. Aber ich hatte keine.

Ich wurde von der Dusche geweckt. Alles war wund. Meine Beine und mein Bauch waren von dunkelroten Blutergüssen übersät. Ich konnte mich kaum drehen. «Du klingst genauso wie Gail», hatte er an einem Punkt geknurrt, als ich mich über den Schmerz beschwert hatte. So fühlte sich Gail morgens? Tat er ihr das Gleiche an, oder dachte er, dass sich Männer so etwas nun mal antaten, oder hatte er das einfach nur mir angetan, um mich zu bestrafen?

Die Dusche ging aus. Der Wasserhahn wurde aufgedreht. Ein Rasierer am Waschbecken abgeklopft.

Als er die Tür öffnete, war jegliche Farbe aus seinem Gesicht gewichen.

«Guten Morgen», flötete ich und mimte spöttisch den zufriedenen Liebhaber zwischen den Laken.

Er schaffte es nicht, das Zimmer zu betreten. «Hast du Aids?»

«Was?»

«Ich muss die Wahrheit wissen. Bist du HIV-positiv?»

«Nein!»

«Woher weißt du das?»

«Ich habe mich schon oft testen lassen.»

«Ja? Wann denn? Wann zum letzten Mal?»

«Weiß ich nicht. Vor drei Jahren.» Es waren wohl eher fünf gewesen.

«Vor drei Jahren. Meine Güte. Vor drei *Jahren*. Ich habe eine Frau und *Kinder*. Fuck! Das kann ich einfach nicht glauben.» Er ging zum Schrank, öffnete den Reißverschluss einer Kleiderhülle und zog einen schwarzen Anzug und eine gestreifte Krawatte vom Bügel.

«Steve und ich sind monogam.»

Er schnaubte. «Ja, klar. Das sehe ich. Ist er so monogam wie du?»

«Paul, das hier war ja wohl … Das war das erste … Ich habe noch nie …»

«Ich habe Steve letztens am Telefon gehört. Er schien mir offen zu sein fürs Vögeln. Kapier's doch, Typen ficken, wenn sie die Möglichkeit haben, egal, ob hetero oder homo. Und schwule Typen werden *krank*, weil sie's machen. Und weißt du, wer jetzt dafür zahlen muss? Meine Frau und meine *Kinder*. Du wirst jetzt deinen Scheißarsch aus dem Bett bewegen und einen Scheißtest machen und mir das Scheißergebnis schicken. Hier, ich geb dir meine Karte, und du schickst es an mein Büro. Hast du verstanden?» Er wühlte in seiner Aktentasche, die auf dem Koffer lag. «Scheiße!» Und er schmiss alles um, Aktentasche, Koffer, Kofferständer. Die Sachen stießen gegen einen kleinen runden Tisch mit einer Tulpenvase, und als der Tisch nicht fallen wollte, warf er auch ihn um. Ich ging langsam zu meiner Kleidung.

‹Ich dachte, ihr sollt immer Kondome benutzen.»

«Ich würde sagen, das lag gestern Abend wohl kaum in meiner Hand.»

«Was soll das denn heißen?»

«Es heißt, dass dein Zug in den Bahnhof eingefahren ist, ohne dass ich ihn irgendwie aufhalten konnte.»

Dann verknotete sich sein blassblaues Gesicht und bekam Schlagseite. Ich hatte ihn noch nie weinen sehen. Mir war gar nicht in den Sinn gekommen, dass Paul weinen konnte. Er stand da, ein weißes Handtuch um die dicke Taille gewickelt, die unbehaarte fette Brust hob und senkte sich schwer, und sein Gesicht war zerknittert wie ein gebrauchtes Taschentuch.

Ich zog mich weiter an. Jede Bewegung tat auf irgendeine Weise weh. Er wollte, dass ich ihn tröstete, diese seltsame vorzeitige Midlife-Crisis eines gealterten heterosexuellen Mannes würdigte. Vielleicht wollte er sogar noch einmal Sex haben.

Ich entriegelte die Tür, löste die Türkette und ging. Der Flur war still. Der Aufzug kam hoch, öffnete sich, nahm mein Gewicht mit einem leichten Absacken an. Mit einem raschen, sanften Seufzer sank er in die Lobby hinab.

Steve saß schlafend in einem roten Ledersessel neben der Drehtür. Ich stieß sein Knie mit meinem an, seine Augen öffneten sich, und ich beobachtete, wie sie alles in meinem Gesicht lasen. Er war älter als ich und weise wie ein Gott. Er ging neben mir, sehr langsam, so langsam, wie man es sich nur vorstellen konnte, hinaus auf die Straße, rüber zum Pike und den ganzen Weg bis nach Hause.

WARTEN AUF CHARLIE

Alle hatten ihm gesagt, er solle mit ihr sprechen, als wäre nichts. Aber wie sollte er das tun, wenn ihr rasierter Kopf zur Fensterseite weggesackt war, wenn der Krankenhauskittel sich gelöst hatte und einen sommersprossigen Brustkorb enthüllte, flach wie ein Brett, die großen Brüste zur Seite gerutscht, wenn sie hochgelagert unter einem Schild lag, auf dem zu lesen stand: *Pat. fehlt Knochen auf rechter Schädelseite.*

Sie hatten den Knochen nach dem Unfall wegen einer Entzündung entfernt. Sonst wäre sie gestorben. Jetzt, Wochen später, war die Schwellung abgeklungen, und die Seite ohne Knochen war eingesunken wie eine faule Melone. An seinen eigenen Verfall hatte er sich gewöhnt: die Hüfte, die Lunge, die reispapierdünne Haut. Er musste mit Sauerstoff schlafen. Ohne ersichtlichen Grund sickerte Blut durch seine Kleidung. Aber an den Anblick dieses Kindes, knapp fünfundzwanzig Jahre alt, so versehrt, dass sie noch nicht einmal ihr Bewusstsein wiedererlangt hatte, an diesen Anblick würde er sich nie gewöhnen. Er würde nie wieder hierherkommen. Niemals.

Als wäre nichts.

«Hallo, Charlotte.» Er wartete darauf, dass sie sich zu ihm drehen und den Gruß erwidern würde. Natürlich kannte er den Sachverhalt, aber wann hatte er in den letzten einundneunzig Jahren jemals jemanden in einem stillen Zimmer angesprochen und keine Antwort bekommen?

Er redete lauter. «Ich sagte: ‹Hallo, Charlotte.›» Er war sich sicher, dass er innerhalb der ihm zugeteilten Stunde etwas aus ihr herausbekommen würde. Er hatte schon deutlich Größeres in seinem Leben erreicht.

Er wusste, dass seine Enkel Angst vor ihm hatten. Zumindest früher. Er war groß und laut gewesen. Weder ihr Kaugummikauen noch ihre Gegenrede hatte er toleriert. Jetzt tat es ihm leid, wie oft er dieser hier gesagt hatte, dass ihre Haare zu kurz seien, dass es schon schlimm genug sei, dass sie sich Charlie nannte. Aber manchmal musste man Kindern eben die Richtung vorgeben.

Am Fenster stand ein Stuhl. Er zog ihn zu sich und setzte sich.

«Hier ist dein Großvater, Charlotte. Ich bin alleine hergekommen, um dich zu sehen. Ich möchte, dass du jetzt aufwachst. Du hast allen schon viel zu lange Sorgen bereitet.» Er erinnerte sich an den Rat seiner Frau, nichts Negatives zu sagen, und fügte hinzu: «Du bist eine sehr gute Schauspielerin, aber komm jetzt.»

Es knackte laut, als wäre etwas Hartes, Sprödes in zwei Teile zerbrochen. Die Öffnung eines Schlauchs, der auf ihrem Schlüsselbein lag, gähnte ihn an. Er kannte diese Vorrichtung von seiner letzten Operation. Sie pumpte fünfzehn Prozent mehr Sauerstoff in die Luft und hatte ihm damals ein Gefühl der Sicherheit gegeben. Aber der

Schlauch lag auf einer Unterlage, dort scheuerte nichts. Ihr Kiefer mahlte, und es knackte erneut. Es kam aus ihrem Mund.

«Hey, hör auf damit.» Er legte seine Hände auf ihre Wangen. Ihre Haut war glitschig vor Schweiß. Unter seinen Fingern bewegte sich ihr Kinn erneut von einer Seite zur anderen und erzeugte wieder dieses furchtbare Geräusch. Er hatte Angst, dass er alle Zähne in Einzelteilen vorfinden würde, aber als er ihren Kiefer aufzwängte, sah alles gut aus. Sogar vertraut. Sie hatte einen ganzen Sommer bei ihm verbracht, als ihre älteren Schwestern im Zeltlager waren und ihre Eltern sich scheiden ließen. Sie war acht, und gefühlt fielen alle ihre Zähne entweder gerade aus oder wuchsen nach. Fast jeden Abend präsentierte sie ihm die neuesten Entwicklungen. Als Kind war sie nervös gewesen, aber sie war zu einer mutigen, selbstbewussten jungen Frau herangewachsen. Zu selbstbewusst vielleicht. Wie all seine Enkel. Wenn er ihr aggressives und rücksichtsloses Verhalten monierte, wurde er ausgelacht. *Ein Esel schimpft den anderen*, sagten sie dann.

Er hatte ein Bild von der Piste gesehen, auf der sie gestürzt war. «Ich wäre die erst gar nicht runtergefahren. Sie war zu steil und zu vereist, man konnte den nackten Fels sehen. Das war tollkühn.» Ihm war es egal. Irgendjemand musste es ihr sagen. Wahrscheinlich konnte sie es nicht mehr ausstehen, dass alle hereinkamen und um sie herumscharwenzelten und sie bemitleideten. Sie brauchte eine starke Hand. «Das war sehr tollkühn und sehr dumm.»

Auf eine weiße Tafel gegenüber dem Bett, gegenüber dem Schild mit der Information über ihren Schädel, hatten ihre Schwestern mit Filzstift geschrieben: «Guten Morgen,

Charlie! Es ist Sonntag, der 15. Februar. Du hattest einen Skiunfall. Wir sind alle bei Dad und bald zurück. Freuen uns riesig auf dich!» Die ganze Wand war übersät mit Fotos, Postern, Zeichnungen, Gedichten und Briefen. Auf der Heizung standen rote Rosen und haufenweise Valentinskarten.

In einem Korb auf der Fensterbank neben ihm standen verschiedene Glasflaschen. Eine war voller roter Kügelchen. Er drehte die Flasche um, und auf dem Etikett stand *Rote Pfefferkörner*. Die anderen waren mit Flüssigkeiten gefüllt: *Meerwasser, Grenadine, Essig*.

«Wie geht's uns heute?»

Eine Krankenschwester stand im Türrahmen. Er überlegte, ob er etwas benötigte, dann erst erinnerte er sich, dass nicht er der Patient war.

Sie blickte auf das Körbchen in seinem Schoß. «Wollten Sie eine kleine Aromatherapie mit ihr machen?»

«Nein.»

«Nun», sagte sie, wie alle Krankenschwestern immun gegen Widerstand. «Ihr Therapeut kommt sonntags nicht, also wäre es eine gute Idee. Sie müssen einfach nur den Deckel abschrauben und sie ein paar Züge nehmen lassen. Gerüche sind unglaublich. Kein anderer Sinnesreiz ruft so schnell und so nachhaltig Erinnerungen wach.»

Er wählte eine Flasche, deren Etikett abgeblättert war. Als er den Deckel aufschraubte, durchflutete der Geruch von Zitronen das Zimmer. Begierig atmete er ihn ein. Es roch wunderbar. Er dachte an seine drei Enkeltöchter im Sommer, wie sie die rostigen Gartenliegen im Innenhof aufgestellt und Zitronen in ihrem braunen Haar ausgepresst hatten. Nach der Scheidung hatten sie oft bei ihm übernachtet, obwohl die Wohnung seines Sohnes nur ein paar Straßenecken entfernt war. Sie hatten gesagt, die Betten seien viel gemütlicher. Er hielt ihr die Flasche unter die Nase. Keine Reaktion.

«Erinnerst du dich an Dennis Wight, Charlotte? Er fragte neulich nach dir.»

Einmal hatte er Dennis mitten in der Nacht auf einer der Liegen vorgefunden, mit seinem Schnarchen hätte er die ganze Nachbarschaft wecken können. Der Junge hatte gehofft, durch einen Spalt im Gästezimmervorhang einen flüchtigen Blick auf Charlie erhaschen zu können.

«Ihr Mädchen wurdet immer so braun. Und eure Haare hatten goldene Strähnen.» Ohne hinzusehen, konnte er durch das Fenster die Trostlosigkeit des Februars spüren, die halb gefrorenen Matschpfützen auf dem Parkplatz unter ihnen. «Der Sommer ist eine wunderschöne Jahreszeit, Charlie.»

«Allerdings.»

Er hatte die Krankenschwester ganz vergessen. Welche seiner Gedanken hatte er tatsächlich laut ausgesprochen? Er verschloss die Zitronen und holte den Pfeffer. Der Flasche entströmte nichts. Er hielt sie sich an die Nase. Immer noch nichts. Er schüttelte sie, schnupperte, und sein Kopf explodierte. Er hustete und röchelte und rieb sich die Augen mit einem Taschentuch ab. Die Krankenschwester lachte. Zur Hölle mit ihr, dachte er.

Er hielt Charlie die Flasche hin. Wieder atmete sie ruhig und ohne jede Reaktion. Im Krieg war ihm der Tod häufig begegnet, aber er hatte in all den Jahren noch nie etwas Grauenerregenderes gesehen als dieses Gesicht vor ihm. Alle Muskeln waren erschlafft. Das Fleisch war wie Wackelpudding. Das Kinn sank in den Hals hinein, die Wangen sackten zu den Ohren hinab. Sogar ihre Nasenflügel waren flacher geworden. Äußerlich hatte sie alles verloren, was sie einmal ausgemacht hatte. Er schaute weg und an sich herunter. Seine alte braune Hose schlackerte wie ein Rock um die Beine, der Hosenaufschlag schleifte über den Boden. Das Leder seines Gürtels war am ersten Loch abgenutzt, aber inzwischen benutzte er das letzte. Bald würde er wieder ein neues stanzen müssen. Sie hatten sich beide aus ihren Körpern verabschiedet. Und was sind wir ohne den Körper? Hatte er je an so etwas wie eine Seele geglaubt?

Er schüttelte die Flasche energisch, so lange, bis er Charlie einatmen hörte. Der Pfeffer brachte ihn zum Niesen, er erinnerte ihn an Sonnenlicht und Pollen und staubige Bücher, aber auf sie hatte er überhaupt keine Wirkung.

Im Sommer, als ihre Eltern sich scheiden ließen, war sie von Zimmer zu Zimmer gelaufen und hatte sich beschwert, dass ihr langweilig sei.

«Ist dir da drinnen nicht langweilig, Charlie? Bist du nicht wahnsinnig gelangweilt von diesem Koma?»

Die Krankenschwester beugte sich über das Bett und legte eine Hand auf seinen Arm. «Nicht.»

«Darf ich das Wort ‹Koma› nicht in den Mund nehmen? Ist das ein Schimpfwort hier bei Ihnen?»

«Es könnte ihr Angst machen.»

«Sie macht mir Angst!» Er hatte sich das letzte Mal als kleiner Junge so jammern gehört.

«Vielleicht ist es jetzt Zeit, zu gehen.»

«Nein. Für mich nicht. Für mich ist es noch nicht Zeit, zu gehen.» Er spürte sein Herz rasen und wusste, dass er sich beruhigen musste. Er wühlte durch den Korb und fand eine Flasche mit blauer Flüssigkeit, auf der *Aftershave* stand. Als er sie öffnete, atmete er die Tanzabende seiner Jugend ein: das Bad seines Elternhauses, sein Bruder Tom, der das Waschbecken besetzte, und der Duft seines eigenen Parfums in den Haaren eines Mädchens am Ende des Abends. Er war nie gläubig gewesen, aber er wusste, dass Tom auf Charlie warten würde, sollte ihr irgendetwas zustoßen. Sie wären jetzt in etwa gleich alt. Tom war erst vierundzwanzig, als er starb. Er konnte nicht glauben, dass er siebenundsechzig Jahre ohne ihn gelebt hatte.

Er fingierte einen erneuten Hustenanfall und rieb sich die Augen. Es war zu viel. Es gab zu viele unnötige Verluste. Es hatte schon immer zu viele gegeben. Er hielt Charlotte das Aftershave unter die flache Nase. Sie atmete es langsam ein und öffnete ein Auge. Die Pupille rollte nach unten, und sie sah ihn direkt an. Er war zu verblüfft, um sie willkommen zu heißen. Da war sie. Er hatte es geschafft.

«Das passiert», sagte die Krankenschwester. «Nur das eine Auge. Es rollt herum, immer wieder.»

Gehorsam begann das Auge, den Raum der Länge und Breite nach abzuwandern. Als es zu ihm zurückkehrte, winkte er und lächelte wie für ein Foto. Keiner, noch nicht einmal die Spezialisten mit ihrem aufregenden Fachjargon und ihren Maschinen, wussten, ob Charlie noch dort drinnen steckte.

Er stellte die blaue Flasche zurück und sichtete erneut unschlüssig den Korb. Er wusste nicht, ob er eine weitere Runde durchhalten würde, und war erleichtert, als die Krankenschwester sagte, drei seien mehr als genug für eine Sitzung.

«Ziemlich gute Gerüche, oder, Charlie?», sagte sie, bevor sie die Vitalzeichen überprüfte und das Zimmer verließ.

Ihre Anwesenheit hatte ihn gestört, aber jetzt, da sie weg war, wirkte der Raum leer und verödet. Er nahm die Hand seiner Enkelin, sie lag verkrampft auf der Brust, und versuchte zu beten. Er hatte nie gelernt zu beten. Er wusste lediglich, wie man bettelte. Er bettelte, dass man dieses Kind verschonen solle, aber selbst im kleinen Echoraum seines eigenen Kopfes war seine Stimme nur schwach.

Er lehnte sich zurück. Ihm gegenüber hing eine riesige Uhr, die ihm bisher nicht aufgefallen war. Ihm blieben noch vierzig Minuten.

Draußen auf dem Gang waren unentwegt Schritte zu hören. Ab und an wurden sie langsamer, und eine Krankenschwester oder ein Pfleger, die über den Besuch des sehr alten Mannes in Zimmer 511 informiert worden waren, warfen einen kurzen Blick hinein.

«Ich bin ein arroganter Mann», flüsterte er. «Ich dachte, das hier wäre einfacher.»

Das Zimmer war schön, größer als alle, die er bisher hier gehabt hatte. Inzwischen hatten Krankenhäuser etwas Tröstliches für ihn. Er mochte die Atmosphäre, die Stimmen in der Sprechanlage, die die Namen Fremder ausriefen, den Luftstrom der Sauerstoffgeräte, das helle Licht der Ruftaste neben dem Bett, das Rollen von Wagen und Stühlen im Gang, die sauberen, sterilen Gerüche. Hier fühlte er sich sicherer als zu Hause, wo ihn Unfälle erwarteten und Hilfe erst auf der anderen Seite der Stadt bereitstand. Hier war der Tod weit, weit weg.

Der Stuhl war bequem. Ein feiner Regen klopfte leise gegen die Scheibe. Er konnte den zusätzlichen Sauerstoff im Raum spüren und nahm ihn dankbar auf. Schlaf überkam ihn, weich und ruhig, und kurz bevor er sich ihm hingab, spürte er, wie sein Atemrhythmus sich dem Charlies anpasste und an einen einfacheren, schlichteren Ort wanderte, an dem sie sich vielleicht endlich begegnen würden.

MANSARDE

Frances eilte heraus, um sie zu begrüßen.

«Audrey!»

Sie hatten damals alle solche Namen, wie in einem alten Gesellschaftsroman.

«Warum hast du nicht abgenommen?», fragte Frances.

«Wann hast du denn angerufen?»

«Vor fünf Minuten.»

«Na ja, da werde ich wohl am Steuer gesessen haben, oder etwa nicht?» Audrey hatte Frances noch nie so aufgebracht gesehen. Ohne Schuhe in der Einfahrt. Wahrscheinlich hatte der Kies ihre Strumpfhose bereits durchlöchert. Das Haar im Rücken ungekämmt. «Was ist denn los?»

«Ich muss absagen, es tut mir leid.»

Audrey blickte zu Frances' Haus hinüber. Es war neu, scheußlich. Aber innen hingen gerahmte Artikel über den Architekten an den Wänden. Audreys Larry sagte immer, es sehe so aus, als hätte jemand ein vollkommen normales Haus mit einem Vorschlaghammer bearbeitet und die Einzelteile in der Gegend verstreut.

«Ist jemand krank?», fragte Audrey.

Frances hatte vier Kinder, jedes verfügte über ein eigenes ‹Modul› im Haus. Sie war gespannt, was sie als Teenager dort alles anstellen würden.

«Nein.» Frances hielt einen roten Schuh in der Hand. «Mein Vater ist aufgetaucht.»

«Dein Vater?»

«Elinor habe ich noch erreichen können, aber ... oh.»

Es war Sue, sie bog in die Einfahrt ein und überprüfte währenddessen im Rückspiegel ihren Lippenstift. Sie konnte gerade noch rechtzeitig ausweichen.

«Du hast uns beinahe umgebracht!» Audrey fühlte sich jetzt selbst ein wenig aufgewühlt, und dieses eine Mal hätte sie ihrer hysterischen Anwandlung tatsächlich gerne nachgegeben. Sue stieg aus, sie trug ein neues Ensemble. Hellblaue Karos.

Das neue Outfit beruhigte Audrey. Letzte Woche hatte sie Sue am Telefon beraten, ob sie es kaufen sollte oder nicht. «Traumhaft, meine Liebe», sagte sie und befühlte den Stoff, bevor sie sich küssten. «Bridge fällt heute wohl aus, Suzie.»

«Wovon redest du?»

Man ließ die freitägliche Bridgerunde nicht ausfallen. Und abgebrochen hatten sie auch nur dieses eine Mal, vor zwei Jahren, als sie bei Audrey waren und Larry anrief und sagte, der Präsident sei in Dallas erschossen worden.

«Bridge fällt ganz sicher aus! Alles fällt aus!», rief Frances. Sie riss die schmutzige Innensohle aus ihrem roten Pumps.

«Ihr *Vater* ist hier», sagte Audrey.

Sue blickte sich nach einem fremden Auto um. «Wie ist er denn hergekommen?»

Das fiel ihr als Erstes dazu ein?

«Ich weiß es nicht», sagte Frances.

«Mit dem Zug? Hat ihn jemand mitgenommen? Hatte er Gepäck bei sich?»

«Sue», sagte Audrey.

«Nein.» Frances drehte sich zum Haus um. «Kein Gepäck. Ich muss jetzt wieder reingehen. Er wird uns beobachten. Ihr solltet jetzt alle gehen.»

«Wir bleiben», sagte Sue. «Nicht wahr, Auds?»

Frances hatte bisher nur einmal von ihm erzählt, vor drei Jahren, als sie bei Sue waren. Der Nachmittagstee war in Cocktails übergegangen, und Sues Haushälterin hatte die Kinder in die Badewanne gesteckt. Sie hatten sich über die Ehen ihrer Eltern unterhalten, darüber, wie sie versuchten, es anders zu machen. Von oben hörten sie die Kinder jauchzen. Audrey machte sich Sorgen, dass sie zu aufgekratzt sein und sich die Köpfe am Badewannenrand aufschlagen könnten. Frances erzählte, dass ihre Eltern geschieden waren. Audrey hatte bis dahin niemanden mit geschiedenen Eltern gekannt. Sie trennten sich vor dem Krieg, sagte Frances. '39, als sie drei war. Sie hatte keine Erinnerungen an die beiden als Ehepaar. *Wie furchtbar*, sagte Elinor. Und Frances sagte, *Nein, es war besser so*. Ihr Vater war gefährlich. Er hatte Decknamen. *Ein Spion*, sagte Frances. Ein Doppelagent. Vielleicht sogar ein Tripelagent. Audrey fragte sich, ob Frances sich das ausdachte. Ein Tripelagent? Frances hatte ihn einmal telefonieren hören, als sie noch sehr jung war, erzählte sie, er hatte eine Fremdsprache gesprochen. Sie wusste nicht, welche. Nur, dass ihr Vater in dem Moment eine andere Person geworden war.

«Er wusste nicht, dass ich ihn beobachtete. Sein ganzes Gesicht veränderte sich, als er redete. Erst, als meine

Schwester und ich dreizehn Jahre alt waren, erlaubte meine Mutter uns wieder, ihn zu sehen. Wir durften einmal im Jahr mit ihm zu Mittag essen, in einem Park in Maryland, eine Stunde von uns entfernt. Meine Mutter machte das Mittagessen. Immer das Gleiche, Tomaten und Frischkäse mit Schnittlauch. Niemand machte eine Szene. Er kam einen Parkweg hinunter und nahm später den gleichen Weg zurück. Er tauchte kurz auf meinem Hochzeitsempfang auf. Stand hinten. Hielt keine Rede und tanzte auch nicht mit mir. Seitdem habe ich ihn nicht mehr gesehen», sagte sie.

«Papa?», rief Frances im Flur – wenn man den Eingangsbereich so nennen konnte. Er wirkte eher wie die Empfangshalle eines kleinen Museums. Die Wände warfen ihre Stimme zurück und vervielfältigten ihre Panik.

«Hier», rief eine ruhige Stimme, in der ein Hauch von Erwartung mitschwang. Audrey ging ihr entgegen. Die anderen – sogar Frances, die hätte wissen müssen, aus welcher Richtung die Geräusche in ihrem Haus kamen – waren unsicher, welchen Weg sie einschlagen sollten. Von der Eingangshalle gingen vier Gänge in verschiedene Richtungen ab, wie Spinnenbeine. Audrey nahm das hintere rechte Bein, das zu einer Höhle führte, in der sie noch nie gewesen war.

Frances empfing immer in den hellen Räumen, dem repräsentativen Wohnzimmer, dem Esszimmer oder dem Sonnenzimmer hinter der Küche, aber er hatte den Bridgetisch hier aufgestellt, in dieser kleinen dunklen Kammer. Audrey merkte, dass sie ihre Clutch umklammerte, die beiden Enden des Verschlusses bohrten sich in Finger und Daumen. Er war dabei, die Karten zu zählen. Er blickte auf, runter, dann gleich wieder auf. Die Karten flogen durch seine Hände. Er lächelte, die Augen wieder gesenkt, und schüttelte den Kopf. «Jetzt habe ich mich wegen Ihnen verzählt», sagte er kaum hörbar.

Die anderen hatten sie eingeholt.

«Was ist denn hier los?», rief Frances, als spräche sie mit einem ihrer Kinder, das gerade Unsinn gemacht hätte.

«Niemals sollt ihr meinetwegen eine Bridgepartie ausfallen lassen.»

«Oh, Papa, nein.»

Audrey konnte sich einfach nicht an dieses *Papa* gewöhnen. Es gehörte in ein anderes Jahrhundert oder in ein anderes Land.

«Wir können im Sonnenzimmer unseren Kaffee zu uns nehmen.»

«Ich würde gerne spielen. Das letzte Mal habe ich mit dir Bridge gespielt, als du ...»

«Wir haben nie zusammen Bridge gespielt, Papa. Kein einziges Mal.» Aber sie setzte sich links neben ihn.

Sue musste somit gegenüber von ihr Platz nehmen, weil sie immer ein Paar bildeten. Sodass Audrey Frances' Vater gegenübersaß.

Er verbeugte sich knapp und mit ernster Miene, auch wenn er schon saß.

«Papa.» Sie konnte einfach nicht damit aufhören, es war, als stopfte sie sich den Mund mit Süßigkeiten voll, die ihr lange vorenthalten worden waren. «Das sind Audrey Pennet und Susan West.»

«Ben Yardley», sagte er zu Sue und gab ihr die Hand.

«Angenehm», sagte Sue kühl. Mit Freude nahm sie jede Einladung zum Kampf an.

Er wandte sich Audrey zu. «Partner», sagte er. Seine

Hand war klein und warm. Audrey sah zu, wie sie zusammen mit der anderen Hand die Karten austeilte. Kleine, schnelle Hände.

Sie war keine besonders geschickte Kartenspielerin. Wenn sie ihre Karten auffächerte, stach ihr nie etwas Besonderes ins Auge. So war sie nicht gestrickt. Zum Glück war Elinor, ihre eigentliche Partnerin, da anders. Sue auch. Und sogar Frances hatte hin und wieder einen Lauf. Audrey gehörte beim Bridge zur B-Mannschaft. Aber sie hatte gelernt, ihre Mittelmäßigkeit gut auszuspielen.

Er teilte ihr ein außergewöhnlich gutes Blatt zu.

Sie konnte kaum an sich halten. Schnell zählte sie die Punkte zusammen. Drei Asse, zwei Könige, eine Dame, ein Bube. Kein Karo. Achtmal Pik. Fünfundzwanzig Punkte. Sie hielt den Blick gesenkt. Aber wie gerne hätte sie hochgeschaut und es ihn in ihrem Gesicht sehen lassen.

Er eröffnete mit Eins Cœr. Perfekt. Die einzige Farbe, von der sie kein Ass hatte.

Sue gab ein Gebot von Eins sans atout ab. Audrey von Zwei Pik. Frances passte, Ben passte, Sue bot Zwei sans atout.

«Fünf Pik», sagte Audrey. Hoffentlich nicht zu laut.

«Du bist verrückt», sagte Frances. «Kontra.»

Ben war der Dummy, und sie brachte die Runde ohne Probleme nach Hause. Ohne sich mit ihm verständigen zu müssen, spürte sie seine Zustimmung.

«Das ist mein Mädchen, mein Glanzstück!», sagte er, als sie den letzten Stich machte. Das hatte ihr eigener Vater auch immer gesagt. Mein Glanzstück.

Sie gewannen einen Rubber. Jedes Blatt war wie Weihnachten. Die Asse und Bildkarten funkelten sie an.

«Wie wäre es mit einer Kaffeepause?», schlug Sue vor. «Und vielleicht wechseln wir einmal durch, wenn wir wiederkommen.»

Er zog verschwörerisch die Augenbrauen zusammen. «Sie wollen uns auseinandertreiben, Audrey.»

Die Küche war sonnendurchflutet. Sie blinzelten einander an, während Frances eilig herumzuwerkeln begann.

«Ich hole die Tassen», sagte Audrey und öffnete einen Küchenschrank.

«Nein, ich möchte heute das Spode-Porzellan benutzen.»

«Und wo ist es?»

«Ich hole es, Audrey», sagte Frances scharf, im gleichen Ton, den sie für den Sohn benutzte, den sie nicht sonderlich mochte.

Sue hatte den Zucker geholt und füllte Sahne in das kleine Kännchen. Ben war am Sonnenzimmer vorbei den Gang hinuntergegangen. Audrey fand ihn am Ende des Spinnenbeins, in Cassies Modul. Cassie war die Jüngste, und ihr Zimmer war am weitesten vom Schlafzimmer der Eltern hinter der Höhle entfernt.

«Sie sind am Sonnenzimmer vorbeigegangen», sagte Audrey im Türrahmen.

«Es sieht ganz so aus, als hätte ich Enkelkinder», sagte er und berührte eine Ausgabe von *Madeline*, die auf Cassies ungemachtem Bett lag.

«Ja, haben Sie.» Sie spürte einen Anfall von Ärger. Ihr eigener Vater war einen Monat vor der Geburt ihres ersten Kindes gestorben. Er hatte einen Brief an dieses unbekannte Enkelkind geschrieben, die Schrift kaum lesbar vor Schmerz. Dieser Brief ergriff sie jetzt mehr als jemals zuvor.

Ihre eigene Trauer hatte sie damals so eingenommen, dass sie seine kaum wahrgenommen hatte. *Auch wenn ich niemals einen Blick auf dich werfen werde*, hatte er geschrieben, *werde ich dich immer lieben, dein Leben lang.* Er hatte vorausgesehen, dass seine eigene Fähigkeit, jemanden zu lieben, enden würde. Wenn man stirbt, dachte sie jetzt, kann man nicht mehr lieben. Keine Liebe mehr geben. Sie würde ihre Kinder nicht mehr lieben können. Plötzlich wurde ihr klar, dass das das Schlimmste am Tod war, schlimmer noch, als nicht mehr lachen oder atmen oder küssen zu können. Ihren Kindern keine Liebe mehr geben zu können, kam einem existenziellen Ersticken gleich. Sie dachte an Larry. Eines Tages würde einer von ihnen den anderen nicht mehr lieben können, würde einer ohne die Liebe des anderen leben müssen. Aber das war nicht ganz so erschütternd.

Ben berührte immer noch das Buch. Aber seine Augen waren auf sie gerichtet.

«Papa!» Frances' Stimme hatte wieder diesen panischen Unterton bekommen. «Da bist du ja. Bitte schau dir nicht Cassies Zimmer an, es ist furchtbar unordentlich.»

«Das Zimmer ist makellos und perfekt», sagte er und versuchte nicht einmal, den Blick von Audrey zu wenden.

Im Sonnenzimmer tranken sie ihren Kaffee aus den weißen Spode-Tassen. Die Sonne fiel durch Bens Haar auf seine Kopfhaut. Sue griff nebensächliche Themen auf. Die Regeln von Strandclub-Mitgliedschaften, Bonwits neue Kundenkarte.

Sie gingen zurück, und diesmal gewannen Frances und ihr Vater einen weiteren Rubber. Sie hatten zwar nicht die Karten dafür, aber Sue ließ sie gewinnen, reizte niedrig, passte unnötig, machte Fehler. Sue wollte, dass Frances wie Audrey einen Sieg mit ihm erleben konnte. Aber Frances war nicht sein Glanzstück. Audrey spürte ihn neben sich, spürte die Wärme seines Arms, auch wenn er sie nie berührte, spürte seinen Blick auf ihrer Hand, wenn sie eine Karte ausspielte, spürte, dass sie die ganze Zeit miteinander redeten, auch wenn sie sich später fragte, was um alles in der Welt sie denn gesagt haben sollten.

Sie hoffte, dass Frances sie wie immer zum Mittagessen einladen würde. Als sie den zweiten Rubber gespielt hatten, war es bereits nach eins und sie war am Verhungern. Aber das tat Frances nicht. Sie wollte sie möglichst schnell aus dem Haus bekommen. Ihr blieben zwei Stunden alleine mit ihrem Vater, bevor die Kinder nach Hause kommen würden. Also verließen sie die Höhle und gingen dem Licht entgegen. Audrey wusste, man erwartete jetzt, dass sie sich verabschiedete und ins Auto stieg. Es war, als hätte sie eine neue Sonne entdeckt und man würde nun erwarten, dass sie sich in die entgegengesetzte Richtung bewegen müsste. Sie wollte sich wenigstens ungestört von ihm verabschieden. Im letzten Moment, als Sue bereits aus der Haustür getreten war, sagte sie, sie müsse noch einmal das Badezimmer aufsuchen. Das nächste war neben der Küche, aber sie steuerte ein anderes an, in Mollys Modul. Es roch nach dem Parfum einer Teenagerin, Zitronen und Lilien. Sie ließ sich Zeit.

Er war noch in der Lobby, als sie zurückkam, und schaute sich einen Artikel über das Haus an, der an der Wand hing: ‹Moderne Pracht›. Sie konnte Frances in der Küche die Tassen spülen hören.

«Auf Wiedersehen», sagte Audrey widerwillig.

Er nahm sie am Arm und zog sie zu den Fenstern, die auf den bereits winterfesten Pool hinausgingen, von wo Frances sie nicht sehen konnte. Seine Lippen waren wie seine Hände, plump und warm, feuchter als gedacht. Mit seinen Zähnen zog er sanft an ihrer Unterlippe. Sein Mund streifte ihre Wange, und er stöhnte in ihr Ohr. Sie spürte, wie er sich an ihr rieb und hart wurde.

«Papa?», rief Frances aus der Küche.

Sie rückten voneinander ab.

«Ist es ein Geheimnis, wo Sie wohnen?», fragte sie schnell.

Auf seinem Gesicht erschien ein Grinsen. «Natürlich nicht. Graham Street. Portland, Maine.»

Frances hatte wieder ihre Schuhe ausgezogen und war lautlos um die Ecke gebogen. «Was ist in Portland, Maine?»

«Nur eine Wohnung, in der ich einmal gelebt habe. Ich wohnte im ersten Stock, über einem ziemlich schmuddeligen Friseursalon. Das Haus hatte einem alten Kapitän gehört und war in Wohneinheiten aufgeteilt worden. Wahrscheinlich kein sonderlich wohlhabender Kapitän, kein Meerblick. Aber ein hübsches Mansardendach.» Er hatte die Hände in die Hosentaschen gesteckt und rückte unauffällig den Stoff zurecht, was Audrey an die Jungen in ihrer Jugend erinnerte, nachdem sie Stehblues getanzt hatten.

«Ich wusste nicht, dass du in Maine gelebt hast», sagte Frances.

«Nein?»

«Nein.»

«Danke für alles heute», sagte Audrey und küsste Frances auf die Wange. Sie blickte ihn kurz an. «Schön, Sie kennengelernt zu haben.» Sie versuchte, so ausdruckslos und desinteressiert wie möglich zu klingen, als ob sie sich tatsächlich voneinander verabschiedeten.

* * *

Es war nicht einfach, unbemerkt zwei Stunden nach Norden und zwei Stunden zurück zu fahren, während die Kinder in der Schule waren. Beim ersten Mal übergab sich Becky in der Pause und musste zu Elinor gehen, weil Audrey nicht erreichbar war. Sie sagte, sie hätte beim Einkaufen die Zeit aus den Augen verloren. Ein anderes Mal schlug sich Russell den Kopf am Schreibtisch an und musste stundenlang auf der Pritsche im Schulsekretariat ausharren. «Wo warst du denn nur?», jammerte er den ganzen Heimweg über. Und dann kam Larry eines Dezembertages aus der Garage und fragte, wie zum Teufel der neue Mustang schon 9000 Meilen auf dem Buckel haben konnte. Aus ihrem Gesicht wich alle Farbe, aber er lachte nur und sagte, du fährst wohl jedes Mal, wenn du die Kinder in der Schule abgesetzt hast, nach Atlantic City, was? Und sie sah, dass er keine Antwort erwartete.

Beim ersten Mal wusste sie nicht einmal, wonach sie suchte. Sie fuhr einfach mehrmals die Graham Street ab, knapp drei Meilen, fest davon überzeugt, dass sie schon etwas finden würde. Hatte er eine Hausnummer genannt, als er Graham Street sagte, und sie hatte sie vergessen? Ein altes Kapitänshaus, hatte er gesagt. Nichts Großes. Kein Meerblick. Im Erdgeschoss ein Friseur.

Erst auf dem Heimweg hatte sie sich an das Dach erinnert. Eine bestimmte Art von Dach. Es begann mit einem

M. Sie kannte sich mit Dächern nicht aus. Beiläufig fragte sie Larry, als sie eines Abends von einer Essenseinladung zurückkamen, welche Dachkonstruktionen es gebe.

«Na ja, es gibt Dächer aus Schiefer oder Asphalt, aus Schindeln oder normalen Ziegeln ... es gibt sogar Grasdächer, in Schweden, zum Beispiel.»

«Nein, es geht mir um die *Form* des Dachs.» Sie zitterte vor Ungeduld. «Nenn mir die Fachausdrücke. Sei präzise.»

«Brauchst du noch eine Beruhigungstablette, Auds?»

«Eine Dachart, die mit einem *M* beginnt.» Sie war den Tränen nahe.

Aber er wusste es nicht.

Sie ging in die Bibliothek. Es dauerte gerade einmal fünf Minuten.

Mansardendach.

Kein einziges Mansardendach in der Graham Street in Portland, Maine. Mansarde. Das klang französisch. Das wirkte französisch, wie die Häuser in *Madeline*.

Auf einer Silvesterfeier erzählte Frances, dass ihr Vater sie in den Weihnachtsferien einige Tage besucht hatte.

«Was für eine Unruhe dieser Mann mit sich bringt», sagte Elinor. «Warum warst du an dem Abend nicht da? Wart ihr verreist?»

«Ja, wir haben meine Mutter besucht», sagte Audrey leise, damit Larry sie nicht hörte.

«Ich habe ihm den neuen Greene-Roman geschenkt», sagte Frances. «Er liebt Graham Greene.»

Madeline. Mansarde. Graham Greene. Er hatte ihr eindeutig ein Rätsel aufgegeben, das sie lösen sollte. Sie bemühte sich. In diesem Winter fuhr sie die Green Street ab, Greenleaf Street, Greenwood Lane, Madeline Street, French Street, Queen's Court. Sie hatte inzwischen eine Babysitterin mit Führerschein, die die Kinder von der Schule abholen konnte, also musste sie die Uhr nicht mehr im Blick haben. Sie fand sogar ein paar Mansardendächer, aber die meisten gehörten zu Einfamilienhäusern. Nur zwei Häuser kamen infrage, und beide hatten Frauennamen auf den Klingelschildern stehen und keinen Friseur im Erdgeschoss.

Aber es gefiel ihr, in der Dämmerung durch die Gegend zu fahren. Sie konnte es deutlich vor sich sehen zu dieser Stunde: das große Haus mit dem französischen Dach, der bereits geschlossene Friseursalon, alles dunkel bis auf einen Lichtstreifen in der Mitte des Hauses, der erste Stock hell glänzend erleuchtet, in Erwartung ihrer Ankunft.

SÜDEN

Sie wollen in den Süden, und als sie den bedeckten Himmel Baltimores hinter sich lassen und der Luft, dem Meer und der warmen Sonne entgegenfahren, betteln Flo und Tristan ihre Mutter Marie-Claude an, ihnen etwas zu erzählen. Flo liebt es, zu hören, wie Marie-Claude als Mädchen in ihrem Alter war, und Tristan verlangt immer und immer wieder nach der Geschichte seiner Geburt.

Marie-Claude gibt ihnen, was sie wollen, da sie nicht möchte, dass die Kinder über ihren Vater reden, der die Familie vor inzwischen fast einem Jahr im Frühsommer verließ. Sie erzählt Flo von Alain Delon, ihrem ersten Schwarm, und Tristan vom Markt in Paris, wo ihre Fruchtblase platzte, als sie im Regen Pfirsiche einkaufen wollte.

Aber als sie gerade von ihrem ersten Tanzabend erzählen möchte, unterbricht Flo sie. «Was ist mit den Geistern in Österreich, Mom? Gibt es nicht eine Geschichte über irgendwelche Geister auf einem superschicken Ball?»

Marie-Claude schüttelt den Kopf, sie ist sich sicher, dass sie diese Geschichte noch nie einem der Kinder erzählt hat.

Flo umklammert von hinten Marie-Claudes Kopfstütze

und zieht sich näher zu ihr heran. «Doch, da gibt es was.» Einige feine Haarsträhnen ihrer Mutter verfangen sich in ihren klebrigen Fingern.

«Das tut weh, Florence», sagt Marie-Claude. «Verdammt noch mal», fügt sie auf Englisch hinzu.

«Maman!», ruft Tristan, schockiert über den amerikanischen Fluch aus dem Mund seiner Mutter.

Marie-Claude ist selbst überrascht, und ihr plötzlicher Ärger beunruhigt sie ein wenig. Sie hatte sich fest vorgenommen, heute nicht mit Flo zu schimpfen.

Sie blickt auf die große Uhr neben dem Tacho: vier weitere Stunden. Wäre es besser gewesen, wenn Flo oder sogar beide Kinder mit ihrem Vater nach New York gereist wären, statt mit ihr nach Hatteras zu fahren? Sie kann nicht einschätzen, wie sie sich fühlen wird, weiß nicht, wie groß das Haus von Bill und Karen ist und ob sich Tristan und Flo mit den Kindern ihrer Freunde verstehen werden. Wie schön wäre es gewesen, genug Geld zu haben, um mit ihnen über Ostern in die Heimat nach Lyon zu fliegen. Sie nimmt die Augen von der Straße und schaut zur Seite auf die Felder, die kleine Bewegung tut fast so gut, als hätte sie ihre Beine ausgestreckt. Sie würde gerne länger aus dem Fenster schauen können.

Tristan fragt: «Was denn für eine Geschichte über Geister in Österreich? Schau auf die Straße, Maman! Was für eine Geistergeschichte?» Sie weiß, dass er weiterbohren und den ganzen Urlaub über nicht locker lassen wird.

«Es war in einem großen Schloss», sagt Flo, «einem richtig alten, gruseligen Schloss, das irgendwann einmal total wichtig war, irgendein König oder Graf hat da gewohnt. Und Daddy war auch da. Ich glaube, die beiden waren da schon verlobt oder so. Wart ihr da schon verlobt? Erzähl bitte, Mom.»

Dass Flo ihre Mutter Mom statt Maman nennt, ist neu, und Marie-Claude hasst es.

Sie fragt sich, woher Flo die Geschichte kennt. Manchmal fühlt es sich so an, als gäbe es nichts in ihrem Leben, was sie für sich behalten könnte und was von ihren Kindern nicht irgendwie umgedeutet würde. Früher hatte sie geglaubt, dass Elternsein ein gewisses Maß an Anmut und Geheimnis bergen würde, dass das, was sie verschwieg, respektiert werden würde und das, was sie verriet, widerspruchslos aufgenommen und ab und an vielleicht sogar geheiligt werden würde. So war sie schließlich mit der Vergangenheit ihrer eigenen Eltern umgegangen. Vielleicht liegt es daran, dass ihre Kinder inzwischen kleine Amerikaner geworden sind.

«Ihr beide erzählt jetzt mal was. Ich bin müde vom vielen Reden.»

«Nein», sagt Flo. «Erzähl die Geistergeschichte. Bitte, Mom, bitte. Bitte!»

Tristan stimmt ein, und Marie-Claude lässt beide weitermachen, bis die Kinder weit über den Punkt hinaus sind, an dem Marie-Claude mit ihrem Einknicken gerechnet hätte, bis der Chor ihrer Stimmen Marie-Claude noch unruhiger macht als die Vorstellung, eine weitere Geschichte erzählen zu müssen. «Okay», sagt sie. «Okay.»

«Euer Vater war damals nicht dabei», beginnt sie. «Ich kannte ihn da noch gar nicht.» Sie kann nicht verbergen, dass es ihr Freude macht, das klarzustellen. «Ich war mit meiner Cousine Giselle unterwegs. Sigrid, ihre beste Freundin auf dem Internat in Lausanne, hatte sie eingeladen. Der

Ball fand in der Nähe von Linz statt, in einem Palast, der einmal einem Habsburgischen Erzherzog gehört hatte, Franz oder Friedel oder so, auf jeden Fall einem der sechzehn Kinder von Franz dem Ersten. Als die kaiserliche Familie später das Land verlassen musste, wurde der Palast von der neuen Regierung konfisziert. Und irgendwann erwarben ihn dann die Eltern dieser Sigrid. Ich wusste nicht viel über die Hintergründe. Ich wusste nur, dass Giselle Teil einer sehr reichen Freundesclique war und dass Sigrid nicht die Einzige war, die ein Fest in ihrem eigenen Palast veranstalten konnte. Ich ähnelte damals eurem Vater. Ich liebte prachtvolle Häuser und edle Kleidung.»

«Das tut er doch gar nicht», sagt Flo, aber trotz der Entrüstung über diesen Seitenhieb ihrer Mutter kann sie kein bestärkendes Argument aus dem Ärmel schütteln. Auch ihr ist inzwischen aufgefallen, dass es ihr Vater lieber hat, wenn sie in Janines Haus mit Pool zum Spielen verabredet ist statt in Brees Wohnung.

Marie-Claude bedauert den Vergleich sofort, sie bedauert es, am ersten Tag ihrer Reise in einer solchen Stimmung zu sein, und sie beeilt sich, weiterzuerzählen. «Ich ging dort mit einem von Sigrids Cousins hin, einem mürrischen Jungen, der über nichts weiter sprechen wollte als die strategischen Fehler der französischen Armee. Sein Land wird während eines Krieges zwei Mal besetzt, und er hat den Nerv, die Maginot-Linie zu kritisieren! Aber im Grunde war es mir egal. Ich war auf einem Ball und trug ein tolles Kleid und konnte über alles lachen.»

Flo begeistert der Gedanke an ihre Mutter (deren Freunde sie eine Chaotin nennen und die ihre Haare immer unordentlich mit dem braunen Gummiband der

Zeitung zusammenbindet) in einem Ballkleid, wie sie ihren Tischherren geduldig bei Laune hält. Aber sie fragt sich, ob es stimmt, was ihre Mutter von sich als junger Frau erzählt, bevor sie ihren Vater kennenlernte. Sie stellt sich immer so dar, als wäre sie fröhlich und unbeschwert gewesen, als hätte sie den Ernst des Lebens erst zu spüren bekommen, als sie verheiratet war und Kinder großziehen musste. Aber das Gesicht ihrer Mutter ist ernst, schon immer ernst gewesen, selbst auf Schnappschüssen aus ihrer Kindheit erinnert ihr Gesichtsausdruck an einen missmutigen Kabinettsminister, wie ihr Vater einmal sagte.

Nach und nach, während sie die Kutsche beschreibt, in der sie ankamen, den Blick auf die Donau, die schwarzen Pferde im Abendlicht, beginnt Marie-Claude, sich besser zu fühlen. Sie spürt, dass die Kinder ihr mit voller Aufmerksamkeit folgen, Flos süßlicher Atem ist nah an ihrem Ohr, Tristan hat seinen kleinen Körper zu ihr gedreht, und dieses Publikum gibt ihr das Gefühl, gebraucht zu werden, und zwar auf eine exklusivere, weniger alltägliche Weise als sonst.

Es gibt so viel zu beschreiben: der Park, den Vorplatz, das raffinierte Mieder ihres Kleides. Endlich fallen ihr genau die richtigen Worte ein; sie sind ebenso erhaben wie der Augenblick, den sie schildern. Marie-Claude fühlt sich stark und lebendig. Auf einem ruhigen Highway fährt sie ihre Kinder sicher gen Süden.

Sie versucht, nicht daran zu denken, was danach kommt, dass irgendwo ein unbekannter Feldweg auf sie wartet, den sie in der Dunkelheit finden muss. Sie werden spät ankommen, und Marie-Claude, die versprach, zum Abendessen da zu sein, wird von Bill und Karen – einer richtigen Familie mit Fahrrädern und Nanny – wie ein leichtsinniges Kind behandelt werden. Und egal, wie viele Spiele sich ihre Kinder im Wasser ausdenken oder wie entspannt sich Marie-Claude in der Sonne dem Halbschlaf hingeben wird – der Anblick von Bills großen, winterweichen Füßen, die vorsichtig den steinigen Weg zum Strand hinunterlaufen, wird sie alle jeden Tag an das erinnern, was nicht mehr ist.

«Mom», sagt Flo. «Wo waren die Geister?»

«Der Ballsaal war riesig, und überall sah man wunderschöne Kleider und Smokings und Champagnerkelche. Der Boden war aus schwarzem Marmor, und ich weiß noch, wie hübsch meine Schuhe darauf aussahen. Habt ihr schon einmal schwarzen Marmor gesehen? Er ist unglaublich rein und glatt, wie ein Saphir oder das Fell eines Schwarzen Panthers.»

«Hast du sie da gesehen, auf der Tanzfläche?»

«Nein, ich habe die Frau im Garten gesehen.» Vor Marie-Claudes Augen taucht ein Gesicht auf, eine gedrungene Stirn, eine scharfkantige Adlernase, ein hässlicher breiter Mund. «Sie war jung, vielleicht so alt wie ich damals, aber eine tiefe Traurigkeit hatte ihr Gesicht altern lassen. Sie hielt sich gerade, stand aufrecht, aber innerlich krümmte sie sich vor Trauer.»

«Woher wusstest du, dass sie ein Geist war?»

«Man weiß es einfach, wenn man einen Geist sieht. Man spürt es.»

«War sie durchsichtig? Hast du mit ihr gesprochen?»

«Sie war anders. Es lag an der Art, wie sie sich bewegte. Und sie war so traurig, wie sie da durch den Garten spazierte und Blütenblätter und Äste berührte. Es wirkte, als wollte sie dadurch etwas von ihrer Trauer an die Umgebung abgeben. Vielleicht lag es auch daran, wie ihr Mund geformt war. Ich weiß es nicht. Es ist schwer, zu sagen, woran ich es festmachen konnte.»

Flo löst sich abrupt von der Kopfstütze ihrer Mutter und lässt sich auf ihren Sitzplatz fallen. Sie schält ein saures Kaubonbon aus seiner Zellophanverpackung, schiebt es sich in den Mund und seufzt laut.

Der süßliche Geruch synthetischer Limette breitet sich im Auto aus.

«Seid ihr noch da?», fragt Marie-Claude und blickt auf Flos ausgebeulte Wange im Rückspiegel.

«In der Geschichte passiert überhaupt nichts.»

Marie-Claude verspürt das schreckliche Verlangen (weil die beiden so ungezogen sind, erst fordern sie eine Geschichte ein, die sie gar nicht erzählen will, und dann brüskieren sie sie auch noch, Flo mit ihrer Ungeduld, Tristan ist bereits eingeschlafen), sie daran zu erinnern, was Trauern bedeutet. Es wäre so einfach. Sie wartet, bis ihr Groll verflogen ist, dann fährt sie fort: «Sie war nicht durchsichtig, aber ihre Haut war eigen. Ich bin mir nicht sicher, aber vielleicht erkannte ich daran, dass sie kein Mensch war.»

«Was meinst du damit, eigen?»

«Sie war wie mit einer Patina überzogen, dieser grünlichen Farbschicht, die manchmal auf bestimmten Metallen auftaucht. Wie bei dem Armband deines Vaters, das er wegen seiner eingebildeten Arthritis trägt. So, wie das aussieht, wenn er vergisst, es von jemandem polieren zu lassen. So sah ihre Haut von Nahem aus.» Statt der Frau sieht Marie-Claude jetzt sein Handgelenk vor sich, die unbehaarte Haut unter dem Armband, die deutlich sichtbare Vene, die vom Handgelenk bis zum Ellenbogen verläuft. Sie liebt ihn immer noch. Wenn er nicht zurückkommt, wird sie nie wieder das spüren, was sie spürte, wenn sie diesen Arm berührte.

«Ich poliere es gerne. Ich mache das freiwillig.»

«Ach, Flo, du erinnerst dich nicht dran. Du hast es gehasst. Die Politur hat immer in deinen Augen gebrannt. Egal, so sah auf jeden Fall ihre Haut aus.» Tristans Kopf, der neben ihr die ganze Zeit hin und her gerutscht war, kommt endlich auf der Armlehne der Beifahrertür zum Liegen. Sie kontrolliert, ob die Tür verriegelt ist, und spürt für einen Augenblick das, was er spürt: dieses herrliche Gefühl, sich auf dem Beifahrersitz dem Schlaf hingeben zu können.

«Ich habe es nie gehasst. Und außerdem mache ich es immer noch.» Flo denkt an die verpasste Möglichkeit, mit ihrem Vater und seiner Freundin Abigail nach Manhattan zu fahren. Sie hatte wählen müssen: zwischen Meer und Museum, zwischen einem großen Haus mit anderen Kindern und angrenzenden Hotelzimmern (deren Türen von der Schlafenszeit bis zum nächsten Morgen fest verschlossen waren). All das ist nun irrelevant. Sobald er nicht da ist, ist ihr Vater für sie ein sanfter, wohltuender Rettungsanker. Sie könnte ihn anrufen, mit dem Bus zurück nach D. C. fahren. Er macht sich erst morgen früh auf den Weg. Wie viel würde eine Busfahrt wohl kosten?

«Ich habe mit ihr gesprochen», Marie-Claude dreht sich um, sie will wissen, ob Flo ihr noch zuhören wird. Flo schaut nicht auf, sie lässt kleine amerikanische Münzen von einer Hand in die andere gleiten, dann zurück in einen Münzbeutel. «Ich fragte sie, ob der Ball ihr Spaß macht.» Marie-Claude lacht. «Ich wusste nicht, was ich sonst sagen sollte.»

«Hast du Französisch oder Deutsch geredet?»

«Deutsch, glaube ich. Aber sie hat mir nicht mit ihrer Stimme geantwortet. Es war eher so etwas wie Telepathie. Sie wollte nicht reden. Sie ging direkt an mir vorbei und fing wieder an, ihre Runden im Rosengarten zu drehen, immer und immer wieder.»

«Das ist nicht die gleiche Geschichte.»

«Ich habe dir diese Geschichte noch nie erzählt, also weiß ich nicht, was du erwartet hast.»

Als sie ihrem Mann die Geschichte erzählt hatte, gab es zwei Geister. Sie hatte ihm deutlich machen wollen, was aus ihnen beiden geworden war. Sie hatte das Geisterpaar ausführlich beschrieben, ihre Bewegungen, ihre Finger, wie ihre Münder aussahen. *Wir dürfen nicht so werden wie sie, Robert, noch nicht.* Aber er verstand nichts. Er hatte aufgehört, sie verstehen zu wollen.

«Mom, du lügst. Das machst du immer.»

«Was meinst du damit: Ich mach das immer?»

«Du verdrehst die Dinge. Sagst nicht die Wahrheit.»

«Ich lüge nicht, Florence.» Marie-Claude sieht alles noch deutlicher vor sich, die verschlossenen, noch nicht erblühten Rosen, das kleine Bassin, noch mehr Rosenstöcke, die Frau in ihrer Mitte. «Ich habe dich noch nie angelogen.» Jedes Mal, wenn sie um eine Ecke biegt, hebt die Frau ihr Kleid an, damit es sich nicht in den Dornen verfängt. «Ich bin in dieser Familie nicht die, die lügt.»

«Doch, das bist du. Du lügst ständig.»

«Flo, das tue ich nicht!» Es tröstet sie, Tristan auf ihrer Seite zu wissen. Er schläft immer noch, in seinem Schoß liegen ein Comicbuch und ihre Sonnenbrille. «Nenn mir eine Lüge, die ich dir je erzählt haben soll.»

«Du hast gesagt, dass wir Belle mitnehmen können. Du hattest es uns versprochen.»

«Ich dachte, dass Bill und Karen auch ihre Hunde mitnehmen, aber das haben sie nicht, also konnte ich sie wohl kaum fragen, ob wir unseren mitnehmen können. Wir sind ihre Gäste. Das wäre nicht richtig gewesen.»

«Aber du hast gelogen. Du hast eine Sache gesagt und dann etwas ganz anderes gemacht.»

«Flo, das lag kein bisschen in meinen Händen. Das ist doch keine Lüge.»

«Na gut, dann habe ich noch etwas Besseres», und das ist etwas, das sie schon seit einer Weile ansprechen will. «Du hast mir erzählt, dass ihr, Daddy und du, euch sehr plötzlich getrennt habt, dass ihr euch immer geliebt habt, all die Jahre, in denen ich klein war. Das hast du uns immer erzählt, dass wir aus einer großen Liebe heraus geboren wurden, Mom.»

«Und das stimmt, das ist die volle Wahrheit. Wir haben uns sehr geliebt.» Der Tag, an dem Tristan geboren wurde, war der glücklichste in ihrem Leben. Sie wohnten damals in Paris. An diesem Morgen auf dem Markt kann sie sich noch ganz genau erinnern: die nassen Stände, der Beutel mit den Pfirsichen, das junge Gesicht des Verkäufers, die unreine Haut an seinem Hals. Sie beugte sich gerade über die Kirschen zu einer Avocado, als sie die Wärme an ihren Beinen spürte und irgendwann endlich merkte, dass es ihr Fruchtwasser und nicht der Regen war. Und am Nachmittag brachte Robert Flo mit ins Krankenhaus. Sie kuschelten sich zusammen mit ihr und Tristan aufs Bett und taten so, als verstünden sie kein Französisch, als die Krankenschwester sie ermahnte. An diesem Tag sprudelte all das

Glück über, das sie empfand, seit Robert in ihrem Leben war – und auch danach blieb das Gefühl, nur, dass es jetzt einer friedlichen, wohligen Glückseligkeit Platz gemacht hatte. Sie machten Witze darüber, dass so viel Glück schon wieder deprimierend sei. «All diese Jahre, Flo, bis letztes Jahr, waren wir glücklich. Du bist in einer unglaublich liebevollen Umgebung geboren und aufgewachsen.»

«Und dann ist irgendetwas passiert, einfach so?»

«Ich weiß es nicht.» Marie-Claude kann es nur schwer ertragen, die Rolle des unwissenden Opfers in dieser Geschichte spielen zu müssen, zugeben zu müssen, wie fassungslos sie immer noch ist. Aber ihre Tochter möchte die Wahrheit wissen. «Ich weiß es einfach nicht. Was auch immer passiert ist, es ist nicht mir passiert.» Sie blickt Flo durch den Rückspiegel an und sagt leise und ohne Schärfe: «Vielleicht kann Daddy es dir besser erklären.»

«Er hat gesagt, dass es nach und nach passiert ist. Er hat gesagt, es war nicht das große Gewitter, von dem du immer sprichst, sondern eher wie eine Welle, die größer und größer wird, bis sie bricht.»

Marie-Claude weiß, dass Flo sich das nicht ausdenkt, um sie zu verletzen. Sie erkennt die Vergleiche ihres Mannes wieder, die er einer Welt entnahm, die ihm vollkommen fremd war.

«Er sagt, dass er schon vor Tristan unglücklich war. Er sagt, erst seit Abigail weiß er, was wahre Liebe ist. Er sagt, dass er immer genau erkennt, wenn Zeugen lügen, weil sie ihn an sich selbst erinnern, als er ...»

«Bitte, Flo. Hör bitte auf!»

Marie-Claude bremst ab, sie hat die Höchstgeschwindigkeit überschritten. Sie hatte zwar den Blick auf die Fahrbahn gerichtet, aber nicht aufgepasst. Alle Fenster sind geöffnet, sogar ihr eigenes, obwohl sie sich nicht daran erinnert, es heruntergekurbelt zu haben. Warme Luft weht durch das Auto, viel wärmer als noch vor einer Stunde, und sie lehnt sich vor, damit der Wind ihr klebriges Hemd vom Rücken lösen kann. Das Steuer in ihren Händen fühlt sich losgelöst an, als hätte es nichts mit der Bewegung des Autos zu tun. Und die Straße unter ihnen verschwindet viel zu schnell, selbst bei gedrosseltem Tempo.

An was könnte sie ihre Tochter nicht alles erinnern. Sie könnte die Geschichte vom letzten September erzählen, als Flos Geburtstag auf ein Wochenende fiel, an dem sie ihren Vater alleine besuchte, ohne Tristan, und wie Flo zuerst dachte, dass er sie an der Nase herumführen wollte – kein Ständchen am Frühstückstisch, keine Anspielung auf ein Geschenk, das hinter dem Vorhang oder in der Tiefkühltruhe versteckt auf sie wartete –, wie sie mit einer Überraschungsparty rechnete, als er mit ihr ins Büro fuhr, um die Samstagspost zu sichten, wie sie beim Mittagessen einen Kuchen erwartete. Als er sie am Sonntag zurückbrachte, verriet der gerötete Ausschlag an Flos Hals alles.

Als sie das Gefühl hat, wieder die Kontrolle über das Auto erlangt zu haben, blickt Marie-Claude auf die Outlets, die den Highway säumen. Sie wünschte, sie würden durch Frankreich fahren, vorbei an Hügeln mit Kuhherden. In Frankreich würde bestimmt etwas Aufregendes ihren Weg kreuzen, zum Beispiel eine brennende Scheune oder ein gebärendes Mutterschaf. Flo würde es vielleicht zuerst entdecken, und noch bevor sie sie bitten müsste, würde Marie-Claude anhalten. Sie würden leise aus dem Auto steigen, um Tristan nicht zu wecken, und gemeinsam dem

Gebäude beim Einsturz zuschauen oder dem ebenso überwältigenden Spektakel beiwohnen, wie neues Leben ins Gras geboren wird. Vor lauter Aufregung würden sie sich vielleicht fest an den Händen halten. Aber dann fällt ihr ein, dass Scheunen in Frankreich aus Stein sind.

Das, was sie vom Gesicht ihrer Mutter im Spiegel sehen kann, lässt Flo erahnen, dass Marie-Claude wütend ist. Flo hat entschieden, dass sie sich noch vor ihrer Ankunft an einer Bushaltestelle absetzen lassen wird. Es würde sicherlich alle paar Stunden einen Bus gen Norden geben. Ihr Vater wird begeistert sein, sogar noch mehr, als wenn sie sich von Anfang an für New York entschieden hätte.

Ihre Mutter dreht sich nicht mehr zu ihr um; Flo hat sie zu oft beim Lügen erwischt. Aber sie ist noch nicht fertig mit ihr. Bevor sie abfährt und einen Bus nimmt, in den ihre Mutter sie nur allzu gerne setzen wird, will sie sie noch bei einer weiteren Lüge ertappen. «Du liebst Tristan mehr als mich», sagt sie. «Das stimmt doch.»

Diesen Vorwurf hat Marie-Claude seit Tristans Geburt gefürchtet. Bis jetzt wusste sie nie, was sie sagen würde. Aber heute geht ihr die Antwort leicht von den Lippen: «Er macht es mir leichter, Flo. Er ist leichter zu lieben.» Sie wartet auf eine Antwort, auf eine Gelegenheit, sich zu entschuldigen oder zu rechtfertigen, aber nach einer langen Pause hört sie lediglich ein neues Bonbonpapier knistern. Ihre Behauptung hängt zwischen ihnen in der Luft und festigt sich zu einer Tatsache. Sie fühlt sich stark, vollkommen frei. Es sind die ersten wirklich wahren Worte, die sie je ausgesprochen hat.

Über eine Stunde später, immer noch auf dem Rücksitz, die Beine liegen quer über der großen Reisetasche, die sie schon zweimal probeweise angehoben hat, um sicherzugehen, dass sie sie zum Bus tragen kann, erinnert sich Flo, wo sie die Geschichte mit den Geistern zum ersten Mal gehört hat. Es war die allererste Nacht in der neuen Wohnung ihres Vaters, nach der Trennung. Ihr ganzes Leben teilt sich inzwischen in vor und nach der Trennung auf. In diesem Fall war es kurz danach, in diesen ersten paar Wochen, deren Details sie unmöglich rekonstruieren kann. Aber jetzt, in diesem heißen Auto Richtung Süden, erinnert sie sich plötzlich daran, wie sie weinend in einem brandneuen Bett lag und ihren Vater inständig um eine Gutenachtgeschichte bat. Er behauptete fest, nicht zu wissen, wie man eine Geschichte erzähle, aber Flo glaubte ihm nicht. *Jeder kann Geschichten erzählen*, schrie sie ihn an. *Jeder.* Endlich setzte er sich zu ihr ans Bett und erzählte ihr, wie er und Marie-Claude (und hieran erinnert sich Flo auch, wie er Marie-Claude und nicht – wie bisher – Maman sagte, als wäre sie nicht mehr ihre Mutter, sondern eine Schwester oder Freundin der Familie), als sie noch sehr jung waren, in einen österreichischen Palast eingeladen worden waren. In seiner Version hatte er die Geister gesehen. Und Marie-Claude hatte ihm nicht geglaubt. Keiner hatte ihm geglaubt, erzählte er Flo. Alle sagten, er wäre verrückt. Aber im Laufe des Abends freundete er sich mit diesen Geistern an und half ihnen, zurück in ihre Welt zu kommen, auch wenn er Flo nicht genau sagen konnte, wie er das bewerkstelligt hatte. Als sie sich an dieses Ende erinnert, muss Flo laut lachen.

«Schau mal», hört sie ihre Mutter leise zu sich selbst

sagen. Plötzlich ist das Meer neben ihnen. Sie haben das Kap früher erreicht als gedacht, noch vor dem Abendessen, vor Sonnenuntergang. Wellen brechen und rollen am Ufer aus und verströmen einen herben Geruch, der sich rasch im Auto ausbreitet. Dicke Meeresvögel stehen einbeinig im glitzernden Zuckerguss, den die Wellen auf dem Sand zurücklassen. Flo hat vergessen, die Bushaltestelle zu erwähnen.

Marie-Claude spürt, wie Tristan sich neben ihr räkelt. «Schau mal», flüstert sie wieder, und er öffnet seine Augen und blickt auf die blaue Weite neben dem Auto, dreht sich zu ihr und bittet sie, die Geschichte seiner Geburt zu erzählen, nur noch ein einziges Mal.

DER MANN AN DER TÜR

Zwei gab es bereits, unvollendet, die Manuskripte waren in einem Schrank im Keller versteckt, hinter den Töpfen mit Farbe und Beizmitteln. Dies war ihr dritter Versuch.

Letzten Herbst hatte sie einen Lauf gehabt. Während das Baby sein erstes Nickerchen machte und ihr Mann und die beiden älteren Kinder meilenweit entfernt an ihren eigenen Schreibtischen saßen, hatte sie an den Wochentagen zwei Notizbücher gefüllt. Aber jetzt, im Winter, hatte sie die altbekannte Starre ergriffen. Wochenlang hatte sie nichts geschrieben, obwohl sie den entsetzlichen Zwang nicht loswurde, sich einfach hinzusetzen und zu warten.

An diesem Morgen jedoch war ihr ohne Vorwarnung ein Satz erschienen, eine außergewöhnliche, unerwartete Kette von Wörtern hatte sich in einem wunderschönen Bogen an die Oberfläche emporgearbeitet. Als sie sich beeilte, den Satz aufzuschreiben, spürte sie bereits den Druck anderer Wörter, zwei neue Sätze konkurrierten um einen Platz neben dem ersten, dann verzweigten sie sich zu weiteren Ideen, und wo seit langer Zeit fruchtloses Ödland gewesen war, wuchs nun grünes Gras, und sie wusste, dass jeder

Weg durch diese frische Wiese der richtige war. Wörter sprudelten aus ihr heraus, und ihre Hand schmerzte beim Versuch, mitzuhalten, und über alledem jubelte eine Stimme in ihr *das ist es, das ist es*, und sie lächelte. Weinerliches Jammern drang durch das Babyfon.

Sie hatte nur drei Sätze aufschreiben können.

Er gehörte nicht zu den braven Babys, die einmal aufschrien und sich dann umdrehten und weiterschliefen, wenn sie spürten, dass niemand kommen würde. Sein Schreien steigerte sich meist zu einem entrüsteten, vorwurfsvollen Crescendo, das jede Hoffnung auf einen weiteren Satz zunichtemachte. Sie stampfte die Treppe hinauf und blieb in der Türöffnung stehen. «Welches Baby schläft nur sechseinhalb Minuten?»

Er zog sich in seinem Bettchen hoch, presste seine Zähne in die Ummantelung der Gitterstäbe und begann, gewinnend hin und her zu schaukeln. Er grinste ihr Dekolleté an, das der Bademantel v-förmig freigelegt hatte.

«Kapierst du es denn nicht? Ich will, dass du schläfst.»

Er winselte, als er ihren garstigen Ton hörte. Ihr blieb keine andere Wahl, als ihn in den Schlaf zu stillen, während sie arbeitete. Sie nahm ihn unsanft unter am Oberkörper und hievte ihn aus dem Bett. Unruhig betrachtete er ihr Gesicht.

Sie trug ihn zu ihrem Sitzplatz am Küchentisch, gab ihm die Brust und las ihre drei Sätze noch einmal durch. Wie flach sie plötzlich klangen, wie schnell sie allen Glanz verloren hatten. Und für diese wenigen Worte hatte sie ihren Sohn schlecht behandelt? Ihre Augen überflogen die Seite erneut. Furchtbar. Sie hätte sich am liebsten ihren Stift durch die Haut gebohrt. Das Baby saugte, seine Augen waren während der langen Züge geschlossen und öffneten sich mit leerem Blick, wenn es schluckte. Das starke Ziehen an ihrer Brust brachte sie wieder zu sich selbst zurück. Sie presste ihre Lippen auf den Kopfflaum des Babys und knabberte leicht daran. Diese Augenblicke animalischen Mutterseins machten alles andere für kurze Zeit überflüssig.

Nach einer Weile schlummerte er weg, ihr Nippel klebte an seinen Lippen wie eine Zigarre. Sie las ihre Worte mehrmals durch und versuchte, sie nicht gleich zu verdammen, sondern ein entferntes Echo dessen wiederzufinden, was sie anfangs zu hören geglaubt hatte. Gerade, als sie ihren Stift zur Hand nehmen wollte, klingelte es. Sie blickte in Richtung Haustür und schüttelte den Kopf. Es klingelte erneut. Der Gedanke daran, womöglich weitere kostbare Zeit verlieren zu können, ließ sie einen weiteren Satz abringen. Dann wurde die Türklingel so lange gedrückt, bis sie Töne von sich gab, die sie noch nie gehört hatte.

«Ich bin nicht da», sagte sie ruhig.

Jemand klopfte energisch an das Seitenfenster, lauter und lauter, bis sie sich sicher war, dass gleich eine Hand durch die Scheibe brechen würde, noch bevor sie es zur Tür geschafft hätte. Sie riss sie auf.

«Das reicht!», zischte sie barsch. Sie würde ihr Baby ganz sicher nicht für diesen Mann auf ihrer Veranda aufwecken, einen Mann, der nicht zögerte, gegen eine Fensterscheibe zu hämmern, als wäre sie aus Stahl. Als er seine Hand in seine Tasche steckte, sah sie seine roten Knöchel.

«Was verkaufen Sie?» Normalerweise hätte sie sich Gedanken gemacht – über ihren Ton, den Bademantel, die große heraushängende Brust und den dunkelbraunen Warzenvorhof, an dem immer noch halb der Mund ihres Babys klebte –, aber der Ärger ließ sie alle Bedenken beiseite-schieben.

Er hielt ihr ein dünnes Taschenbuch hin.

«Nein, danke», sagte sie, nun ein wenig freundlicher. Das Klopfen rührte wohl von einem religiösen Eifer her, dem – vielleicht sogar zutreffenden – Gefühl, dass diesem Haus oder dieser Haushälfte (ihre kinderlosen Nachbarn waren fast nie zu Hause, und sie musste mit den Heerscharen von Vertretern alleine klarkommen) eine Bekehrung guttäte.

«Ich bin von Smything and Sons», sagte der Mann.

«Woher?»

«Dem Verlag.» Er wedelte mit dem Buch. «Sie haben mir das hier gegeben, und ich bin hier, um mit Ihnen darüber zu reden.»

Sie verlagerte das Baby auf ihrem Arm, in der Hoffnung, dadurch ein wenig mehr zu verdecken. «Warum?» Sie las die groß gedruckten Wörter auf dem Umschlag. Es war der Arbeitstitel ihres Romans, desjenigen, der sich in ihren Notizbüchern auf dem Küchentisch befand. Sie nahm das Buch zwischen Daumen und Zeigefinger, konnte es dem Mann aber nicht entreißen. «Geben Sie her.» Dann ließ sie los. Der Ton ihrer eigenen Stimme erschreckte sie. Es war die Stimme, die sie als kleines Mädchen gehabt hatte. Die Worte in ihrem Mund fühlten sich sogar widerständig an, als wäre Sprache noch etwas Neues für sie. «Bitte», fügte sie hinzu.

«Deswegen bin ich hier. Lassen Sie mich rein?»

Zum ersten Mal blickte sie ihm ins Gesicht. Er war ein vertrauter Fremder, jemand, dem man noch nie begegnet war, dem man aber hätte begegnen können, vielleicht sogar sollen. Mit seinem herzförmigen Mund hatte er etwas von Bing Crosby, auch von Walt Whitman (als er jünger war und seinen Bart noch nicht hatte wuchern lassen). Sogar ein bisschen Gerald Ford ließ sich irgendwo erkennen, vielleicht auch nur deshalb, weil sie vor Kurzem einen Artikel über seine wenig bekannte integre und anständige Seite gelesen hatte. Sie wusste, dass es nur einen Weg gab, herauszufinden, warum es trotz ihrer sorgfältigen Recherche einen anderen Roman mit genau diesem Titel gab. Sie musste den Mann ins Haus lassen.

Wie so oft, wenn sie eine zweifelhafte Entscheidung wie diese getroffen hatte, setzte sie sie umso energischer in die Tat um, als wollte sie ihrem besseren Wissen eins auswischen. Sie führte ihn in ihr kleines Wohnzimmer und fragte: «Kann ich Ihnen etwas zu trinken anbieten?»

«Ich nehme gerne einen Gin Martini, wenn Sie einen haben.» Er zupfte kurz an seinen Hosenbeinen, bevor er in der Mitte ihres Sofas Platz nahm. Ein Windelzipfel schaute unter seinem linken Oberschenkel hervor, aber er bemerkte ihn nicht. Das Buch hatte er auf seinen grauen Flanellknien abgelegt. Sie lächelte und wartete darauf, dass er signalisieren würde, gescherzt zu haben. Ein Cocktail morgens um halb zehn.

Er lächelte zurück. «Gerne mit Eis.»

«Ich habe Kaffee, Mineralwasser, O-Saft, Leitungswasser.»

«Hmm?»

«Also, was kann ich Ihnen jetzt bringen?» Sie war wieder wütend. Ihr Baby schlief, und die Zeit, die ihr zum Schreiben blieb, wurde immer weniger. Warum hatte sie ihn bloß ins Haus gelassen?

«Warten Sie, lassen Sie mich Ihnen mit dem Martini helfen.» Er legte das Taschenbuch auf der Wippe ab, die auf dem Sofatisch stand.

Sie folgte ihm in die Küche. «Es tut mir leid, aber das ist nicht möglich. Wir haben keinen ...» Er öffnete die Tür der Speisekammer, und dort, statt der wackeligen Sperrholzbretter, die ihr Mann angebracht hatte, statt der schmalen Vorratsdosen mit Reis und Couscous, statt des Getreidebreis für das Baby und des Korbs mit den Süßkartoffeln, statt der Nudeln und der Bohnen und der Dosensuppen und dem wertvollen Glas sonnengetrockneter Tomaten aus Ligurien, das sie sich einmal gegönnt hatte, aber nie anzubrechen traute, stand jetzt eine lange Glastheke, ausgestattet mit zwei chromglänzenden Shakern, einem Sieb, einem Schälchen mit Zwiebeln und einem mit gefüllten Oliven, einer Packung Zahnstocher, fünf gläsernen Rührstäbchen und dem Eiskübel mit dem silbernen Tannenzapfen auf dem Deckel. Sie hatte genug gesehen, um zu wissen, dass darunter, hinter den weißen Schranktüren, die Flaschen standen, Wodka, Gin, Bourbon und Wermuth, und dass darüber, auf einer Reihe von Papierhandtüchern, die umgedrehten Highball-Gläser ihres Vaters lagerten, ‹Abschlussklasse '62›, der muskulöse Stier von den vielen Spülmaschinendurchläufen ihrer Jugend bereits angegraut.

«Freut mich, dass Sie Beefeater haben», sagte der Mann, ohne sich zu ihr umzudrehen. «Alles andere wäre zu viel des Guten.»

Sie beobachtete seine sicheren Handgriffe, die liebevolle Vorbereitung. Sie hatte längst vergessen, wie dieses ganze Ritual vor sich ging. Es war ihr sehr wichtig gewesen, einen

Mann zu heiraten, der genau wie sie keinen Tropfen anrührte.

Er machte sich seinen Martini. Als Kind war ihr die Zärtlichkeit zwischen einem Trinker und seinem Getränk nie
aufgefallen. Er ergriff die Flasche nicht am Hals, so, wie sie
es in Erinnerung hatte, sondern nahm sie vorsichtig in
beide Hände, am Boden und am Bauch. Seine Hände bewegten sich behutsam zwischen Eis und Glas und zwischen Flasche und Glas hin und her, jede Geste ein Zeichen
der Liebe. Das Ergebnis war ein Drink, der in funkelnder,
schimmernder Dankbarkeit zu erstrahlen schien, als er ihn
nah an der Brust zurück zu seinem Sitzplatz auf dem Sofa
trug, wo immer noch die Windel lag. Sie setzte sich in den
Sessel gegenüber. Als sie sich auf der Armlehne abstützte,
merkte sie, wie schwer das Baby auf Armen und Nacken
gelastet hatte. Mit ihrer freien Hand griff sie nach dem
Buch, und erst als sie es sicher in den Händen hielt, fragte
sie: «Darf ich jetzt einen Blick darauf werfen?»

«Aber natürlich. Es ist Ihr Buch.»

«Das ist nicht mein Buch.» Sie lachte. «Meins ist nicht
fertig. Irgendjemand ist mir da wohl zuvorgekommen.»
Aber unter dem Titel prangte ihr Name, in einer verschnörkelten Schrift, die sie nicht mochte. In der oberen linken
Ecke stand schräg das Wort *Vorabexemplar*. War das ein
Aprilscherz? Sie merkte deutlich, wie schwer sich ihr vernebeltes Hirn tat, den aktuellen Monat zu bestimmen. Es
war Januar. Selbst, wenn heute der 1. April gewesen wäre,
kannte sie niemanden, der sich einen Scherz in dieser Grö
ßenordnung erlaubt hätte. Außerdem wusste niemand von
dem Roman.

Sie öffnete das Buch. Links, gegenüber der Titelseite, die

erneut behauptete, dass sie die Autorin wäre, stand das Impressum. Sie rang nach Luft.

«Was haben Sie?», fragte der Mann zwischen zwei Schlucken, die er genussvoll und mit geschlossenen Augen zu sich nahm.

«Zwei weitere Jahre?»

Er blickte auf sie und ihr Leben – den Bademantel, die exponierte Brust, das auf dem Boden verteilte Plastikspielzeug in Blau, Rot und Gelb, die Pappbilderbücher mit angenagten Ecken, die verschrumpelte Ballongirlande in der Zimmerecke – und zuckte mit den Schultern.

Sie blätterte weiter. Das Buch war ihrer Mutter gewidmet. Ausgerechnet. «Schluss mit den Spielchen, mein Freund.» Einen solchen Ausdruck hatte sie noch nie verwendet, und sie fühlte sich daran erinnert, wie sie mit ihrer Mutter über einen Parkplatz lief, wusste aber nicht, warum.

«Ich nehme an, Sie versöhnten sich mit ihr.»

«Keine Chance. Sie ist tot.»

«Auch den Toten kann man vergeben.»

Sie knallte das Buch zu, aber der billige Umschlag verwehrte ihr den gewünschten Effekt. «Wer hat Sie geschickt? Worum geht es hier?» War er vielleicht doch ein religiöser Fanatiker, einer dieser Mormonen, die irgendeinen Hokuspokus mit ihren Vorfahren treiben wollten?

«Wie ich schon sagte, wenn Sie Zeit haben, würde ich gerne mit Ihnen über Ihre Arbeit sprechen.»

«Warum sollte ich mit Ihnen über meine Arbeit sprechen? Sie haben sie noch nie gelesen. Niemand hat das.»

«Niemand?», fragte er vielsagend, beließ es aber dabei.

«Nein. Ich halte sie unter Verschluss.» Kurz, nachdem sie sich kennengelernt hatten, hatte sie ihrem Mann einen Teil ihres ersten Romans vorgelesen. Damals hätte sie aus einer Gebrauchsanweisung zitieren können, und er hätte sie für ein Genie gehalten. Nachdem er sie überschwänglich gelobt hatte, konnte sie kein einziges weiteres Wort mehr schreiben. Beim zweiten Roman achtete sie sehr darauf, ihm nichts daraus vorzulesen, aber irgendwie hatte er trotzdem einen Blick auf die Seiten erhaschen können, und eines Tages rutschte ihm eine ihrer Formulierungen heraus, etwas über Schneenester in den Bäumen. Er versuchte, sie mit Komplimenten zu besänftigen, drohte, beide Bücher selbst zu veröffentlichen, wenn sie es nicht tat, aber sie versteckte sie im Keller, kaufte eine abschließbare Kiste und erzählte ihm nie, dass sie einen dritten Roman begonnen hatte.

«Es wäre eine ziemliche Zeitverschwendung für mich, wenn ich hier wäre, ohne Ihre Arbeit gelesen zu haben.»

«Das ist nicht meine Arbeit!» Warum nur hatte sie ihre Stimme erhoben? Das Baby wachte jäh auf, warf ihr einen entrüsteten Blick zu und fing an zu schreien. Nun war es amtlich, der Morgen – oder das, was davon übrig geblieben war – war ruiniert.

«Hören Sie zu», sagte sie und versuchte, den Lärm zu übertönen, während sie hektisch durch das erste Kapitel blätterte. Sie las die erste Zeile laut vor. Ihr Widerstand gegen jegliche Urheberschaft an diesem Satz war so groß, dass sie zunächst nicht wahrhaben wollte, tatsächlich ihre eigenen Worte zu lesen. Dann gab sie ihre Gegenwehr auf. Ihr Baby kreischte, und hier lag die gebundene Druckfahne ihres halb fertigen Buchs, das sie jahrelang in einer Kiste weggeschlossen hatte.

Unter dem Bademantel spürte sie die Tränen des Babys ihren Bauch herabkullern. Sie stand auf und wiegte es auf ihrer Hüfte, bis sich das Weinen in ein leises, fast zufriedenes Summen verwandelt hatte. Der Mann blieb geduldig, geradezu steif auf dem Sofa sitzen.

«Okay», sagte sie. «Worüber wollen Sie reden?»

«Ich habe ein paar Vorschläge, tatsächlich nur kleinere Eingriffe.» Er hielt sein leeres Glas hoch. «Dürfte ich Sie vorher noch um einen Weiteren bemühen?»

Erst wollte sie ihn sein Getränk wieder selbst zubereiten lassen, aber dann entschied sie sich, es ein wenig zu verwässern, so, wie sie es immer bei ihren Eltern gemacht hatte, bis die es irgendwann bemerkt hatten. Das Baby hatte einen interessanten neuen Gegenstand erspäht, wand sich aus ihrem Arm und ließ sich auf den Boden plumpsen, als sie aufstand. Von der Küche aus konnte sie sehen, wie es zum Sofa krabbelte, sich an den Kissenfransen hochzog und sich im Seitschritt zum Mann und seinem roten Kugelschreiber vorarbeitete, den er aus der Brusttasche gezogen hatte.

Ihre Hände gingen weder sicher noch liebevoll mit den Martini-Zutaten um. Es waren auch nicht mehr die unschuldigen, neugierigen Hände, mit denen sie damals an dieser Bar gestanden hatte, auch wenn sie das fast schon erwartet hatte. Ihre Finger passten nicht mehr in das Olivenglas, der Shaker, ebenfalls kleiner als früher, wirkte viel bedrohlicher. Fühlte sich so eine Atheistin, wenn sie an den Altar ihrer Kindheit zurückkehrte? Hier lagen die Werkzeuge – Kelch, Patene und Pyxis –, diese hässlichen, unentbehrlichen Gegenstände, die vor Jahren eine schwarze Magie auf sie ausgeübt hatten.

Ihre Glieder fühlten sich schwer an, und sie drehte sich um, wollte den Mann nun doch wegschicken. Es war ihr egal, wie die Bar oder das Buch mit ihrem Namen und ihren Worten hierhergekommen waren. Sie wollte einfach nur zurück zu ihrer Seite auf dem Küchentisch. Aber was für einen Sinn hatte das, wenn das Buch schon fertig war? Es fiel ihr immer so schwer, etwas zu Ende zu schreiben. Sie musste dieses Buch haben. Also zwang sie sich dazu, den Martini zu machen, fügte ein paar Spritzer Wasser aus dem Hahn hinzu, bevor sie alles mischte, und ging zurück ins Wohnzimmer.

Der Mann saß genauso da wie vorher, aber seine Haare (hatte er einen Hut aufgehabt?) hatten sich verändert. Sie waren jetzt sein auffälligstes Merkmal (wo war Bing geblieben? Wo der arme, anständige Gerald Ford?), eine dicke weiße Glasur, die er zu einem Quadrat mit kurz gestutzten Seiten und einer etwas längeren, topfebenen Oberfläche hatte rasieren lassen. Sie war so überrascht von dieser Veränderung – oder ihrer fehlenden Beobachtungsgabe –, dass sie sich erst wieder an ihr Baby erinnerte, als sie ihm bereits seinen Drink gegeben hatte.

Es war weg.

«Haben Sie Matty gesehen?»

«Hmm?» Er blickte von seinen Notizen auf, Anmerkungen in roter Farbe an den Seitenrändern ihres Buches.

«Meinen kleinen Jungen. Er war eben noch hier.»

Er starrte sie mit leerem Blick an, als würde sie nicht mehr seine Sprache sprechen.

«Wo ist er hin?», fragte sie mit vorgetäuschter Ruhe, um ihr Misstrauen zunächst zu verbergen. War es so leicht – ein Pakt mit dem Teufel –, Buch gegen Baby? Die Tür zum Treppenaufgang war geschlossen, und in die Küche war er auch nicht gekrabbelt – oder etwa doch? Sie eilte zurück, guckte unter den Tisch und in die Speisekammer. Sie ging zurück ins Wohnzimmer. Jetzt würde sie schwere Anschuldigungen gegen den Mann erheben. Was zum Teufel haben Sie mit meinem Kind gemacht? Sie wollte loslegen, da sah sie ihn, auf dem vierten Brett des Bücherregals, Gesicht zum Zimmer, die Füße baumelten zwischen Hardy und Hazzard. Sie stürzte sich auf Matty und nahm ihn sicher in die Arme. Dass ihr Baby, ihr zappelndes, unruhiges, dauerwaches, niemals stillhaltendes Baby, über eine Minute lang ruhig in einem Regal gesessen hatte, während sie nach ihm suchte – das war ungewöhnlicher und erstaunlicher als alles, was bisher an diesem Morgen geschehen war. Währenddessen leerte der Mann sein Glas. Wieder wollte sie auf ihn losgehen – Sie haben ihn da oben hingesetzt, er hätte runterfallen können, er hätte sich seinen Kopf an der Tischkante aufschlagen können! –, aber als er hörte, dass sie Luft holte, blickte er auf, lächelte das abwesende Lächeln eines in sich versunkenen Mannes und klopfte auf das Kissen neben ihm. «Kommen Sie, lassen Sie uns jetzt reden», sagte er.

Sein Ton war sanft und kündete von großer Weisheit, möglicherweise gepaart mit dem ein oder anderen notwendigen, aber liebevollen Vorwurf. Plötzlich gefügig geworden, ging sie zu ihm. Als er sich zu ihr wandte, verströmte seine Kleidung die Gerüche ihres Lebens: saure Apfelringe, feuchte Mimeografentinte, abgegriffene Taschenbücher, Sperma, Feuchttücher für Babys. Ihr wurde schlecht. Er hielt das Buch hoch, drehte es aber so, dass sie seine Anmerkungen nicht lesen konnte. Er räusperte sich und las den ersten Satz vor. Dann sah er sie mitleidig an und strich den gesamten ersten Absatz durch. «Jetzt kommt der Vater. Jetzt wird es interessant. Er agiert. Sie reagiert. Die Aktion ist um ein Vielfaches interessanter.» Als sie ihm nicht direkt zustimmte, fragte er: «Hätten Sie es vorgezogen, *David Copperfield* wäre von Agnes erzählt worden?»

«Hätten Sie es vorgezogen, *Moby Dick* wäre vom Wal erzählt worden?»

Er musste seine Ungeduld zügeln. «Dieser Konflikt fällt in eine vollkommen andere Kategorie. Wenn sich der Mensch und die Natur gegenüberstehen, kämpft der Mensch gegen eine Gewalt. Die Gewalt an sich ist nicht von Interesse.»

Hektisch suchte sie nach einem besseren Beispiel. «*Der Große Gatsby*.»

«Ach, Scott. Er wusste ja kaum, wie man morgens seine Schuhe zubindet, geschweige denn, wie man einen Roman schreibt. Max schrieb das Buch. Er schrieb alle Bücher. Aber wir wollen uns nicht in Kleinigkeiten verlieren. Dieses Buch handelt vom Vater. Niemand wird sich heute noch trauen, das zu sagen, aber Frauen sind dann am besten, wenn sie über Männer schreiben: ihre Ehemänner, ihre Väter, ihre ehemaligen Liebhaber. Wenn sie hingegen über sich selbst schreiben, sind sie nicht zu ertragen.» Er fuhr kopfschüttelnd fort, weitere Seiten durchzustreichen. «Sie werden mir einfach kein Buch nennen können, kein Buch von Bedeutung, kein bleibendes Buch, in dem eine Frau *über* eine Frau schreibt.»

«*Mrs Dalloway*.»

«Ach, bitte, sie ist die Linse, nicht das Objekt. Sie selbst ist die am wenigsten ausgearbeitete Figur im ganzen Buch. Dieses Buch handelt von den Nachwehen des Krieges. Es geht um Härte, alias Richard Dalloway, um Furcht, alias

Peter Walsh, und natürlich um den Irrsinn des Krieges, alias Septimus Smith.»

Mit diesem Mann konnte man nicht diskutieren. Er nahm eines ihrer Lieblingsbücher, ein Buch, das ihre eigene schwierige Beziehung zur Vergangenheit einfing, ein Buch, das ihre Lieblingsszene enthielt – Clarissa und Sally und ihr Kuss neben der steinernen Vase –, und behauptete, dass es vom Krieg handelte. Aber es gab ja immer noch Jane Austen, nicht wahr?

Er hob die Hand. «Und fangen Sie mir jetzt bitte nicht mit diesen anderen englischen Damen an. Diese ganzen Bücher sind Märchengeschichten, die sich spitzgesichtige alte Jungfern ausdachten, die nie von jemandem um einen Tanz gebeten wurden, und erst recht nicht um ihre Hand.»

Ihr Buch. Sie musste seine Aufmerksamkeit auf ihr Buch zurücklenken. «Sie meinen also, es sollte ausschließlich aus der Perspektive des Vaters erzählt werden?»

«Nein, nein. Sie haben mich vollkommen missverstanden. Behalten Sie das Mädchen, aber schauen Sie, dass ihr Blick auf den Vater gerichtet bleibt, und lassen Sie sie nicht immer wieder in dieses selbstmitleidige Gejammer verfallen, wenn es um ihre *Gefühle* geht. Denken Sie in die Richtung von» – er drückte die Augen fest zusammen, spannte Kiefer und Fäuste an, dann ließ er wieder locker – «Huckleberry Finn. Und wir sollten sie auf keinen Fall bis ins Erwachsenenalter verfolgen.»

«Warum nicht?»

«Wir wissen doch genau, wo es hingeht. Das müssen wir nicht auch noch lesen. Sie heiratet und kriegt Babys, die sie mit Liebe erfüllen und rasend machen. Was ist daran neu oder überraschend?»

Er hatte sich wieder verändert, war nahtlos von seinem militärischen in ein effeminiertes Auftreten übergegangen, mit eng übereinandergeschlagenen Beinen und einem etwas verträumten Schmollmund. Seine Haltung erinnerte sie an ihren Freund zu Collegezeiten, der letzten Sommer mit seinem neuen Ehemann bei ihnen vorbeigeschaut und mehrere Stunden auf genau diesem Sofa gesessen und mit genau diesem Gesichtsausdruck zugesehen hatte, wie sie herumgeeiert war, um den Bedürfnissen und Wehwehchen ihrer drei Kinder gerecht zu werden, und sich beim Abendessen mit ihrem Mann wegen eines verloren gegangenen Hello-Kitty-Strohhalms in den Haaren gelegen hatte. Der Besuch hatte immerhin erklärt, warum dieser Mann sich Jahre zuvor zu ihrem großen Kummer auf nichts hatte festlegen wollen, aber auf seine Gott-sei-Dank-dass-es-vorbei-ist-Umarmung zum Abschied hätte sie trotzdem gut verzichten können.

Matty wollte von ihrem Schoß herunter und erwischte sie mit einem seiner spitzen Fingernägel am Hals, und sie reagierte laut, lauter, als es der Schmerz eigentlich hergab. Sie setzte ihn auf den Boden und zeigte ihm sein Spielzeug, dann wandte sie sich wieder ihrem Besucher zu, auch wenn sie nicht wusste, was sie eigentlich noch von ihm wollte.

«Ich hole mir noch schnell einen weiteren Drink.» Kurz darauf gesellte sich zum Geräusch seiner Schritte das der immer noch frischen Eiswürfel im Kühler. Es war erst Viertel nach zehn, aber sie fühlte sich in die späten Nachmittage ihrer Kindheit versetzt, als sie mit einem Schulbuch (das während der Freistunde verfasste Gedicht hatte sie sicher zwischen den Seiten verstaut) am Küchentisch saß, während ihre Mutter Fischstäbchen auf einem Backblech anordnete und ihr Vater die leeren Gläser zurück zur Bar trug. Diese Zeit des Tages war besonders gefährlich, weil sie viel versprach. Ihr Vater sang ein Lied über das Haar ihrer Mutter, das der Friseur an diesem Tag stark toupiert hatte. *Ist es vielleicht Zuckerwatte? Kommt es auf den Teller? Wenn du es probierst, dann geb ich dir zehn Dollar!* Ihre Mutter lachte. Wenn sie ihr doch nur früher etwas zu essen geben würden, dann könnte sie jetzt das Zimmer verlassen, mit diesem fröhlichen Liedchen im Ohr, ohne dass andere Worte dazukämen und sich in ihrem Kopf festsetzten. Aber ihre Mutter stellte den Küchenwecker auf siebzehn Minuten. Ihr Vater öffnete eine Dose mit Hundefutter. Dann machte er einen Witz über die Handtasche ihrer Mutter, die immer im Weg lag, immer genau den Gegenstand verdeckte, den er gerade suchte. *Wie eine scheißende Taube*, sagte er, und zog mit einem Ruck die Zeitung unter der Handtasche hervor. Ihre Drinks hatten sie währenddessen immer in Reichweite. Ihre Mutter stellte ihr einen Teller vor die Nase, dann brachte sie ihren Vater dazu, von seinem roten Stuhl neben dem Kühlschrank aufzustehen, um sich zu ihnen zu setzen. Er schnappte sich die Rechtschreibfibel und blätterte zu den hinteren Seiten mit den schwersten Übungen.

Okay, Sylvia, Akquisition.

Ihre Mutter hatte keine Lust auf das Spiel, bei ihr kippte die Stimmung immer als Erstes.

Du hast deine Tochter noch nicht einmal gefragt, wie ihr Tag war.

Komm schon, versuch's mal.

Na gut, sagte ihre Mutter und nahm einen tiefen Atemzug, sie war auf der Hut, *A-K-W ...*

Falsch! In seinem Ton lag viel zu viel Schadenfreude. Er zeigte zum Fenster. *Ab auf's Cranford Junior College mit dir!* Die Dämmerung kroch herein, und es fühlte sich an, als würden sie bei lebendigem Leibe im Haus begraben. Ihr Vater füllte wieder die Gläser. Sie waren immer so begeistert, wenn ein neuer Drink vor ihnen stand, aber dann offenbarte der Alkohol bei beiden Eltern nur, wie wenig sie das Leben und alles, was dazu gehörte, mochten. *Du hast deine Tochter noch nicht einmal gefragt, wie ihr Tag war.* Wie oft ihre Mutter das sagte, als wäre es ihre letzte Hoffnung, ein Rettungsring im tosenden Meer. Sie versuchte zu erzählen, was die beiden hören wollten: wer eine gute Note bekommen hatte, wer getadelt worden war. Aber sie versagte jeden Abend. Was für ein dröges Kind, Abend für Abend, absolut unfähig, seine Eltern über Wasser zu halten. Und dann fiel ihr Gedicht aus dem Schulbuch, und ihre Mutter schnappte es sich, bevor sie es an sich nehmen konnte. *Was ist das?* Ihre Eltern blickten sich an. Wären sie Wölfe gewesen, hätten sie sich jetzt die Lefzen geleckt.

Sie hatte gedacht, sich dieser Erinnerungen schon vor langer Zeit entledigt zu haben. Aber jetzt, da sie ein eigenes Haus hatte, eigene Kinder und einen eigenen Ehemann, da das Abendessen und die Dämmerung wieder auf die gleiche Stunde fielen, waren sie wieder in ihr hochgekrochen. Und mit ihnen ein Gefühl, eine böse Vorahnung, dass sie dieses gute Leben irgendwann zerstören würde, denn war ihre Schreibsucht nicht das gleiche wie die Trinksucht ihrer Eltern? Eine Art Flucht, die Möglichkeit, sich aus allem herauszuziehen? Und wie beim Alkohol schwächte es sie. Sie war wütend und sehnte sich nach einer seltenen und außergewöhnlichen Fähigkeit, die sie nicht besaß. Wonach hatte sich ihre Mutter gesehnt? Sie hatte mit neunzehn geheiratet. Ein Kind bekommen. (*Noch mehr, und ich wäre reif für die Klapse*, erzählte sie jedem, der sie fragte.) War mit fünfzig gestorben. (Einsam in einem angemieteten Zimmer, der Vater hatte sie für eine Frau verlassen, die nur ihn den Trinker sein ließ.) Nach dem Tod ihrer Mutter hatte sie alle Schubladen nach Hinweisen durchsucht, aber abgesehen von einem Kalender zur Planung von Abendveranstaltungen und ein paar vergilbten Briefumschlägen mit verklebten Fotografien fand sie nichts. Keine Notiz, keine Entschuldigung (sie hatte nicht lange gebraucht, um zu merken, dass es das war, was sie suchte). Woraus hatte das Leben ihrer Mutter bestanden? Wenn sie nachmittags von der Schule nach Hause kam, war ihre Mutter in der Regel entweder am Telefon oder sie blätterte durch ein Magazin, und selbst wenn sie genau das auch weiterhin hätte tun können, schien sie eine furchtbare Welle der Trauer zu überrollen, wenn der Bus kam, als wäre ihre Tochter die Sonne selbst, die jetzt über all ihren Träumen untergehen würde. Oft machte sich die Mutter dann einen Drink, allerdings spülte sie danach das Glas aus und stellte es wieder zum Trocknen auf die Papierhandtücher im Regal, um so tun, als wäre der Cocktail, den der Vater ihr machte, wenn er nach Hause kam, der erste des Tages.

Das Buch lag auf dem Sofa. Sie nahm es wieder in die Hand. Er hatte fast jedes zweite Wort durchgestrichen. Die Seitenränder starrten vor roter Tinte. Zu allem hatte er eine Meinung. Eine erwachsene Frau besitzt keinen eigenen Schlitten! Dieser Typ Mann bestellt kein Salamibrötchen! Sie schlug das letzte Kapitel auf. Es begann mit den vier

Sätzen, die sie heute Morgen geschrieben hatte, allerdings hatte er sie dreimal durchgestrichen und zusätzlich unterkringelt, und hätte sie ihre Worte nicht schon gekannt, hätte sie sie nicht mehr entziffern können. Sie hatte recht gehabt; es war alles Mist. Das gesamte Kapitel war damit zunichtegemacht, und seine Anmerkungen beschränkten sich nicht mehr nur auf den Rand, sondern zogen sich mit wütender und unkontrollierter Schrift über die durchgestrichenen Sätze hinweg. Sie kulminierten in einem großgeschriebenen DU KANNST DAS NICHT!!!!! auf dem restlichen Platz der letzten Seite. Immerhin, sie hatte nicht gewusst, dass sie so kurz vor dem Ende gewesen war.

Er kam zurück. Jetzt sah sie ihm den Alkohol an, nicht, weil er sich besonders unkoordiniert bewegte, sondern weil er besonders vorsichtig war. Er war kurz davor, betrunken zu sein, in einem Stadium, da der Alkohol einen den eigenen Körper und alles, was er berührt, stärker wahrnehmen lässt als sonst. Wahrscheinlich trank er genau für diesen Moment: nicht, um sich zu betäuben, sondern um die eigenen Sinne zu schärfen. Es hatte etwas damit zu tun, wie er durch seine Nase atmete, wie seine Fingerspitzen das Glas berührten, wie er seine freie Hand in den Schoß legte, als er sich wieder neben sie setzte. Sein Anblick allein reichte ihr, um die Beschaffenheit und Temperatur von Gegenständen wahrzunehmen. Sie konnte die Hitze seines Oberschenkels spüren. Doch seine Aufmerksamkeit ihr gegenüber hatte sich verändert. Mit einem Mal fühlte sie sich unbestreitbar stark von ihm angezogen.

Als hätte sie ihr Begehren laut geäußert, drehte er sich abrupt zu ihr um. Er war jetzt jung, im Alter eines Studenten, mit dichtem braunen Haar und diesen Augen, diesem ruhelosen Blick, den alle Männer, die je ihr Herz gebrochen hatten, besaßen. «Sie haben mehr als eine?», fragte er.

«Eine was?» Sie war atemlos und konnte kaum sprechen. Wann hatte sie zuletzt ein solch schmerzhaftes Verlangen verspürt?

Er blickte zu Matty hinab, der es geschafft hatte, zwei Holzschienen zusammenzustecken, um einen leuchtend blauen Zug darauf zu setzen. «Mehr als eine Ablenkung.»

«Ich habe Millionen Ablenkungen», sagte sie mit einem verloren geglaubten koketten Lachen. Wenn er sie jetzt berührte, würde sie keinen Widerstand leisten. «Aber nur drei Kinder.» Normalerweise sprach sie gerne über ihre Kinder – ihr Alter, ihre Eigenarten –, aber in dieser Unterhaltung hatten sie nichts zu suchen.

«Tolstoi hatte dreizehn Kinder. Und die meisten kamen zur Welt, während er *Krieg und Frieden* schrieb. Ich bin mir nicht sicher, ob er überhaupt all ihre Namen kannte. Und so muss es auch sein. Sie müssen die Namen Ihrer Kinder vergessen.»

Matty schob den Zug auf seiner kurzen Schiene hin und her und gab ein Geräusch von sich, das sie als «Einsteigen!» identifizieren konnte, für andere musste es jedoch nur wie «Pla!» klingen. Seine langen Ärmel waren weit hochgekrempelt, wie er es gern mochte. Die Unterlippe hatte sich warm über die obere geschoben und hielt ihre schlüpfrige Beute mit kontinuierlichen Saugbewegungen fest. Aber als er aufschaute und bemerkte, dass sie ihn beobachtete, wurde die Unterlippe freigelassen und ein großes Lächeln breitete sich auf seinem Gesicht aus. Er klopfte neben sich auf den Teppich und brabbelte mamamama-mama, ohne dass das Lächeln versiegte. Wie er da saß und sie unbedingt bei sich haben wollte, sah er genauso aus wie ihr Mann. Aber an Matty zweifelte sie nicht, sie verdächtigte ihn nicht der Heuchelei oder Bigotterie. Warum fiel es ihr so viel schwerer, an die Liebe ihres Mannes zu glauben? Wieder erinnerte sie sich daran, wie er ihren Satz von den Schneenestern in den Bäumen zitiert hatte. Sie waren um einen See spaziert, alle drei, die Älteste, Lydia, war gerade einmal vier Monate alt und in einer BabyBjörn-Trage unter ihrem Parka verstaut. Auf halbem Weg war er stehen geblieben und hatte seine Arme fest um sie geschlossen. *Meine Familie,* hatte er gesagt, und seine Stimme hatte sich kurz überschlagen. Dann hatte er kurze Zeit später das mit dem Schnee und den Bäumen gesagt, und sie war weggestapft, und er hatte immer und immer wieder darauf bestanden, dass er sich damit nicht über sie lustig machen wollte. Jetzt wusste sie, dass das stimmte. Natürlich hatte er sich nicht über sie lustig gemacht. Und sie merkte, dass sie es auch damals schon gewusst hatte – aber sie hatte Abstand schaffen wollen, einen Keil zwischen sich und diesen kleinen Moment der Glückseligkeit treiben müssen, den er mit ihr hatte teilen wollen. Eintönigkeit, vor allem die ungewohnte Eintönigkeit des Geliebtwerdens, war etwas, das ihr offensichtlich Unbehagen bereitete.

Sie rutschte vom Sofa zu Matty herab, der einen speckigen Ellenbogen auf ihren Oberschenkel legte, damit sie ihm nicht mehr entkommen konnte. Der Mann schrieb weitere Anmerkungen an die Seitenränder. Er war wieder alt geworden, und ihr Verlangen nach ihm war nur noch eine alberne Erinnerung. «Das dritte Buch ist traditionellerweise das stärkste im Frühwerk eines Autors.»

«Dies ist mein erstes.»

Er blickte sie mit strenger, enttäuschter Miene an. «Romane in Schränken sind immer noch Romane.» Dann wurde er sanfter. «Warum haben Sie die beiden anderen nicht auch fertiggestellt?»

«Auch? So, wie ich diesen hier fertiggestellt habe?» Dass sie sein Urteil anzweifelte, schien ihn zu verletzen, und sie versuchte eine ehrliche Antwort. «Ich weiß es nicht.» Matty war hinter sie gekrabbelt und wollte sich an ihren Haaren hochziehen. «Das tut Mommy weh», sagte sie. «Bitte lass das.» Und als er weitermachte, fühlte sie wieder die Wut brodeln, tief in sich, sie war immer da. «Im College war ich durchaus ehrgeizig. Meine Professoren waren unaufdringlich und respektvoll, ganz anders als die Erwachsenen, mit denen ich vorher zu tun gehabt hatte. Sie gaben mir das Gefühl, alles erreichen zu können. Manchmal kommen sie immer noch, diese plötzlichen brennenden Schübe von, ich weiß es nicht, Glauben, denke ich. Dann schreibe ich, und ich glaube daran. Aber dann ...» Es war wie an den Abenden in ihrer Kindheit, ihr Vater machte Scherze, und ihre Mutter lachte, und alles war so, dass man daran glauben konnte, und dann sind die Fischstäbchen fertig, und wir setzen uns hin, und alles verändert sich. «Dann hört es einfach auf.» Ihre Brust brannte schmerzlich. «Du kriegst Kinder, und alles andere ist plötzlich so ... fern. Und dieser ewige Drang ist wie ein Krampf, den man endlich für immer loswerden möchte.»

«Aber diese ersten beiden Bücher. Die Arbeit ist doch fast fertig. Warum also begraben?»

«Man sollte sie verbrennen. Sie sind furchtbar.»

«Sie haben Schwierigkeiten, den Wert Ihrer eigenen Arbeit zu erkennen.»

«Sie anscheinend auch.» Sie zeigte auf die letzte, rot be-kritzelte Seite.

In seinem Blick lag jetzt Abscheu, als hätte er vergessen, mit wem er sprach. «Also, das ... dieses letzte Kapitel ist furchtbar. Es ist widerlich. Dafür gibt es keine Entschuldi-gung.»

Sie spürte einen altvertrauten Schlag in die Magengrube. Warum brach sie unter einem plötzlichen Stimmungs-umschwung, einem unerwarteten Angriff immer so schnell zusammen? Weg war seine Anteilnahme, das offene Ohr. «Es überzeugt noch nicht einmal ansatzweise. Warum ver-sucht ihr es überhaupt, Gewaltszenen zu beschreiben? Es ist nicht euer Genre, es liegt nicht in eurer Natur.» Er warf das Buch auf den Boden und stellte sich vor sie. «Es ergibt überhaupt keinen Sinn.» Er ging von einem Ende des Zim-mers zum anderen. «Mit dieser Tat, die Sie sie begehen las-sen, verletzen Sie jede Abmachung mit dem Leser, das ist ein Vertragsbruch. Vielleicht hätte das jemand wie Bowles oder Mailer durchziehen können, aber ganz sicher nicht du, Schätzchen.» Er zeigte mit seinem Glas auf sie. «Du nicht.»

Er war einer dieser leichtgewichtigen Trinker, merkte sie jetzt. Drei Cocktails, und er war erledigt. Ihre Eltern hätten sie beide noch nach sechs Martinis zu einer Freundin fah-ren können.

«Und ohne eine Waffe! Was soll man da noch sagen», er lachte gackernd. «Die Waffe muss sein, sonst ist es keine Trias mehr. Weißt du das denn nicht? Der Mörder, die Lei-che, die Waffe. Das ist ein Zusammenspiel, ein Austausch. Der Vater, der Sohn, der Heilige Geist, zum Teufel noch mal. Nach einem Mord ist der Mörder der eigentliche Ermor-dete, seine eigene Unmenschlichkeit tötet ihn. Sein Tod ist entscheidend. Die Waffe ist Richter und Geschworene, sie ist das, was ihn aus dem Traum zurück in die Wirklichkeit katapultiert. Ohne die Waffe gibt es einfach keinen Mord.»

Als sie jung war, hatte sie sich nie gegen die Betrunkenen zur Wehr gesetzt. Weder gegen ihren Vater noch gegen ihre Mutter, auch nicht gegen die Freunde der Eltern, die ihr freitags- oder samstagsabends mit schweren Händen über das Haar strichen und seltsame, ungefilterte Gedanken von sich gaben. Sie erinnerte sich immer noch daran, wie Mrs Crile sie im Fernsehzimmer fand, sie streichelte, ihr die Hand auf den Rücken legte, mitleidig mit der Zunge schnalzte und erklärte, dass niemand sich davon erholen könne, ein Einzelkind zu sein. *Schau dir nur Richard Nixon an*, schnaubte sie, bevor sie wieder abdrehte.

«Ich finde, Sie geben nur Scheiße von sich.» Sie wusste noch nicht einmal, wovon er sprach, wer am Ende ihres Buches denn eigentlich sterben sollte.

Er starrte sie an. Sie war nicht verwundert, dass er jetzt Nixons kleine Augen und seine Hängebacken hatte. «Hier funktioniert nichts, auf keiner Ebene: weder im Aufbau noch thematisch. Am Ende eines Buches muss man das Gefühl haben, dass das, was passiert ist, vollkommen unvorstellbar und doch unausweichlich ist. Haben wir dieses Gefühl? Nein. Ganz zu schweigen davon, dass keine Frau jemals in nur einer Stunde die Leiche eines ausgewachsenen Mannes vergraben könnte. Und im Hinterhof? Im Januar?» Er zeigte auf die Fenster im Raum, als wäre dieses Haus der Schauplatz des Romans. «Dieses ganze Ding ist eine widerliche Farce.» Ohne zu fragen, ging er in die Küche, um sein Glas erneut zu füllen.

«Nein», sagte sie.

Ihr scharfer Ton hielt ihn wie an einer Leine zurück. «Noch ein Einziger. Dann gehe ich.»

«Nein. Keiner mehr. Sie gehen jetzt.»

«Ich gehe erst, wenn ich noch einen Drink hatte», rief er aus der Speisekammer, seine Hände bewegten sich jetzt wieder in vertrautem Terrain, «und du mir ein besseres Ende präsentiert hast.»

«Raus aus meinem Haus.» Sie wollte seinen Arm ergreifen, erwischte aber nur den Ärmel seines Jacketts. Glas und Eiswürfel zerbrachen auf dem Tresen.

Er krallte sich an einem Flaschenöffner fest, der an die Wand montiert war, und sie schaffte es nicht, ihn aus dem kleinen Kabuff zu zerren. Mit seiner freien Hand fing er an, sich einen weiteren Drink zu machen. Sie riss von hinten seinen Arm beiseite. Wieder zersprang ein Highball-Glas. Er nahm ein drittes herunter, und sie machte wieder das Gleiche. Da hielt er inne. Er starrte auf die vielen Scherben.

«Ich habe nie verstanden, warum sich jemand, der kein Genie ist, mit Kunst beschäftigt. Wozu das Ganze? Du wirst nie das befriedigende Gefühl haben, etwas absolut Unverzichtbares erschaffen zu haben. Du hast deine kleinen Szenen, deine netten Bildchen, aber dieses verzweifelte Hochgefühl, wenn man alle festen Grenzen der Kunst, des *Lebens*, gesprengt hat – *das* wird dir ewig versagt bleiben.» Er nahm ein weiteres Glas, wartete darauf, dass sie es zerschmettern würde, und als sie ruhig blieb, machte er sich schnell seinen Drink. Seine Augen wanderten über ihren Körper, während er trank. Dann sagte er, Lippen und Zunge noch feucht vom Alkohol: «Und wann bindest du endlich deinen Bademantel ordentlich zu. Ich habe es satt, auf diese Dinger zu starren.»

Matty war fasziniert von ihrer Arbeit, den ungewohnten Bewegungen ihrer Arme, dem seltsamen Werkzeug und dem herrlichen Geräusch, das es erzeugte, wenn sie es wieder und wieder in die Erde stieß, dem Gemisch aus Dreck und Steinen, das hinter ihrem Rücken auf dem Gras und manchmal sogar auf der dicken Gummisohle seines roten Turnschuhs landete. Er saß da und fand seine Mutter spannender als die Bagger in der Spring Street, die ein altes Abwassersystem freilegten. Sie arbeitete hart und schnell, und unter ihrem Bademantel vermischte sich ihr Schweiß mit Milch und Tränen. Sie war erstaunt, wie weich die Erde angesichts der kalten Jahreszeit war, wie nachgiebig. Bald hatte sie tief genug gegraben, um in das Loch hinabsteigen zu können. Die Wärme wand sich um ihre Knöchel. Der Geruch war berauschend. Sie hatte die Erde um sie herum bisher nie wirklich beachtet.

Als sie fertig war, nahm sie Matty hoch und brachte ihn ins Haus, fütterte ihn mit einem Schälchen Reisgetreidebrei mit Apfelmus (sie standen wieder auf ihren üblichen Plätzen auf den wunderbar wackeligen Regalbrettern) und legte ihn in sein Gitterbett. Er weinte kurz, aber als sie am Fuß der Treppe angekommen war und durch das Babyfon lauschte, hörte sie nur noch seine gleichmäßig fließenden Atemzüge im Schlaf. Sie schleifte den Mann von dort, wo er gefallen war, über die schmale Schwelle der Speisekammer durch die Hintertür nach draußen. Seine Füße hüpften fröhlich über die Treppenstufen. Er war leicht und fiel elegant wie ein Stück Stoff in das Loch hinein, sodass sie nicht mehr zu ihm hinabsteigen und ihn richtig positionieren musste. Als sie fertig war, sah alles aus wie vorher. Die Erde war wieder genau dort, wo sie hingehörte. Sie setzte die

Grasstücke, die sie vorsichtig ausgestochen hatte, wieder ein und ging ins Haus. Laut der Uhr am Herd hatte ihre Arbeit neunundvierzig Minuten gedauert.

Das Buch lag noch dort, wo er es hingeworfen hatte. Sie nahm es mit zum Sofa, schmiss die Windel zur Seite und legte sich bäuchlings hin. Sie blätterte zum letzten Kapitel. Die roten Streichungen waren verblasst, und das Ende, das konnte sie jetzt klar erkennen, war genau richtig.

DANKSAGUNG

Ich danke folgenden Personen, dass sie mir bei diesen Geschichten mit intensiver Lektüre, Rat und Empfehlungen zur Seite standen: Don Lee von *Ploughshares*, Hannah Tinti von *One Story*, Christina Thompson von der *Harvard Review*, Leigh Haber von *Oprah Daily*, Tyler Clements, Calla King-Clements, Eloise King-Clements, Josh Bodwell, Susan Conley, Sara Corbett, Anja Hanson, Caitlin Gutheil, Debra Spark, Linden Frederick und Laura Rhoton McNeal.

Mithilfe der wunderbaren Menschen bei Grove Atlantic wuchsen diese Texte während einer Pandemie zu einer Sammlung heran.

Ich danke meiner großartigen, geliebten Lektorin Elisabeth Schmitz, Morgan Entrekin, Deb Seager, Judy Hottensen, Justina Batchelor, Sam Trovillion, Amy Hundley, Gretchen Mergenthaler, Julia Berner-Tobin, Paula Cooper Hughes und Yvonne Cha.

Ich bin meiner geschätzten, eindrucksvollen Agentin Julie Barer zu großem Dank verpflichtet.

Ich kann unmöglich einen Erzählungsband veröffentlichen, ohne meinen Englischlehrer in der Highschool, Tony

Paulus, zu erwähnen, der mir beibrachte, was eine Erzählung ist und wie man sie schreibt.

Tausend Dank an meinen Ehemann Tyler und unsere Töchter Eloise und Calla, für alles, jeden Tag.

LITERATUR BEI C.H.BECK

Kristina Gorcheva-Newberry
DAS LEBEN VOR UNS
Roman
366 Seiten. 2022

Norbert Scheuer
MUTABOR
Roman
192 Seiten. 2022

Négar Djavadi
DIE ARENA
Roman
Aus dem Französischen von Michaela Meßner
464 Seiten. 2022

Benjamin Heisenberg
LUKUSCH
Roman
272 Seiten. 2022

Grete Weil
DER WEG ZUR GRENZE
Roman
384 Seiten. 2022

C.H.BECK